KB267912

국학현대문학총서 13

현대시의 언어와 상상력

이수정 저

국학자료원

머리말

이 책은 지난 수년간 썼던 논문을 묶은 것이다. 이미 다른 공저나 편저에 묶인 것들을 제외하고 여러 시인들의 작품에 나타난 언어와 상상력에 대한 글들을 골라 묶었다.

작품에 대한 무수한 해석의 목록 뒤에 새로운 항목을 추가하는 일에 대하여 회의를 품은 적이 있다. 기존의 연구들이 오해하거나 놓치고 있는 부분을 발견하거나, 대상을 새로운 틀로 분석하고 새로이 해석해낼지라도 그 역시 '나는 그렇게 보았다'는 자기만족에 불과한 것은 아닐지, 스스로를 설득하지 못하여 주저하기도 했다.

새로운 이론을 통해 인식을 새롭게 하고, 그것으로 다시 세계에 새롭게 다가가려는 방법은 사실 소모적이고 소비적일 수 있다. 그것은 세계의 본질을 충분히 인식하지 못하는 인간의 끝없는 도전이다. 하나의 실체로 붙잡아 낼 수 없는 입체적인 세계에 끝없이 새로운 틀—인식을 던지는 일이기 때문이다. 새로운 해석으로 포장하고, 벗기고, 포장하고 벗기는 소모적이고도 소비적인 언어의 남발일 수도 있다는 말이다.

지금 돌아보면 이런 생각들은 피드백이 없는 자기만족, 일방적인 해석 행위에 대한 혹독한 성찰이었던 듯하다. 물론 세계의 본질에 다가가기 위해 끝없는 대화와 상호작용으로 존재하는, 살아있는 해석들에게 존경심을 잃은 것은 아님을 분명히 밝혀 둔다. 하지만 이제 나름의 해석이 아닌 다른 연구를 해보고 싶은 마음을 조심스럽게 고백해본다. 이 책은 하나의 매듭이다.

항상 딸을 걱정하시는 부모님께, 그리고 연희와 자희에게 사랑한다는 말을 전하고 싶다. 책을 낼 수 있도록 도와주신 국학자료원 정구형 이사님과 까다로운 작업을 맡아주신 박지연 실장님, 그리고 편집실에 감사드린다.

2012년 11월
이수정

목 차

동인지 『韓國詩』와 『詩法』에 대하여

『님의 沈默』에 나타난 R. 타고르의 영향관계연구
- 『園丁』을 중심으로

1. 서론

　『님의 沈默』(회동서관, 1926.5.20)이 간행되었을 때 문단의 반응은 침묵에 가까웠다. 같은 해 일간지 문예란에 실린 주요한[1]과 유광열[2]의 짧은 독후감이 해방 이전에 이루어진 『님의 침묵』에 대한 평가의 전부인 것이다.[3] 그나마도 유광열이 문단활동이 없는 언론인이었음을 생각해보면, 문단의 반응이라고 할 만한 것은 주요한의 단평이 유일하다. 그는 '詩作家로 세상이 모르든 一佛徒의 손으로 된' 『님의 침묵』이 '創作이 不足하야 寂寞하던 詩壇에 忽然히 出現하였다'면서 '한 사람의 戰士를 더 어든 것을 우리는 祝賀아니할 수 없'다고 하였다.[4] 주요한의 글은 한용운이

---

1) 주요한, 「愛의 祈禱 祈禱의 愛」, 『동아일보』 1926.6.22, 1926.6.26.
2) 유광열, 「님의 沈默 독후감」, 『시대일보』 1926.5.31.
3) 이외에 해방 전에 발표된 만해에 대한 글은 『彗星』에 실린 유동근의 「萬海居士 韓龍雲氏 面影」(1931.8)가 유일하다. 이 글은 일종의 人物記이다(김재홍, 『韓龍雲 文學研究』, 일지사, 1982, 9쪽에서 재인용).
4) 주요한, 앞의 글.

독립운동가로, 불교개혁의 이론가로 그리고 승려로서 이름이 높았던 것에 비하여, 그보다 20년 이상 어린 일본유학생들이 주도하고 있던 당시의 조선 시단5)에서는 낯선 이방인이었음을 드러낸다.

당대 무관심했던 문단의 분위기와 달리 주요한이『님의 침묵』에 관심을 보인 이유는 두 가지로 볼 수 있다. 하나는 그것이 '光明的部分만 있는 것이 아니'고 '暗黑이 있고 狂風이 있'는 '사랑의 노래'라는 점이다. 그는 『동아일보』에 두 번에 걸쳐서 上, 下로 연재한 짧은 글에서『님의 침묵』에 수록된 88편 가운데 21편이나 되는 시의 구절을 인용·소개하고 있는데, 인용된 구절은 모두 사랑의 다양한 형태를 보여준다는 공통점을 갖는다. 다른 하나는『님의 침묵』이 '산문시'라는 점이다. 그는『님의 沈黙』을 두고 대뜸 '타고르의 散文的 英詩와 같은 作風'이라면서 '散文的이면서 自然韻律을 가진 一詩形이 成立된 것을 승인 할 수밖에 없'다6)고 지적하였다. '암흑이 있고 광풍이 있는 사랑'을 '산문시'로 쓴『님의 침묵』이「불놀이」의 시인인 주요한의 눈을 잡아 끈 것은 당연한 것으로 보인다. 주요한의 글은 최초로『님의 沈黙』과 타고르의 영향관계를 언급했다는 점에서, 또한 그것이 당대의 문단감각에서 자연스러운 것임을 시사한다는 점에서 중요하다.

해방 직후에도 만해와『님의 침묵』에 대한 문단의 반응은 이와 크게 다르지 않았다. 만해는 민족주의자, 애국지사, 불교이론가로 연구되었던 것이다. 시인으로서 만해의 면모는 서정주 편의『작고시인선』(1950.6)과 학우사의『한국시인전집』(1957.10)에 '한용운편'이 수록되고서야 새로이 인식되기 시작한다. 본격적인 만해 문학의 연구는 1960년대 들어서

___

5) 한계전,「만해의 사상과『님의 침묵』」, 서울대학교출판부, 1996, 267쪽.
6) 주요한, 앞의 글.

이루어지는데[7] 초기 연구들이 가장 주목하는 것이 바로『님의 沈黙』과 타고르 시의 영향관계였다.

송욱은 "우리나라 新詩가 아주 출발점에 서 있었다는 것을 회상하면『님의 침묵』이 타고르의 자극과 영향을 받지 않고 나올 수 있었다고 생각하는 것은 오히려 허황한 노릇이다"라면서 타고르의『園丁』과『님의 침묵』을 비교하고 있다.[8] 이는 타고르의 작품과『님의 침묵』을 비교한 최초의 논의라는 점에서 의의가 있지만 정교한 분석이 결여된 비교를 통해 지나치게 만해의 우수성을 강조하는 태도로 일관함으로써 논의의 객관성을 떨어뜨리고 있다. 한용운을 '한국현대시에 사상을 담은 위대한 인물'이며, '민족과 문학과 종교에 몸을 바친 구세의 대영웅'이라고 선언하는데서 알 수 있듯이 송욱의 논의는 타고르와의 영향관계를 연구하기보다는 만해 문학의 우수성을 부각시키기 위해 타고르의 영향관계를 청산하려는 의도를 담고 있다. 한용운이 무조건 타고르를 넘어서고 있다는 식의 일방적이고 평면적인 논의보다는 한용운이 타고르에게서 받은 영향의 통로를 세분화하고 그것 각각에 대한 한용운의 태도, 즉 수용 · 변용 양상과 거부의 양상 등을 살펴보아야 할 것이다.

이후 김윤식은 조선에서 타고르의 수용과정이 같은 식민지인으로서 동양정신을 서구에 전파한 자에 대한 감정적 환호에 의한 것이었음을 지적하였다. 그는 당대의 환호에 비해 타고르기 조선에서 문학적으로 파급력을 갖지 못하였던 이유를 문화의 비동질성으로 설명하고 있다. 타고르 시가 찬가讚歌전통이 있는 서구에서는 쉽게 동화되었지만 찬가 전통이

---

7) 박노준 · 인권환의『한용운 연구』(통문관, 1960.9)는 최초의 본격적인 만해문학 연구서이다. 독립운동가와 선사로서의 만해에 대한 선입견과 불교 이론을 무리하게 적용하고 있지만 이 책을 필두로 본격적인 만해문학 연구가 시작되고 있다.

8) 송욱, 「유미적초월과 혁명적아공」,『사상계』117호, 1963.2, 356~371쪽.

없는 우리나라에서는 동화되기 어려웠다는 것이다.[9] 이는 서양과 비교할 때, 상대적으로 한국에서 타고르 시가 수용되기 어려웠을 것이라는 점에서 설득력이 있지만, 타고르가 수입되던 시기가 '현대시'의 새로운 형식들이 형성되어가던 시기였음을 생각해보면, 한국의 시 전통에 없는 양식이라는 이유로 받아들여지기 어려웠을 것이라는 논리는 힘을 잃어버린다. 타고르에 대한 비문학적인 측면에 대한 환호에 비해 문학적 영향력의 미미함이란 오히려 수용계층과 당대의 문단적 상황, 식민지인의 자의식 등과 관련하여 설명되어야 할 것이다. 그러나 김윤식의 논의는 한용운에게 미친 타고르의 영향을 세분화할 수 있는 좋은 출발점이 된다. 타고르는 노벨 문학상을 수상한 '시인'이며, 같은 '식민지인'이고, '동양정신을 서구에 전파한 철학자'라는 세 가지가 그것이다. 이렇게 세 가지로 나누어 살펴보는 작업은 당대 수입 소개되고 있었던 타고르에 대한 자료의 분석에 근거했다는 점에서 유효하기도 하지만, 한용운 자신이 '시인'이며, '식민지인'이고, 조선불교유심론을 저술한 '동양철학자'로서 정체성을 가지고 있음에 비추어볼 때, 더욱 적절한 비교의 틀이 될 것으로 기대한다.

한편, 김용직은 직접적인 증거와 작품분석을 통해 몇몇 시인들에게 나타나는 타고르의 영향을 추적하였다.[10] 특히 한용운이 초기부터 타고르를 수용하고 있었고 그를 조선에 소개하는 전신자로서의 역할도 하였음을 밝힌 점이나,[11] 타고르 시의 번역논쟁, 그리고 한용운의 '님'의 개념에

---

9) 김윤식, 「한국신문학에 있어서의 타골의 영향에 대하여」, 『진단학보』 32호, 1969.12.
10) 김용직, 「Rabindranath Tagore의 수용」, 『한국현대시연구』, 일지사, 1974.
11) 김용직에 따르면 한용운은 최초의 타고르 소개자인 진학문의 뒤를 이어 두 번째로 타고르를 소개하였다. 진학문에 의해 중개된 타고르가 '동양인 최초 노벨상 수상자'이며 '식민지 인도인이면서도 서양에 동양철학을 전파한 위대한 사상가'이면서 '시인'이라는 다소 감정적 열광에 의해 덜 정리된 것이었다면, 한용운의 타고르 수입은 '동양철학자'라

미친 타고르의 시 너머에 있는 우파니샤드의 영향을 지적한 점은 기존논의에서 성큼 나아간 지점들이다. 김용직의 논의가 오천석, 김억, 백기만, 양주동 등의 번역을 비교하고, 그들 사이의 번역논쟁을 부각시킴으로써 결과적으로 만해와 타고르 사이에 '번역자'라는 변수가 있음을 강조하고 있다는 점은 주목되어야 한다. 이를 토대로 이 글은 한용운이 읽었다고 확실시되는 타고르의 『원정(園丁)』의 번역자 '김억'이 한용운에게 미친 영향 또한 고찰할 것이다. 김재홍은 『님의 침묵』에 나타난 『원정(園丁)』의 영향을 좀 더 구체적으로 분석하였는데, 책의 구성, 사용된 어휘, 접속관계사, 경어체의 종지법, '의'의 은유 등을 추출하였다.12) 경어체라는 특징에 주목한 것은 중요한 발견이지만 김재홍은 그것을 '한글번역체'이기 때문에 생겨난 것이라고 봄으로써 '번역자에 따라 달라지는 번역문체'라는 변수를 무시하고 있다. 최근의 논의로 현태리는 김억과 양주동의 번역논쟁을 검토하는 과정에서 두 사람의 종결어미 처리의 차이점에 주목하였다. 양주동이 '—한다, —있다'식의 현재 서술성을 구사한 반면 김억은 '—합니다, —습니다'식의 구어체, 경어체를 구사한다는 것이다.13) 현태리는 김억의 번역체가 한용운 시의 문체에 영향을 주었다고 보았지만, 김억이 내세운 시 번역에 있어서의 이론, 이른바 '창작적 역시론(譯詩論)'을 터무니없는 것이라고 평가하고 있다. 이 글은 김억이 주장한 '창작적 역시론'이 '문체론적인 면'에서 다시 이해되어야 하며, 그것이 '다고르 번역자 김억'이 한용운에게 미친 영향의 핵심이었음을 새로이 살펴보고자 한다.

는 점에서 이루어진 것이었다. 1918년 9월 한용운이 정신적 모색을 위해 시도한 잡지 『唯心』에서 타고르의 사상적 측면을 잘 보여주는 Sadhana를 「생의 실현」이라는 제목으로 번역하기 시작했던 것이다. 김용직은 이것을 만해에 의한 번역으로 보고 있다(김용직, 위의 글, 97~98쪽).

12) 김재홍, 『한용운 문학연구』, 일지사, 1982, 212~232쪽.

13) 현태리, 「타골시 번역규범과 만해시 비교론」, 만해학국제학술대회 발표문, 1999.8.

이 글은 기존논의[14]의 성과에 기대어 『님의 침묵』에 미친 타고르의 영향을 『원정(園丁)』을 중심으로 살펴보되 '시인', '식민지인', '동양의 철학자'로서의 타고르에 대해 각각 한용운이 받아들이고 갈등하고 거부한 것들을 추적하고자 한다. 이 작업을 통해 『님의 침묵』과 『원정』의 영향관계를 좀 더 입체적으로 드러내고, 『님의 침묵』이 갖는 의의가 새로이 자리매김 되길 기대한다. 또한 '시인'으로서의 타고르가 한용운에게 미친 영향관계를 살피는 장에서는 타고르 번역자 '김억'의 영향이 그의 '창작적 역시론'과 더불어 새롭게 논의될 것이다.

2. 시인으로서 타고르의 영향

1) 김억 번역체의 문체론적 영향

이미 여러 논자들에 의해 밝혀졌듯이 김억이 번역한 『원정(園丁)』(1924. 12)과 『님의 침묵』(1925.8.29 탈고, 1926.5 간행)의 영향관계는, 시기적 선후관계의 상황적 증거 외에도, 『님의 침묵』에 「타골의 詩(Gardenisto)를 읽고」라는 시가 수록되어 있다는 보다 직접적인 증거로 뒷받침된다.[15] 또한 『님의 침묵』에 수록된 시편들의 어휘, 수사법, 시상을 전개시키는 발상 등이 『원정』의 그것과 일치하는 부분이 많이 발견되고 있다.

---

14) 이외에도 정한모는 타고르의 본격적 도입과 『님의 침묵』의 선후관계가 성립함을 들어 산문시라는 한국 근대시 형성에 영향을 주었다고 논하였으며(정한모, 「타고르의 本格的 導入」, 일지사, 1974, 394~400쪽), 김학동은 「타골의 詩 Gardenisto를 읽고」라는 만해의 시에 기대어 만해가 타고르에 대한 비평의식을 가지고 있었다고 언급하였지만 구체적 분석은 제시하고 있지 않다(김학동, 「만해 한용운론」, 『한국근대시인연구』, 일조각, 1974, 78~79쪽).

15) 김억 번역의 『원정』의 표지에는 'La Gardenisto'라고 쓰여 있다.

여기다 한용운이 이전에 한 번도 시를 써서 발표해 본 적이 없다는 점[16]이나, 그의 시가 20년 이상씩 나이 어린 축들이 주도하고 있던 1920년대 중반 당대 문단의 사조와는 이질적 경향을 가졌다는 점까지 함께 고려해 보면, 한용운이 김억 번역의 『원정』을 '시'를 배우는 교과서로 사용했을 가능성이 높아진다.[17]

한용운이 시를 처음 배우는 사람으로서 『원정』을 수용했다고 할 때, 번역자 김억이라는 변수를 무시할 수 없게 된다. 김억은 『기탄자리』(1923), 『신월』(1924), 『원정』(1924)의 타고르 시집을 번역하여 책으로 내었는데 그 과정에서 양주동 등의 『금성』동인들과 번역논쟁을 치르게 된다.

김억과 양주동의 번역논쟁은 다음과 같이 진행되었다. 먼저 『금성』 창간호(1923.11)에서 양주동은 '충실한 직역이 되지 않은 의역보다 낫다' 면서 '극히 충실한 축자역'을 번역의 기준으로 내세웠다.[18] 그러자 김억 은 『개벽』 46호(1924.4)에서 금성동인들의 번역태도를 비판하면서 창간 호에 실린 양주동의 번역과 『금성』 2호에 실린 백기만의 오역을 지적하 였고,[19] 이에 다시 양주동이 김억의 의역이 졸역임과 오역된 부분을 지 적하면서 다소 감정적인 어휘를 사용하는 것으로 끝이 난다.[20]

김억은 금성동인들의 번역태도를 비판하면서 '譯詩를 創作品으로 보 기 때문에 오역이 잇고 업슴은 譯詩에 대한 문제가 아니고, 다만 창작품

---

¹⁶⁾ 드물게 『유심』 창간호에 수록된 「心」을 시로 보는 경우도 있지만, 「心」은 불교의 교리 에 토씨를 붙인 것이라고 보는 것이 옳다.

¹⁷⁾ 한용운이 자신이 창간한 잡지 『유심』(1918.9)에서 타고르의 '생의 실현 Sadhana'를 번 역 수록했다는 데서도 알 수 있듯이, 한용운이 오래 전부터 타고르가 가지고 있는 철학 적 배경에 관심을 가지고 있었다고 볼 수 있다. 즉, '동양의 철학자'인 타고르에 대한 관 심이 점차 그의 문학에 대한 관심으로 이어진 것이며 이는 불교철학자인 한용운이 시를 쓰게되는 행적과도 순서가 일치한다.

¹⁸⁾ 양주동, 「근대불란서시초」, 『금성』 창간호, 1923.11, 15쪽.

¹⁹⁾ 김억, 「시단산책─「금성」, 「폐허이후」를 읽고」, 『개벽』 46, 1924.4.

²⁰⁾ 양주동, 「개벽 4월호의 금성평을 보고, 김안서군에게」, 『금성』 3호, 1924.4.

으로 된 價値를 봄에 있읍니다'라고 지적했다. 김억은 번역시집을 낼 때마다 그 서문에서 '시 번역 불가능론'을 역설하고 그 결과 '原詩'의 충분한 소화와 '창작적 무드'로 된 '번역시'만이 가능하다고 거듭 주장하였다.21) 같은 시詩도 번역자에 따라 다르게 번역될 수 있다는 것을 근거로 '譯詩는 譯者이 詩的素質로서의 個性을 거친 創作'이라고 주장한 것이다.

이 논쟁의 내용과 진행양상을 살펴보면 양쪽 다 오역이 있었고, 그렇다면 외국문학전공자들이 원서를 직역한다는 자부심을 깃발로 들고 나온 금성동인 쪽이 더 치명상을 입은 것임에 틀림없다. 그러나 논쟁의 초점은 '번역태도'에 모아졌고, 그 결과 일반적으로 금성동인 쪽이 비록 '오역'이 있었지만 번역태도만은 옳았다는 우위를 점한 것으로 평가되어왔다. 그러나 이런 평가들은 실제 논쟁이 '오역'을 지적하는 수준에 그쳤음을 간과하고 그들이 내세운 이론을 바탕으로 이루어진 것이라는 한계가 있다. 즉, 실제 번역의 질이 아닌 각자가 내세운 이론의 명분에 근거한 평가라는 것이다. 게다가 김억의 '역시론(譯詩論)'은 원래의 맥락에서 토막쳐 진 다음 상식적인 맥락으로 논함으로써 그 진의가 왜곡된 감이 있다. 김억은 시의 핵심을 민족마다 사람마다 다른 '음율과 호흡'이라고 보았고 그것의 번역이 불가능함에 고뇌했음을 번역시집의 서문마다 써놓고 있다. 또한 김억이 번역한 『원정(園丁)』의 맨 앞장에 밝혀놓은 원저자原著者의 서문序文에서 타고르가 '뱅갈語로서 英譯된 이冊에잇는 生命과 사랑의 詩'의 '英散文譯은 恒常 逐字譯이 안입니다.─原文에서 각금 省略도 하고 각금解義도하엿습니다'22)라고 밝혀놓은 것도 김억이 주장한 '역시론'의 근거가 되었다고 볼 수 있다. 원저자인 타고르 역시 자기 시를 영역

---

21) 김억, 김용직 편, 『김억작품집』, 형설출판사, 1977 참조.
22) 라빈드라나드 타고르, 안서 김억 역, 「원저자의 서언」, 『원정』, 滙東書館, 1924.

英譯하면서 할 수 없이 번역이 허용하는 범위 안에서 창작적 번역을 했음을 밝혀놓았기 때문이다. 자신의 시의 번역자이기도 했던 타고르는 William Rothenstein에게 보내는 편지에다가 자신의 시를 스스로 영역하면서 느끼는 불만에 대해 쓰고 있다. 즉 번역하는 과정에서 벵갈어 원시原詩의 운율과 음악성이 사라지고 산문처럼 되어버리는 것이 불만스럽지만 그 느낌을 살리려고 노력하고 있다는 내용이 그것이다.23)

물론 시의 창작자가 번역을 겸할 경우와 전문 번역가가 번역을 할 경우 그 둘은 서 있는 위치가 전혀 다르기 때문에 후자가 전자와 같은 권위를 가지고 작품에 손을 댈 수는 없다. 그러나 김억이 받아들인 타고르의 번역태도는 원문에 손을 대는 것이 아니라 '운율과 음악성을 살리기 위해 노력하는 것'이었음에 주목할 필요가 있다. 흔히 오해되는 것과 달리, 실제『원정』에 수록된 김억의 번역시 가운데 몇 가지의 오역24)은 있을 망정, '原詩'와 별개인 '창작품'으로 번역을 한 경우는 없다. 금성동인들이

---

23) "My translations are frankly prose-my aim is to make them simple with just a suggestion of rhythm to give them a touch of the lyric, avoiding all archaism and poetical convention."(Amiya Chakravarty ed., *A Tagore Reader*, the macmillan company, 1961, pp.390~391).

24) 번역논쟁에서 드러난 부분 외에도 의도하지 않은 오역이 있다. 이를테면『원정』의 끝에 수록된「讀者여 이로부터」에서 'an hundred years'를 몇백 년으로 해석한 것은 원시의 분위기를 살려서 창작적으로 소화한 것이라고 볼 수 있을 지라도 'In the joy of your heart may you feel the living joy that sang one spring morning, sending its glad voice across an hundred years.'를 '그대들의맘의슬겁음에 그대들은, 엇던봄날아츰에, 몟백년의세월을 것처서 즐겁은 노래를 보내면서, 노래한사람이 잇는 깁븜을 늣기게 될넌지도 모르겠습니다'라고 번역한 것은 분명히 의도하지 않은 오역이다. 이는 '당신 마음의 기쁨 속에서, 당신은 백년을 뛰어넘어 반가운 목소리을 보내고 있는, 어떤 봄날 아침을 노래했던 생생한 기쁨을 느낄지도 모르겠습니다'라고 해석되어야 한다. 겸손해 하며 자연의 위대함을 노래하고 범신론적 세계관을 보여주고 있는 시의 내용은 김억의 오역으로 인하여 타고르의 시인으로서의 자부심을 보여주고 있다고 잘못 해석되어 왔다. 특히 한용운의 '독자에게'에 나타난 시인으로서의 겸손함과 대조되는 것으로 평가하는 논의들은 수정되어야 한다(R. Tagore, "The Gardener", *Collected Poems and Plays of Rabindranath Tagore*, Macmillan & co ltd, 1962, p.147).

우려했던 것처럼 창작적으로 써낸 번역시는 없는 것이다. 그렇다면 김억은 왜 '창작적 역시론'을 거듭 주장했던 것일까? 이는 김억과 금성동인들의 '시'에 대한 시각의 차이에서 비롯된 것이다. 김억은 시의 핵심을 '운율과 호흡'이라고 생각하고 있었다. 그러므로 자신의 주장대로 '原詩를 완전히 소화'하여 '개인의 시적소질'을 발휘하면서 공을 들여 창작해낸 부분은 '운율과 음악성'을 살리기 위한 '문체'였던 것이다. 김재홍은 『원정』과 『님의 침묵』에 공통적으로 나타나는 경어체, 구어체 종결어미에 주목하였지만, 『원정』이 한글 번역체이기 때문에 『님의 침묵』과 유사한 어형을 지닐 수밖에 없지만 그 표현양태로써 볼 때 그 영향관계가 인정되는 것이 당연하다'고 하였다. 이는 타고르의 영어본이 한글로 번역될 경우 김억의 번역본처럼 되는 것이 당연하다는 인식을 깔고 있다. 즉 번역자로써의 김억의 변수를 전혀 고려하지 않은 입장이다. 반면 현태리는 김억과 양주동의 타고르 시 번역에서 종결어미의 차이점에 주목하고 김억의 번역스타일이 한용운 시에 영향을 주었다고 보았다.

　최초의 번역자인 오천석은 '－이다'로 끝나는 종결어미를 사용했고, 김억 역시 처음 타고르를 번역하였을 때[25] '－이다, －인다, －다'와 같은 종결어미를 사용했었다. 그러나 『기탄자리』 번역에서 김억은 종결어미를 모두 '습니다'체로 통일했는데, 서문에서 '원저자의 영역문이 어려운 것은 아니지만' '譯出할 때 딱한 것은 문체'였다고 밝힌 것에서 알 수 있듯이 김억이 역시집을 내면서 가장 신경 쓴 부분은 '문체'였던 것이다. 그는 『원정』의 서문에서도 거듭 '타고아의 작품은 읽기는 쉬우나 번역할 때에 문체에 대한 고민'으로 무척 괴로웠노라고 토로하고 있다.

　반면 금성파의 백기만은 한 편의 시에서도 '－해요, －러라, －이다/ －

―――――――――――――――――――――

25) 『개벽』 25호, 1922.7.

합시다, -하시오, -리라' 등 어울리지 않는 종결어미를 함께 사용하고 있다. 더구나 백기만이 번역한 시가 '아이의 어머니에 대한 사랑'을 노래한 『신월』의 시편들임을 생각하면 백기만의 번역이 '의미의 전달' 이외의 부분에는 얼마나 무관심했는지 알 수 있다. 양주동은 '-한다, -있다'로 통일하여 사용하긴 하였으나 역시 '어린아이의 어머니에 대한 사랑'을 노래하는 어조로는 김억의 것보다 딱딱하고 부자연스러운 감이 있다.

다시 말해 다른 타고르 번역자들이 내용의 번역에만 관심을 가졌을 뿐, 시의 운율과 음악성, 시적 분위기나 화자와 청자의 개념 등을 담고 있는 '문체'에 별다른 자의식이 없었던 반면, 김억의 번역은 이 모든 것을 수렴한 그만의 독특한 문체로 이루어져 있었다. 이렇게 보면 '原詩에서 발견한 엇더한 것'을 '역자의 시적 소질로서의 개성을 거친 창작'으로 번역해야 한다는 김억의 주장은 허무맹랑한 괴변이 아님을 알 수 있다. 김억의 '역시론'은 김억이 번역에 사용한 문체가 '시의 운율과 호흡, 시의 분위기와 화자와 청자' 등에 문제의식을 가지고 고안해낸 것임을 의미하는 것이다. 그리고 그것이 한용운의 『님의 침묵』에 나타난 여성적 어조, 경어체, 구어체로 인한 독특한 해조諧調로 수용되었다고 보아야 한다.

2) 『원정(園丁)』의 시 형식과 어휘의 수용과 변용

김억은 타고르의 시를 짧은 시간에 완역해 내었는데 이런 정열은 타고르 시의 '무엇이라 말할수 업는 곱음'26)에 대한 매력 때문이었다. 김억이 수용한 타고르는 '곱음'에 초점이 맞추어져 있었지만 한용운이 받아들이

---

26) 김억, 안서 김억 역, 「譯者의 한마듸」, 『원정』, 滙東書館, 1924.

고 있었던 타고르는 우선 같은 '식민지인'이고 '동양의 철학자'라는 점이
었으며 그 다음에 '시를 쓰는 사람'으로 이어졌음은 전술한 바와 같다. 즉
김억과 한용운이 수용한 '타고르'는 당연히 낙차가 있었던 것이다. 한용
운에게 미친 김억의 번역과 타고르의 영향은 이런 상황을 염두에 두고
추적되어야 한다. 한용운이 김억이 번역한 타고르의 시집 『원정(園丁)』
을 시를 배우는 교과서로 삼았을 때, 번역자 김억의 영향이 한용운 시의
문체에 나타난다면, 타고르의 영향은 어휘, 수사법, 시의 구성, 책의 구
성27) 등 형식적 측면에서 나타난다.

<blockquote>

띠끌(진한 글자 인용자) 속에 던젓습니다.(1)
그대는 꼿과갓치 눈멀엇습니다.(58)
저녁 미풍에 껌벅이다가 꺼젓읍니다.(62)

그대는 나를 바리고 그대의 길을 갓습니다.
나는 그대를 위하야 설어하며, 내맘속에 그대의 孤寂한 형상을 **황금**
의 노래로 짜서 두랴고 하엿읍니다.(중략)
그럼, 오시오, 발자회소리를 내이는 비오는 밤이어, 해적~ 웃으시요,
나의 황금의 가을이어, 오시요, 맘풀니는 四月이어, 그대의 키쓰를 넓
히 뿌리면서 오시요,
그대도 오시오, 그리고 그대, 그리하고 그대도!
나의 愛人들이어(이텔릭체 인용자), 그대들은 우리가 必死임을 압니
다. 우리가 맘을 가지고 돌아간 女子 때문에 맘을 압히는 것이 어진
일입닛가? 때는 짤습니다.(중략)

</blockquote>

---

27) 김재홍은 두 시집의 구성상의 유사성을 지적한 바 있다. 김억 번역의 『園丁』이 '原著者
   의 序言(譯者의 한마디)―목차―시본문(아모쪼록 慈悲을→讀者여 이로부터)'까지 85편
   을 수록하고 있고, 『님의 침묵』이 '군말―차례―시본문―독자에게'까지 88편을 수록하
   고 있다는 것이 그것이다(김재홍, 앞의 책).

> 그러나 새롭은 얼골이 내門틈을 것처, 눈으로 내눈을 바라봅니다. 나
> 는 나의 눈물을 씻고 내 노래의 곡조를 밧꾸지 안을수가 업습니다. 그
> 것은 때는 짤븐 까닭입니다.(46)

위에 인용된 것은 김억 번역의 『원정』에 수록된 여러 편의 시에서 발
췌한 것들이다. '틔끌', '그대는 나를 바리고 그대의 길을 갓습니다', '황
금', '그대의 키쓰', '그러나', '눈물', '노래의 곡조', '꼿과갓치 눈멀엇습니
다', '미풍' 등은 모두 시「님의 침묵」에 나오는 어휘와 표현들이다. 『원
정』의 시 46이 '그대는 나를 버리고 그대의 길을 갓'다는 상황의 제시로
시작되어 '그러나'라는 역접 이후에 '눈물을 씻고 내 노래의 곡조를 밧꾸
지 안을수가 업'다는 발상으로 전환되는 것도「님의 침묵」의 시상전개와
같다. 또한 시 46의 이탤릭체로 표시된 '그럼, 오시오~그리하고 그대도!'
의 시행에서는 '비오는 밤', '황금의 가을', '맘풀리는 四月'을 의인화하여
'나의 애인(愛人)들'이라고 부르고 있는데 이는 『님의 침묵』의 「군말」에
서 정의한 '님'의 개념과 그 발상이 비슷하다.[28]

즉 『님의 침묵』에 수록된 시들은 『원정』에서 어휘와 표현, 시상전개
방식과 발상, 그리고 구성을 그대로 배워왔음을 알 수 있다. 다만 이 글은
그런 비슷한 표현 혹은 똑같은 표현일지라도 그것이 한용운에게 있어서
표절이나 모방의 수준에서 수용된 것이 아닌 영향의 차원에서 수용된 것
임에 주목한다.「님의 침묵」에 사용된 어휘나 표현들이 하나의 시에서
집중적으로 가져온 것이 아니라 『원정』의 여러 시편들에서 골고루 사용
되고 있는 어휘들이고, 그것들이 재사용될 때에 『원정』의 원래 시의 텍
스트 속에서 사용될 때와는 다른 맥락으로 사용되고 있기 때문이다.

---

28) 중생이 석가의 님이라면, 철학은 칸트의 님이다 장미화의 님이 봄비라면 마시니의 님은
　　이태리다.

　　하로아츰은 花園에, 눈먼따님이 와서, 蓮닙속에 싼 꼿사슬을 내게 주
엇읍니다. 나는 그것을 내목에 걸엇습니다, 내눈에는 눈물이 고엿습
니다.
　　나는 따님에게 키스하며, 「그대는 꼿과갓치 눈멀엇습니다. 그대는 그
대自身좃차, 그대의선물이 얼마나 아름답은지 몰읍니다,」고 하엿읍
니다.29)

　　타고르의 시에는 힌두교의 풍습으로 인해 '꼿'이 많이 등장하는데 그
영향으로 한용운의 시에도 꽃이 많이 등장한다. 먼저 타고르의『원정』에
서 어느 날 아침 눈먼 소녀가 정원으로 찾아와 꽃으로 된 목걸이를 선물
로 주자 그것을 목에 건 정원사인 '나'는 그 소녀에게 입맞추며 '그대는
꽃과 같이 눈멀었습니다'라고 말한다. 소녀가 꽃과 같이 눈이 멀었다는
것은 다음문장에서 '그대는 그대의 선물(=꽃)이 얼마나 아름다운줄 모
른다'로 이어지는데, 이는 꽃이 아름다운걸 꽃 자신은 모르듯이 당신은
당신이 얼마나 아름다운 줄 모른다는 의미이다. 이는 영어본의 직역이라
볼 수 있는데 영어본은 'you are blind even as the flower are'라고 말한 뒤
'You yourself know not how beautiful is your gift'30)로 되어있다. 즉 이 시
는 '꽃이 아름답다'는 진술을 통해 꽃을 준 소녀의 아름다움을 찬양하고,
눈먼 소녀가 그 자신의 아름다움을 모른다는 의미에서 이중적으로 'blind'
라는 말을 하고 있는 시이다. 그러나 한용운의 「님의 침묵」에서는 '꽃다
운 님의 얼굴에 눈이 먼' 것은 '나'이다. 즉 비슷한 어휘와 수사법을 사용
하고 있지만 아름다운 님과 '사랑에 빠져버렸었던 자신'이라는 전혀 다
른 의미로 쓰인 것이다.

---

29) 옛글자 'ㅅ', 'ㅅ'은 'ㄸ', 'ㄲ'으로 바꿈. 인용자(타고르, 「五八」, 『원정』, 108쪽).
30) R. Tagore, "The Gardener", *Collected Poems and Plays of Rabindranath Tagore*, Macmillan &
　　co ltd., 1962, p.128.

또한 타고르의 시 46에서 사랑했지만 떠나버린 여인은 곧 비 오는 밤이며, 황금의 가을이며, 맘풀리는 4월이다. 즉 아름다운 계절과 자연의 순환을 사랑하는 여인과 겹쳐놓고 있다. 그는 'you wanes year after year; the spring days are fugitive; the frail flowers die for nothing; and the wise man warns me that the life is but a dew drop on the lotus leaf.'라고 말하는데 즉 사랑하는 여인이 나를 버리고 떠났다는 것은 아름다운 계절이 쉽게 이지러짐을 안타까워하는 것이다. 그러므로 시상의 전개상 역접(그러나) 이후의 변화는 자연의 순환에 의한 당연한 것이다. 즉 아름다운 자연이 지금 이지러지는 것이 슬프지만, 계절은 순환하여 새로운 아름다움이 다시 나의 문틈을 들여다 볼 것이고, 그런 자연과 마찬가지로 나의 삶 역시 유한한 것('you know we are motals')이니까 눈물을 씻고 슬픈 곡조의 노래를 바꾸어 나를 찾아오는 아름다운 애인들(자연의 아름다움)을 바라보아야 하는 것이다('But a fresh face peeps across my door and raises its eyes to my eyes./I cannot but wipe away my tears and change the tune of my song. For time is short').[31]

한편 한용운의 「님의 침묵」은 이와 비슷한 시상전개를 가지고 있지만, 자연의 아름다움을 찬양하고 안타까워하는 여리고 맑은 노래를 훨씬 비장한 상황으로 바꾸고 유장한 문장으로 이끌어가고 있다. 그런 차이들을 만들어내는 것은 떠난 '님'의 의미범주이다. 타고르의 '애인'은 당연히 찾아왔다가 스러지고 이지러지며 떠나지만, 계절의 순환을 따라 새로이 찾아오는 '자연의 아름다움'을 의미하기 때문에 애상감은 깃들망정 거기에 비극적 색채나 비장함이 깔리지 않는다. 그러나 「님의 침묵」에서의 '님'은 '기룬 말'에서 제시한 넓은 의미범주의 가능성에도 불구하고 자연

---

31) R. Tagore, 앞의 책, pp.121~122.

으로 읽히지 않는다. 그것은 '영영 상실된 무엇'이며 그 상실감은 화자를 태풍처럼 감싸면서 비장미를 극대화하고 있는 것이다. 타고르가 상실감을 극복하는 방식으로 '자연의 섭리에 순응하고' 새로 찾아오는 애인들을 다시 사랑하는 것을 택한다면, 한용운이 상실감은 극복하는 방식은 '님은 갔지마는 나는 님을 보내지 아니하였다'는 역설과 개인적 의지이다. 주어진 상황을 받아들이지 않겠다는 개인의 의지로 비극적 상황을 극복하려는 것이 역설의 수사학으로 나타나고 있는 것이다. 님의 침묵이란 님의 부재에서 비롯된 것인데 한용운은 상실의 노래가 아닌 '사랑의 노래'로써 '님이 부재하고 있다는 현실적 상황=님의 침묵'을 감싸고 있다.

讀者여, 이로부터 멧百年뒤에 나의詩를 닑을 그대들은 누구십니가?
나는 그대들에게 봄철의 財産에서 꼿한송이를 드리지못했습니다, 그리고 저구름속에서 한줄기黃金을 드리지도 못했습니다.
그대들이 門을 여러노코 먼곳을 보십시오.
그대들의 꼿핀동산에서 百年前에 스러진 꼿들의 香氣롭은記憶을 모하봅시오.
그대들의맘의즐겁음에 그대들은, 엇던봄날아픔에, 멧百年의세월을 것처서 즐겁은노래를 보내면서, 노래한사람이 잇는 깁븜을 늣기게 될넌지도 모르겟습니다.32)

독자여, 나는 시인으로 여러분의 앞에 보이는 것을 부끄러합니다.
여러분이 나의 시를 읽을 때에, 나는 슬퍼하고 스스로 슬퍼할 줄을 압니다
나는 나의 시를 독자의 자손에게까지 읽히고 싶은 마음은 없습니다.
그 때에는, 나의 시를 읽는 것이 늦은 봄의 꽃수풀에 앉아서 마른 국화를 비벼서 코에 대는 것과 같을는지 모르겠습니다.

---

32) 타고르, 안서 김억 역, 「八五」, 『원정』, 滙東書館, 1924.

밤은 얼마나 되었는지 모르겠습니다.
설악산의 무거운 그림자는 엷어갑니다.
새벽종을 기다리면서 붓을 던집니다.[33]

인용된 두 개의 글은 두 가지 면에서 유사성을 가지고 있다. 하나는 '몇 百年 뒤에 나의 시를 넑을 독자'와 '독자의 자손'을 즉 후대의 독자를 언급하고 있다는 점이고, 다른 하나는 '몇百年 전에 스러진 꽃들의 향기로운 기억'과 '늦은 봄의 꽃수풀에 앉아서 마른 국화를 비벼서 코에 대이는 것'이라는 시든 꽃의 향기라는 이미지를 사용하고 있다는 점이다. 기존의 논의들은 만해가 "나의 시를 독자의 자손에게까지 읽히고 싶은 마음이 없다"라던지 후대에는 "나의 시를 읽는 것이 늦은 봄 꽃수풀에 앉아서 마른국화를 비벼 코에 대이는 것과 같을는지 모르겠습니다"라는 구절을 들어 조심스러운 문장으로 겸양의 내용을 드러내고 있다고 보았다. 반면 타고르의 것은 "그대들이 門을 여러노코 먼곳을 보십시오"나 "꽃핀동산에서 百年前에 스러진 꽃들의 香氣롭은記憶을 모하"보면 "몇百年의세월을 것쳐서 즐겁은노래를 보내면서, 노래한사람이 잇는 깁븜을 늣기게" 될 것이라는 구절을 들어 자기 시에 대한 자부심을 명령문으로 나타내고 있다고 평가하였다.

그러나 이는 김억의 오역에 의한 오해이다. 타고르의 시는 다음과 같이 번역되어야 한다. "문을 열고 먼 곳을 보십시오./꽃이 만발하는 당신의 정원에서 백년 전에 스러진 꽃들의 향기로운 기억들을 모아보십시오./당신 마음의 기쁨 속에서, 당신은 백년을 뛰어넘어 반가운 목소리을 보내고 있는, 어떤 봄날 아침을 노래했던 생생한 기쁨을 느낄지도 모르

---

33) 한용운, 「독자에게」, 『님의 침묵』, 서울대학교출판부, 1996.

겠습니다." 영어본 시에 의하면 타고르는 시인으로서의 자부심을 노래하고 있는 것이 아니라 자신의 시가 자연의 풍요로움과 아름다움을 담지 못하고 있음을 노래하고 있는 것이다. 그는 백년 뒤에 자신의 시를 읽을 독자들에게 차라리 문을 열고 밖을 내다보라고 한다. 지금 피어나고 있는 꽃의 향기는 백 년 전에 사라진 꽃의 향기와 같을 것이므로 자연이 보내주는 백 년 전의 향기가 백 년 전에 자신이 느낀 것과 똑같은 기쁨을 줄 것이라는 내용이다. 여기에는 범신론적 자연관과 겸손한 태도가 담겨있는 것이다. 즉 김억의 오역이 있었긴 하지만 어찌되었건 한용운은 오역된 김억의 번역을 읽었고, 그렇다면 한용운은 타고르의 시에서 이미지를 빌어다가 변용하고 있음을 알 수 있다.

만해가 후대에 자신의 시를 읽는 것이 '만발한 봄날 마른 국화꽃을 비벼 코에 대이는 것과 같을지'도 모른다고 쓴 것은 현재보다 훨씬 낙관적인 미래에 현재를 되돌아보는 것이 그러할 것이라는 의미로 보아야 한다. 그는 두 번째 단락에서 아직은 밤이 얼마나 지났는지 알 수 없지만 설악산의 무거운 그림자가 엷어간다는 말을 통해 여명이 오고 있음을 확신하고 있다. 그는 새벽종을 기다리면서 붓을 던진다고 했는데 이는 바로 낙관적 미래―새로운 날을 기다리며 글을 맺는다는 의미일 것이다. 이 글 역시 만해가 '후대의 독자'와 '시든 꽃의 향기'라는 타고르의 것과 유사한 이미지를 수용하여, 자신만의 맥락으로 변용하고 있음을 보여준다. 이로써 한용운이 시를 배우는 교과서로 『원정』을 수용하였지만, 자신만의 주제의식을 타고르에게서 배운 어휘를 변용하여 표현하고 있음을 알 수 있다.

3. 식민지인으로서 타고르에 대한 균열감

한용운은 「타골의 詩(Gardenisto)를 읽고」에서 타고르의 시의 한 구절이 타고르의 시 전체를 상징하는 것으로 사용하고 있는데, 이 시는 바로 그 구절에서 극명히 드러나는 타고르 시의 특성을 비판하면서도 그것에 감동하고 있는 한용운의 상반된 감정이 잘 드러나 있다. 이런 이중감정은 어디서 비롯된 것일까.

타고르가 노벨문학상 수상으로 전 세계적 유명인사로 떠올랐을 때 조선의 반응은 같은 동양인, 같은 식민지인이면서 서양의 제국주의 열강들의 존경을 받는 사람에 대한 감정적 환호였다. 이런 기대와 요구에 부응하여 타고르의 시들이 단기간 내에 번역되었음도 전술한 바와 같다. 그러나 막상 그의 시들이 조선문단에 미친 영향이 미미했음은 전술한 바와 같다. 김용직에 의해 그 영향의 뿌리가 뻗어나간 계보가 추적되긴 했지만 그것은 많지 않은 작가들에게 나타나는 너무 가느다란 영향의 징후였고, 그나마도 일시적인 것이었다. 그 까닭은 당대 문단의 구성 계층의 특성이라는 상황에서 찾아질 것이다. 식민통치하라는 절망적 상황에서 문단을 주도하던 십대와 이십대 초반의 젊은이들에게 자연과 삶의 아름다움을 찬양하는 타고르의 시가 탐탁지 않았던 것이다. 제국주의 열강의 식민지인이라는 공통된 정체성을 가지고 있었던 타고르에게 식민지인으로서 나아가야 할 길을 인도받고 싶었던 조선청년들의 기대와 달리 당시의 타고르의 시에는 동양인으로서 식민지인으로서의 자의식은 전혀 드러나지 않았다. 초기 타고르는 친영적親英的적이었으며, 후에 가장 애국적일 때조차도 반서양적이지 않았다. 그가 영국인 친구들에 의해서 런던 문단의 각광을 받고 노벨상을 받았을 때에도 그의 동포들은 '그 친구의 사랑의 서정시는 옛날 바이슈나브 시인들의 노래의 발꿈치에도 못 미치는 흉내일 뿐이다. 거기에다가 그 친구의 철학은 우파니샤드의 철학이 아니야. 유럽인이나 미국의 괴짜들에게는 겨우 타고르 정도에 열을 올리라고'하자면서 반발이 있기도 하였다.[34]

한용운은 당대 일반인들의 감정적 환호나 문단을 주도하던 스무 살 이상 어린 축들의 무관심, 혹은 말의 '곱음'에 매료된 김억과는 다른 방향에서 타고르에 접근하고 있었다. 그는 불교철학자로서 우파니샤드 사상을 노래하고 있는 인도의 철학자인 타고르에게 관심을 가지고 있었었고 그런 면에서 타고르의 시를 읽는 감수성을 가지고 있었을 것이다. 그러나 한용운 역시 타고르의 시에 감동하면서도 그것에 식민지인으로서의 자의식이 결여되어 있다는 점에 거부감을 가지고 있었다.

> 벗이여, 나의 벗이여, 애인의 무덤 위의 피어 있는 꽃처럼 나를 울리는 작은 벗이여.
> 작은새의 자취도 없는 사막의 밤에 문득 만난 님처럼 나를 기쁘게 하는 벗이여.
> 그대는 옛 무덤을 깨치고 하늘까지 사무치는 백골의 향기입니다.
> 그대는 화환을 만들려고 떨어진 꽃을 줍다가 다른 가지에 걸려서 주운 꽃을 헤치고 부르는 절망인 희망의 노래입니다.
>
> 벗이여, 깨어진 사랑에 우는 벗이여.
> 눈물이 능히 떨어진 꽃을 옛 가지에 도로 피게 할 수는 없습니다.
> 눈물을 떨어진 꽃에 뿌리지 말고 꽃나무 밑에 티끌을 뿌리셔요

---

34) 크리슈나 크리팔라니, 김양식 역, 『R. 타고의 생애와 사상』, 세창출판사, 1996, 129~142쪽.

벗이여, 나의 벗이여.

죽음의 향기가 아무리 좋다 하여도, 백골의 입술에 입맞출 수는 없습
니다.

그의 무덤을 황금의 노래로 그물치지 마셔요, 무덤 위에 피묻은 깃대
를 세우셔요.

그러나 죽은 대지가 시인의 노래를 거쳐서 움직이는 것을 봄바람은
말합니다.

벗이여, 부끄럽습니다. 나는 그대의 노래를 들을 때에 어떻게 부끄럽
고 떨리는 지 모르겠습니다.

그것은 내가 나의 님을 떠나서, 홀로 그 노래를 듣는 까닭입니다.
―「타골의 시(Gardenisto)를 읽고」 전문

이 시에 대한 기존의 논의들은 2연과 3연의 "눈물을 떨어진 꽃에 뿌리
지 말고 꽃나무 밑에 티끌을 뿌리셔요"와 "그의 무덤을 황금의 노래로 그
물치지 마셔요, 무덤 위에 피묻은 깃대를 세우셔요"를 들어 타고르에 대
한 비판정신이 드러나 있다고 평가하고 있다. 이 구절들이 사회와 역사
적 소명을 벗어나 절대적 원리에 순종하는 타고르의 태도를 비판하고 있
다는 것이 그것이다.[35] 그러나 이는 '피묻은 깃대=사회와 역사적 소명'
이라는 식의 선입견이 상당히 개입된 시읽기이다. 텍스트 밖에서 끌어온
것으로 시의 한 부분을 확대 해석하고 있는 것이다. 이 시는 『님의 침묵』
의 가장 큰 주제인 '사랑―만남 : 죽음―이별'의 주제를 다루고 있다. 1연
에서 '애인의 무덤'은 '님의 죽음'과 같은 말이며 '사막의 밤에 만난 님'은
'님과의 만남'을 의미한다. 2행의 '옛무덤을 깨치고 하늘까지 사무치는
백골의 향기입니다'라는 것은 타고르의 시가 님의 죽음을 초월하는 미학

---

35) 이에 대해서는 송욱, 김윤식, 김재홍, 김학동 등 논자들의 이견이 없다.

을 가졌음을 비유한 것이다. 1연의 마지막 행인 "그대는 화환을 만들려고 떨어진 꽃을 줍다가 다른 가지에 걸려서 주운 꽃을 헤치고 부르는 절망인 희망의 노래입니다"는『원정』39의 "나는 왼아츰동안을 花環을 역그랴고 하였습니다. 만은 꽃은 밋끄러저 떠러젓읍니다"를 수용 · 변용한 것이다. 꽃이 미끄러져 떨어졌다는 것은 '이별─죽음'을 의미하며 그것을 노래하고 있는 타고르의 노래는 '죽음─절망인 노래'가 된다.

2연의 1행에서 '깨어진 사랑'은 '이별─죽음'을 의미하며 고로 깨어진 사랑에 우는 벗은 절망의 노래를 하는 벗, 다시 말해 타고르이며, 떨어진 꽃을 '옛가지'에 도로 피게 할 수는 없으니 눈물을 꽃나무 밑에 뿌리라는 것은 '이별─죽음'을 노래하지 말고 '새로운 만남─희망'을 준비하라는 것이다. 3연의 '그(백골─인용자)의 무덤을 황금의 노래로 그물치지 마셔요, 무덤 위에 피묻은 깃대를 세우셔요'는 죽음을 미학적으로 꾸미지 말라는 의미로 보아야한다. '피묻은 깃대'란 혁명의 상징이나 사회나 역사의 소명을 상징한다기보다 '황금의 노래 그물'에 대응하는 비유일 뿐이기 때문이다. 즉, 죽음을 아름다운 노래로 덮으려 하지 말고 죽음을 죽음의 본질대로 드러내놓으라는 의미인 것이다. 3연 마지막 행의 '그러나 죽은 대지가 시인의 노래를 거쳐서 움직인'다는 것은 '그러나'라는 역접에서 알 수 있듯이 2~3연의 반전이다.

'죽음'이 '시인의 노래'를 거쳐서 부활된다는 의미이기 때문이다. 즉 '죽음을 노래하는 것이 부활─희망을 노래하는 것'이라는 결론이 내려지는 것이다. 이는 2~3연에 대한 반전이면서 1연 끝에서 말한 '절망인 희망의 노래'가 추출되는 과정이다. 이 행은 이 시에서 가장 중요한 부분임에서 불구하고 그간 논의에서 언급된 바가 없다. 시전체의 구조를 해체하고 2~3연만을 가지고 논의를 한 결과 기존연구들은 이 시의 의미를 오해하게 되었던 것이다.

4연에서 화자가 '그대의 노래를 들으면 부끄럽고 떨린다'는 것은 타고르의 시를 비판하면서도 그것에 감동하는 만해의 심정이 잘 드러난 부분이다. 또한 마지막 행은 내가 '님과 이별―(죽음)'해서 타고르의 시―'죽음/이별을 노래하지만 부활/만남을 들려주는 노래'를 듣고 있다는 의미로 해석된다.

기존 논의들은 이 시가 타고르의 시에 역사적 소명의식이 부족한 것을 비판한 만해의 비판정신이 드러나며, 그것이 바로 만해가 타고르보다 더 나아간 지점이라고 평가하는데 이견이 없다. 이런 논의는 상황을 흑백논리로 밋밋하게 만들어 버리는 경향이 있다. 그러나 이 시를 텍스트 안에서 읽어보면 타고르 시에 대한 '감동'과 '거부감'의 사이에서 갈등하고 있는 한용운의 인간적인 면모가 드러난다. 이는 한용운이 '시인'으로서의 타고르와 '식민지인'으로서의 타고르를 받아들이는 데에 균열감을 가지고 있었음을 의미한다. 또한 이 시는 타고르의 『원정』에 사용된 시 구절은 거의 그대로 받아 적었다는 점에서는 타고르를 수용한 것이지만 그것을 타고르의 시 전체를 의미하는 비유로 사용함으로써 자신의 시안에서 자유자재로 녹여내는 변용을 보여주고 있다.

4. 결론

지금까지 한용운의 『님의 침묵』에 미친 타고르의 영향을 살펴보았다. 타고르는 그 이입사의 초기에 '시인, 동양철학을 서양에 전파한 철학자, 같은 동양인이면서 식민지인'이라는 세 가지 측면에서 주목받았다. 여기에서 착안하여 이 글은 한용운이 타고르를 시인으로서, 같은 동양인이며 식민지인으로서, 그리고 철학자로서 어떻게 받아들이고 있었는지를 살펴보고자 했다. 그 과정에서 승려이자 동양 철학자이자, 독립운동가였고 시조를 쓰긴 했지만 근대적인 시는 한 번도 써본 적이 없는 한용운이 처음 시를 배우는 모델로 타고르의 『원정』을 삼았으며, 그 결과 어휘와 표현, 발상 등 형식적인 측면에서 유사함이 그대로 노출되고 있음을 살펴보았다. 또한 타고르의 『원정』을 시를 배우는 교과서로 삼았을 때, 번역자라는 중간 변수가 작용할 수 밖에 없는데, 이 때 번역자 김억의 번역체가 한용운의 문체에 영향을 주었음은 주지의 사실이다. 그러므로 이 글은 김억과 금성동인들 간의 번역논쟁을 살펴봄으로써 김억의 '창작적 역시론'이 '시의 운율과 음악성, 시적분위기와 화자 청자의 문제'를 고려한 이론임을 밝혔다. 타고르 시의 핵심을 '곱음'으로 파악한 김억은 강한 자의식을 가지고 번역문체를 만들어내었으며 문체가 한용운에게 영향을 주었음을 다시 평가하였다.

즉 한용운은 시를 배울 적에 김억의 번역문체와 타고르의 어휘, 발상, 표현을 배운 것인데 구체적인 작품분석을 통해 그것이 독창적인 주제의식을 표현하기 위한 형식적 수단으로서 사용되었을 뿐임을 밝혔다.

또한 한용운이 타고르의 시에 감동하면서도 식민지인으로서의 자의식이 결여되어 있다는 점에 거부감을 가지고 있음도 작품분석에서 알 수 있었다. 한용운은 타고르를 시인으로서는 수용 변용하고 있었지만, '식민지인'의 자의식이 결여 되어있다는 점에서 거부하고 있었던 것이다.

마지막으로 동양철학자로서의 타고르를 한용운이 어떻게 받아들이고 있었나 하는 부분은 이 글에서 미처 다루지 못했다. 타고르는 처음 소개되던 당대에 '불교도'로 소개되었었는데 이는 그가 인도인이라는 데서 생겨난 오해이지만 사실 인도에서 불교는 힌두교의 한 갈래로 여겨지고 있으며 불교의 교리 역시 우파니샤드에 근거한 것이다. 그런 면에서 한용운이 같은 '동양철학자' 즉 '불교철학자'로 받아들이고 있었던 것은 큰 오해라고 할 수 없다.

한용운이 타고르의 영향을 받았다면 타고르 역시 우파니샤드의 영향을 받은 것이 사실이다. 실제로 께나 우파니샤드는 '이 마음은/어느 누구에 의해 원하는 곳으로 움직이는가?/누구와(무엇과) 결합하여 첫 호흡이 시작되었는가?/모든 생명체들은 누구에 의해 감화받고 '말'을 하는가?/눈과 귀 뒤에 어느 누구의 힘이 숨어 있는가?'[36]로 시작되는데, 이는 타고르 시 도처에서 유사한 심상으로 또한 철학적 의문의 수사법으로 나타난다. 주목할 만한 것은 한용운의 「알 수 없어요」에도 유사한 철학과 철학적 의문의 수사법이 나타난다는 것이다. 타고르에 미친 우파니샤드의 영향과, 그것과 한용운과의 철학적 교감과 변별점을 살펴보는 것은 앞으로의 과제로 남겨둔다.

---

36) 이재숙 옮김, 「께나 우파니샤드」, 『우파니샤드 Ⅰ』, 도서출판 한길사, 1997, 73~74쪽.

■ 참고문헌

<기본자료>

김억, 김용직 편, 『김억작품집』, 형설출판사, 1977.

____, 「시단산책－「금성」, 「폐허이후」를 읽고」, 『개벽』 46, 1924.4.

김유방, 「詩聖타쿠르에 對하야」, 『학생계』 1920.7.

라빈드라나드 타고르, 안서 김억 역, 『園丁(동산직이)』, 滙東書館, 1924.

양주동, 「근대불란서시초」, 『금성』 창간호, 1923.11.

_____, 「개벽 4월호의 금성평을 보고, 김안서군에게」, 『금성』 3호, 1924.4.

유광열, 「님의 沈黙 독후감」, 『시대일보』 1926.5.31.

주요한, 「愛의 祈禱 祈禱의 愛」, 『동아일보』 1926.6.22, 1926.6.26.

진학문, 「印度의 世界的大詩人 라빈드라나드, 타쿠르」, 『청춘』 1917.11.

한용운, 『님의 침묵』, 서울대학교출판부, 1996.

R. Tagore, "The Gardener", *Collected Poems and Plays of Rabindranath Tagore*,
        Macmillan & co ltd, 1962.

<참고자료>

김용직, 『한국현대시연구』, 일지사, 1974.

_____, 『한국근대시사 上』, 학연사, 1976.

김윤식, 「한국신문학에 있어서의 타골의 영향에 대하여」, 『진단학보』 32호,
        1969.12.

김재홍, 『한용운 문학연구』, 일지사, 1982.

김학동, 『한국근대시인연구』, 일조각, 1974.

_____, 『한군문학의 비교문학적 연구』, 일조각, 1972.

박노준 · 인권환, 『한용운 연구』, 통문관, 1960.

송욱, 「유미적초월과 혁명적아공」, 『사상계』 117호, 1963.2.

이재숙 옮김, 『우파니샤드 I 』, 도서출판 한길사, 1997.

정한모, 「타고르의 本格的 導入」, 일지사, 1974.

크리슈나 크리팔라니, 김양식 역, 『R. 타고의 생애와 사상』, 세창출판사, 1996.

Amiya Chakravarty ed., *A Tagore Reader*, the macmillan company, 1961.

정지용 시에 나타난 '시계'의 의미와 '감각'

1. 부정적 근대성의 시계

1930년대 경성의 도시적 감수성의 세례를 받은 '도회의 아들'[1]들의 시에 시계의 이미지가 등장하기 시작한다. 신기한 도시풍경을 온몸으로 받아들이고 있었던 김기림의 시에서 시계는 범속한 이미지에 지나지 않았지만, 정지용의 '무서운 시계'[2]나 李箱의 '별안간 13을 치'[3]는 시계와 같은 강렬한 시계 이미지가 나타나는 것은 주목할 만하다. 그렇다면 시계가 이들의 시에 등장하게 된 배경은 무엇이며, 시계에 대한 상이한 이미지들은 어떤 의미를 가질 수 있을까?

서양에서 처음 태엽이라는 탈진기脫進機를 이용한 기계시계를 만든 것

---

1) 김기림, 「모더니즘」의 역사적 위치」, 『김기림 전집 2』, 심설당, 1988. 앞으로 김기림의 글은 심설당에서 나온 『김기림 전집』에서 인용한다.
2) 정지용, 「무서운 時計」, 『정지용전집 1』, 민음사, 1999, 89쪽. 정지용의 시들은 민음사 판과 건설출판사 판 『정지용시집』(1946)과 백양당 판 『백록담』(1946)을 비교하여 사용하되 인용 쪽은 민음사 판으로 기재한다.
3) 이상, 이승훈 엮음, 「一九三一年(作品第一番)」, 『이상문학전집 1』, 문학사상사, 1997, 238쪽. 앞으로 이상의 글 인용은 이 책에서 한다.

은 14세기 후반의 일이었다.4) 기계시계는 16세기경부터 널리 보급되며 상업과 교역상 시계가 필요했던 도시에서 중요하게 사용되었고, 18세기에는 사치품이나 귀한 물건이 아닌 '필수품'으로 일반가정에 보급되었다. 시계의 보급은 시간에 대한 관념을 크게 변화시켰다. 모든 시간은 동질적이며 분할할 수 있는 시계적(기계적) 시간이라는 근대적 시간개념이 생겨난 것이다.5)

우리나라의 경우에도 서양의 기계식 시계의 도입이 이와 같은 변화를 가져왔을까? 우리나라에 자명종, 즉 서양식 금속제 기계시계가 들어온 것에 대한 첫 기록은 인조 9년(1631) 7월 명나라에 사신으로 갔던 정두원이 자명종을 가지고 왔다는 「인조실록」의 기록이다. 자명종은 명나라에서 활동하고 있던 예수회선교사들이 퍼뜨린 서양 과학기술 문물중의 하나였다. 자명종은 첨단과학기술의 산물로 조선학자들에게 큰 충격을 주었지만, 정시법定時法과 부정시법不定時法을 함께 쓰고 있던 조선의 시간제도6)에 적용하는 방법을 몰라 그저 신기함의 대상일 뿐이었다.7)

---

4) 앙리 드 윅(Anri de Wiek)이 샤를 5세를 위해 기계시계를 만든 이후 1390년 무렵에는 영국, 프랑스, 독일 등에 시계가 만들어져 대성당의 탑에 설치되었다(전상운, 『시간과 시계 그리고 역사』, 월간시계사, 1994, 37~38쪽).
5) 이진경, 「근대 과학의 시간·공간 개념」, 『근대적 시·공간의 탄생』, 푸른숲, 1997, 101쪽.
6) 조선시대까지 사용된 시간의 개념은 현재 우리가 사용하는 시간과는 다른 원리로 작동하는 것이었다. 지금 우리가 쓰는 시간이 계절과 상관없이 하루를 24등분하고 1시간을 60분으로 등분하고 있는 것과는 달리, 조선시대까지 사용된 시간은 계절마다 시간의 길이가 달랐다. 하루를 '자축인묘진사오미신유술해'의 12시로 나누고 그것을 다시 100각으로 나눈 정시법(定時法)을 사용했지만, 밤이 되면 물시계를 이용한 부정시법을 사용함으로써 정시법과 부정시법을 병행하여 사용하였다. 해가 지는 때를 언제나 초경(初更)이라고 해서 인경을 울리고, 해가 뜰 때를 오경(五更)이라 하여 바라의 종을 쳤다. 한밤중은 언제나 자시(子時)이고 한낮은 언제나 오시(午時)였다. 길건 짧건 하루 밤을 5등분해서 1경으로 했기 때문에 여름밤의 1경은 겨울밤의 1경보다 짧았다. 이 때 사용된 물시계는 물 흘러내리는 속도가 계절에 따라 다르지 않았으므로 24계절에 따라 24개의 다른 눈금이 새겨진 다른 잣대를 사용했다(전상운, 앞의 책, 28~30쪽).
7) 김육, 「잠곡필담(潛谷筆談)」(전상운, 위의 책에서 재인용, 95~96쪽).

1669년 현종 10년 10월 14일자 「현종실록」에 천문학교수 송이영이 처음으로 서양의 자명종을 모방하여 자명종을 만들었다는 기록이 있지만,8) 19세기말까지도 기계식 시계는 조선에서 필요성을 인정받지 못했다.9) 전등이 없었던 시대에는 해가 뜨고 지는 것에 맞추어 시간을 정함으로써 삶의 리듬을 자연의 리듬에 맞추는 것이 자연스럽고 편리한 것이었기 때문에, 계절에 따른 낮밤 길이의 변화를 무시하는 기계식 시계는 불필요한 것으로 인식되었던 것이다.

1886년 2월 22일자 한성주보 제4호 17쪽에서 18쪽에는 최초로 시계광고가 게재되었다. 독일 무역상인 세창양행의 '덕상 세창양행 고백(德商 世昌洋行 告白)'이라는 24줄짜리 광고에 '쇠가죽, 말가죽, 개가죽 등을 사들이고, 자명종 시계, 호박, 유리 등'을 외국에서 들여다가 판다는 내용이 들어있었다.10) 수입에 의존하여 시계가 팔리기도 하였으나 이런 극소량의 보급은 여전히 '신기한 문물'과 '귀한 물건'이라는 인식 속에서 이루어졌다. 시계가 일반인들의 삶 속으로 들어온 것은 근대화의 과정에서 근대적 제도에 내재화된 형식을 통해서였다.

정지용 시에 나오는 것과 같은 '나를 높다란데서 굽어보는' '벽돌집 탑'의 '거만한' 시계11)가 처음 등장한 것은 명동성당과 기차역이 생기면서

---

8) 전상운, 위의 책, 108쪽.
9) 조선시대 말 철종 때의 과학자 남병철은 의기집설이라는 자신의 저서에서 프랑스의 시계 만드는 이가 2천명이 넘고 각종 기계시계의 연 생산량이 일만 이천 개에 달하고 있음과 중국과 일본의 시계사에 대해서 논하는 등 서양과 동양의 활발한 시계제작에 대한 절을 마련하고 있다. 그는 특히 중국이 서유럽의 부품을 가져다가 중국식 디자인으로 장식하여 자체브랜드로 유럽에 역수출을 하고 있었던 사정과 중국과 일본에서 시계를 만드는 장인인 시계사(時計師)라는 전문 직업인이 나타나 대접을 받았던 것을 논하면서 중국이나 일본과 달리 조선에서 시계는 일반화되지 못하였음을 간접적으로 시사하고 있다(남병철, 「의기집설(儀器輯說)」(전상운, 위의 책에서 재인용, 147~148쪽)).
10) 신인섭 · 서범석, 『한국광고사』, 나남, 1998, 28~29쪽에서 재인용.
11) 정지용, 「幌馬車」, 『정지용전집』.

부터였다. 1898년에 완공된 명동성당에는 시계실이 있는 종탑이 세워졌는데 그 높이가 46.7m나 되었다.[12] 경사지 구릉의 정상부에서 당시 수평적으로 낮게 형성되어 있었던 시가지를 내려다보도록 배치된 46.7m 높이의 명동성당의 종탑은 상당히 위압감을 주는 것이었으며 당대인들에게 큰 충격이었다.[13] 또한 1925년 국제규모의 역을 만들고자 하는 노력으로 재건축된 경성역에는 지름이 1.6m나 되는 대형시계가 설치되었다.[14] 근대의 상징인 기차는 '기차—시간'에 맞추어 각 역에 도착하고 출발하였으며 1886년에 지어진 배재학당이나 1900년에 지어진 이화학당과 같은 신학문의 전당에서는 '시간표'에 의해 수업이 이루어졌다.[15] 일제가 식민지 침략을 시작한 이후 식민체제를 정당화하고 통치를 쉽게 하기 위해 본격적으로 도입한 각종 근대제도들은 기계적 시간인 시간표를 통해 운영되고 있었다. 기차(—시간), 학교(—시간), 공장(—시간), 병원(—시간)뿐만 아니라 백화점(—시간), 영화(—시간), 라디오(—시간) 등 모든 근대화와 도시화의 기표에 기계적 시간—시간표라는 말은 괄호 처져 있었다. 근대적 시간의 개념이 근대적 제도에 내재화된 채로 일제에 의해 보급

---

12) 임정의 편, 「명동성당의 건축관련 기록들」, 『명동성당 100년』, 코리언북스, 26~34쪽.

13) 임정의, 위의 책, 135~139쪽.

14) 우리나라 최초의 기차역은 1900년 7월 8일 한강철교 준공과 함께 경인선이 완전 개통되면서 만들어진 남대문역이었다. 현재 서울역의 전신인 남대문역은 시골 간이역 정도의 초라한 건물이었지만 1905년 경부선과 1906년 경의선이 개통되면서 점차 승객이 늘어났다. 1915년 역사를 크게 개축하면서 이름도 경성역으로 바뀌었으며 1920년대에 들어서자 이른바 모던 경성의 인구는 30만 명을 넘어서고 있었다. 이에 경성역의 소유주였던 남만주 철도주식회사는 역을 국제규모화 하기로 한다. 1925년 9월 30일 경성역은 현재의 위치에 웅장한 모습을 드러내는데 194만 원의 거금을 들여 3년 공사 끝에 지은 경성역은 당시 일본 동경역사와 함께 동양 2대 건축물로 손꼽혔다. 서울역사의 중심에는 지름이 1.6m인 대형시계가 설치돼 지금까지도 꾸준히 시각을 알려오고 있다(임성태 외, 「서울驛」, 『서울서울서울—서울六百年—어제·오늘·내일』, 한국일보, 1994, 102~103쪽).

15) 김진송, 『현대성의 형성—서울에 딴스홀을 許하라』, 현실문화연구, 1999, 244~255쪽 참조.

됨으로써, 우리에게 근대적 시간은 '잠복된 근대성'이라는 의미와 '잠복된 식민체제의 규율권력'이라는 두 가지 의미로 다가오게 되었다.[16]

1930년대 경성의 신기한 도시풍경을 민감한 시선으로 포착했던 김기림의 시에서 시계가 평범한 이미지로 묻혀있는 것은 이런 맥락에서 설명될 수 있다.[17] 당시에 시계는 신기한 도시풍경의 구성물이 아니었으며 도시의 이면에서 도시전체와 사람들을 움직이는 보이지 않는 힘으로 내재화되어 있었던 것이다. 김기림의 시선에 포착되는 근대적 시간은 '시계'같은 평범한 것이 아니라 '러시아워'[18]나 '서머타임'[19] 같은 낯선 단어가 빚어내는 도시의 풍경이었으며, 속도[20]와 동시성의 감각을 상징하는 기차 이미지였다.[21]

그렇다면 정지용과 李箱의 시에서 발견되는 강렬한 시계의 이미지가 당시에 외부적 충격으로 다가온 대상에 대한 반응으로 나타난 것이 아님을 알 수 있다. 그것은 일상에 녹아들어 보이지 않지만 은밀히 존재하면서 개인을 조작하고 있는 '근대성'과 '식민지 규율권력' 그리고 그것들의 '폭력성'을 감각하는 자가 찾아낸 부정적 근대성의 은유였던 것이다.[22]

---

16) 김진균 · 정근식 편저, 『근대주체와 식민지 규율권력』, 문화과학사, 2000 참조.

17) 김기림의 시와 수필에 시계의 언급이 없는 것이 아니다. 수필 「초침」에서는 우연히 바라본 전기시계의 초침이 자신의 관찰벽(觀察癖)과 어울려 자꾸 떠오른다는 얘기를, 「질투」에서는 친구가 결혼하고 나서 괄목상대하게 집을 잘 차려놓았다는 것을 표현하기 위해 여러 종류의 여러 시계로 장식했더라고 쓰고 있다. 이외에도 시와 수필에서 시계, 기둥시계, 벽시계 등이 곧잘 나타나지만 이들은 의미화 된 이미지가 아니라, 그가 누리고 있는 도시생활의 풍경에 녹아 들어가 있는 대상으로 언급될 뿐이다.

18) 김기림, 「도시풍경1 · 2」, 『김기림 전집 5』.

19) 김기림, 「나의 서울 設計圖」, 『김기림 전집 5』.

20) 우리가 「스케트」를 좋아하는 것은 속력의 쾌감을 향락하려는 것이 목적이다. 속력은 실로 현대 그것의 상징이다. 그래서 「스케트」는 사람이 기계의 힘을 빌렸다는 의식이 없이 속력의 극한을 그 몸으로써 경험할 수 있는 최고의 「스포츠」다(김기림, 「「스케트」哲學」, 『김기림 전집 5』).

21) 신범순, 「신문매체와 백화점의 시학―1930년대 김기림을 중심으로」, 『시와 사상』 2002년 겨울호.

Ziolkowski는 독일과 영미의 현대소설들을 분석하면서 불협화 하는 시계 (discordant clock)를 하나의 특징적인 요소로 추출하고 현대소설을 '시계 의 폭동(riot of clock)'이라고 규정하였다.23) 李箱의 '별안간 13을 치'는 시 계 또는 '서기는했으나時間은맞는' 시계24) 등은 근대제도의 기계적 시간 (public time)에 대항하여 자신의 내면의 시간으로(his own inner time)25) 들어가는 시적 주체의 의식을 보여주는 것이다. 李箱은 일상에 잠복된 '근대성'과 '식민지 규율권력'의 상징인 '기계적 시간'을 망가뜨리거나 무 의미한 것으로 만들어버리고 자기 자신의 시간 속으로 들어간다.26) 그러 나 정지용 시에서 시계는 불협화하지 않으며 정확히 작동하고 있다. 정 지용의 시에서 '시계'가 어떻게 이미지화되고 있으며 그것이 어떤 의미 를 가질 수 있을 지 살펴보자.

---

22) Ziolkowski는 독일과 영미의 문학작품과 살바도르 달리와 샤갈의 그림에 등장하는 시 계를 지적하면서 public time에 대항하여 자신만의 private time을 갖고 싶어 하는 개인 의 주관적 의식에 의해 현대예술에서 시계는 부정적 상징이 된다고 주장하고 있다. The clock is summoned forth as a negative symbol by the subjective consciousness of an individual who wishes to assert his own private time against the claims of public time(Theodore Ziolkowski, Discordant Clock, *Dimensions of the novel*, Princeton University Press, 1969, p.188).

23) 그는 특정한 사건이 일어난 시간에 멈춰진 시계(조이스의 <젊은 예술가의 초상>에서 Leopold Bloom의 시계), 카프카의 작품에 나오는 빠르거나 느린 시계, 포크너의 바늘이 하나뿐이고 느린 시계와 바늘이 없는 시계(<음향과 분노>), 버지니아 울프의 올란도의 시계에 대한 집착(<올란도>) 등을 지적한다(Theodore Ziolkowski, 위의 책, pp.183~187).

24) 이상, 「運動」, 『이상문학전집 1』.

25) 죽음(death)에 직면한 개인은 public time이 아닌 그 자신의 시간으로 들어간다(Ziolkowski, 위의 책 서문 viii, p.183).

26) 이재선은 李箱문학 전반에 나타나는 시계에 대한 집착을 지적하면서 Ziolkowski의 견해 를 가져온다. 이상의 시계가 public time에 비해 '반란하는 시계'이거나 '박제된 시계'라 고 지적하면서 public time을 공적시간이라는 말로 번역하고 그것이 공준성(公準性)을 내포하고 있다고 하였다. '공준성'이라는 용어는 본고의 시각에 근본적인 출발점이 되 었지만 1930년대 경성의 시대적 상황과 감각을 좀 더 첨예히 드러내기 위해 public time 을 '기계적 시간'으로 번역하고, 그것이 내포하는 의미도 '일상에 잠복된 근대성'과 '일 상에 잠복된 식민지 규율권력'으로 교정하여 사용하고자 한다(이재선, 「이상문학의 시 간의식」, 『한국문학의 원근법』, 민음사, 1996 참조).

2. 시계에 갇힌 자아와 '유리'의 경계적 상상력

　정지용의 시는 그가 활동하던 당대부터 지금까지 감각적이라고 평가
받고 있다.27) 김기림은 정지용을 감상적 낭만주의를 극복하고 '청신하고
원시적인 시각적 「이미지」를 발견'한 '최초의 모더니스트'28)이며, 우리
의 시 속에 「현대의 호흡과 맥박」을 불어넣은 최초의 시인29)이라고 고
평하였다. 그러나 이런 평가는 정지용의 시를 시각적 이미지즘—모더니
즘으로 옭아매는 단초가 되었다. 임화가 정지용의 감각을 인간의 진실한
내면적 감정을 배제함으로써 깊이 있는 사상을 형상화하지 못하는 '기교
주의'로 흘렀다고 비판한 것도 김기림의 평가에 뿌리를 둔 것30)이었다.
이후의 논의들은 이 두 가지 평가에 대한 평가를 거듭하면서 정지용 시
의 감각을 모더니즘—리얼리즘의 틀로 점점 더 견고히 가두어 나간 감이
있다. 다행히 오세영은 정지용을 비롯한 김기림 김광균 등 한국의 모더
니즘 시인들이 '엄밀한 의미에서' '서구의 개념상으로 이미지스트인가'라
는 문제제기를 통해 정지용 시를 가둬온 견고한 틀의 허구성을 지적하였
다. 그는 여기서 정지용이 받아들일 수 있는 수사학적 모더니즘과 받아
들일 수 없는 서구 이념 사이에서의 모순이라는 경계에 갇힌 자의 비극
을 가지고 있었다고 지적한다.31) 이는 정지용 시의 감각을 모더니즘—리
얼리즘의 시각으로 평가하는데 집중된 기존연구의 근거를 흔들어 새로

---

27) 김신정은 정지용의 시가 감각적이라는 평가를 받고 있지만 시각적 감각에 대한 평가에
　　집중되어 있음을 지적한다. 정지용 시의 감각은 시각적이고 청각적인 것도 만져지는 것
　　처럼 묘사하는 촉각적 감각, 즉 '닿음'의 감각임을 강조하고 이를 닿음의 세계를 지향하
　　는 시적 사유로 연결하고 있다(김신정, 『정지용 문학의 현대성』, 소명출판, 2000 참조).
28) 김기림, 「「모더니즘」의 역사적 위치」, 『김기림전집 2』.
29) 김기림, 「1933년 시단의 회고」, 『김기림전집 2』.
30) 임화, 「曇天下의 시단일년」, 『문학의 논리』, 학예사, 1940, 628쪽.
31) 오세영, 「모더니스트, 비극적 상황의 주인공들」, 『문학사상』 1975.1, 337쪽.

운 탐색을 가능하게 한 것이지만 서구모더니즘을 기준으로 접근하고 있어서 오히려 정지용 시가 진정한 서구모더니즘에 미달된 것이라는 오해를 살 여지가 있다. 이후 김우창은 정지용 시의 감각과 언어가 '금욕주의적 엄격함'으로 정신을 단련해 나가는 과정이며, 일종의 정신적인 훈련의 의미를 지닌다고 평가함으로써 정지용의 시의 감각을 정신적 태도와 연결시키는 진전을 보여준다.[32] 신범순은 정지용의 텍스트에서 추출한 '헤매이는 주체'의 문제로 정지용 시의 '감각'과 시의 변모를 탐구함으로써, 정지용의 시적 사유와 시양식 변모의 문제까지 설명해 내었다.[33] 또한 최근의 다른 글[34]에서 지적한 정지용의 언어에 대한 높은 자각과 '언어탐구를 통한 자기탐구'의 문제는 정지용이 시쓰기를 자기성숙이나 정신적 성숙의 문제로 받아들이고 있었음을 드러내었다. 이 글에서는 정지용 시에 나타나는 부정적 근대성의 은유로서의 시계 이미지에 주목하여 정지용 시의 큰 성과로 평가되고 있는 '감각'의 문제를 살펴보고자 한다.

> 이따금 지나가는 늦인 電車가 끼이익 돌아나가는 소리에 내 조고만
> 魂이 놀란듯이 파다거리나이다. 가고싶어 따듯한 화로갓를 찾어가고
> 싶어. 좋아하는 코-란經을 읽으면서 南京콩이나 까먹고 싶어, 그러
> 나 나는 찾어 돌아갈데가 있을나구요?
>
> 네거리 모통이에 씩 씩 뽑아 올라간 붉은 벽돌집 塔에서는 거만스런
> ⅩⅡ時가 避雷針에게 위엄있는 손까락을 치여 들었소. 이제야 내 모
> 가지가 쭐 뺏 떨어질듯도 하구료. 솔닢새 같은 모양새를 하고 걸어가

---

32) 김우창, 「모더니즘과 근대세계」, 『현대 한국문학 100년』, 민음사, 1999 참조.
33) 신범순, 「정지용 시에서 병적인 헤매임과 그 극복의 문제」, 『한국현대시의 퇴폐와 작은 주체』, 신구문화사, 1998.
34) 신범순, 「정지용 시에서 '詩人'의 초상과 언어의 특성」, 『한국현대문학연구 제6집』.

는 나를 높다란데서 굽어 보는 것은 아주 재미 있을게지요. 마음 놓고
술 술 소변이라도 볼까요. 헬멭 쓴 夜警巡査가 피일림처럼 쫓아오겠
지요!
—「幌馬車」 부분

한밤에 壁時計는 不吉한 啄木鳥!
나의 腦髓를 미신바늘처럼 쫏다.

일어나 쫑알거리는「時間」을 비틀어 죽이다.
殘忍한 손아귀에 감기는 간열핀 모가지여!

오늘은 열시간 일하였노라.
疲勞한 理智는 그대로 齒車를 돌리다.

나의 生活은 일절 憤怒를 잊었노라.
琉璃안에 설레는 검은 곰 인양 하품하다.

꿈과 같은 이야기는 꿈에도 아니 하랸다..
必要하다면 눈물도 製造할뿐!

어쨋던 定刻에 꼭 睡眠하는 것이
高尙한 無表情이오 한趣味로 하노라!

明日!(日字가 아니어도 좋은 永遠한 婚禮!)
소리없이 옴겨가는 나의 白金체펠린의 悠悠한 夜間航路여!
—「時計를 죽임」 전문

「幌馬車」에서 벽돌집 탑의 시계는 도시의 꼭대기에서 도시를 내려다보며 감시하는 위압적인 대상으로 형상화되어 있다. 화자가 12시를 가리키는 시계바늘을 피뢰침에게 손가락을 치켜든 거만하고 위압적인 모습으로 그리고 있는 것은 시계의 감시하고 통제하는 규율 권력적 성격을 간파하고 있기 때문이다. 12시를 가리키는 수직의 시계바늘은 숨을 죽이라는 의미의 손가락 동작이며, 그것이 피뢰침을 가리키고 있다는 것은 규율의 위반이 번개를 맞을 수 있는 것이라는 암시를 준다. 때문에 시계의 위압적인 모습과는 대조적으로 화자는 '모가지가 쭐 삣 떨어질 듯'도 하여 '솔닢새 같은 모양새를 하고 걸어'간다고 한 것이다. 그가 시계로 상징되는 규율권력에 반항하는 마음을 가지고 있음은 '마음 놓고 술 술 소변이라도 볼까요'에서 엿볼 수 있다. '야경순사'가 필림처럼 쫓아올 거라는 데서 알 수 있지만 일제가 식민정책을 위해 근대적 제도를 들여오면서 가장 강력하게 강조했던 규율은 시간과 위생에 대한 것이었다.35)

「幌馬車」의 시계가 도시의 가장 높은 곳에서 개인을 감시하고 통제하고 억압하고 있다면 「時計를 죽임」의 벽시계는 좀 더 일상에 녹아들어 있으며 좀 더 화자를 구체적이고 집요하게 괴롭히고 있다. 벽시계는 예민해진 신경을 극도로 자극하는 불길한 소리를 낸다. 조용한 밤에 정확히 움직이는 시계 소리는 탁목조啄木鳥의 소리같이 크게 들린다. 딱따구리의 비유는 시계 소리가 신경을 쪼는 듯한 두통을 불러일으키고 있음을 환기시키는데, 극대화되고 첨예화된 신경의 통증으로 인해 화자는 시계

---

35) 이경훈은 李箱의 문학을 논하면서 이상, 이광수, 이효석 등의 작품에 나타난 당시의 위생관념과 위생규율 그리고 위생경찰제도 등에 대해 언급하고 있다(이경훈, 「아스피린과 아달린」, 『이상문학전집 5』, 165~172쪽).
조형근, 김진균 · 정근식 편저, 「식민지체제와 의료적 규율화」, 『근대주체와 식민지 규율권력』, 202~204쪽.

소리를 딱따구리에서 다시 미싱바늘로 변주한다. '나의 뇌수를 미신바늘(미싱바늘)처럼 쫓는다'는 것은 시계소리가 화자를 괴롭히면서 구속하기 위해 긴박하게 쫓아오고 있다는 위기의식의 표현이다. 시간은 화자를 찌르기 위해 쫓아오는 바늘인 것이다. 그는 마침내 일어나 '시간'을 비틀어 죽인다.

그는 '열 시간의 노동'이나 '정각에 수면하는 것'과 같이 일상에 스며든 근대적 시간의 규율권력을 꿰뚫어보고 있다. 이런 것을 꿰뚫어 보고 있는 화자의 '理智'는 그러나 일상을 벗어나지 못하고 그대로 '齒車(톱니)'를 돌릴 뿐이다. 기계적 시간이 상징하는 근대적 제도들과 식민지의 규율 안에서 인간다운 생활을 할 수 없기에, 그는 '분노'를 일절 잊었으며 '눈물도 필요하면 제조'할 수 있다고 진술한다. 자신이 삶을 이끌어 가는 것이 아니라 조작되고 제조된 삶과 현실 안에 갇혀 있다는 인식은 '유리 안에 설레는 검은 곰'의 비유로 나타난다. 여기 '유리 안에 갇힌 존재'의 이미지가 등장하는 것이다. 정지용 시에서 시계는 시적 주체를 무섭게 하고('옵바가 가시고 나신 방안에 時計소리 서마서마 무서워(「무서운 時計」)') 억압하고 감시하며(「幌馬車」) 견딜 수 없을 만큼 신경이 날카로워지도록 그를 괴롭히고 쫓아다닌다. 시적 주체는 시계로 은유되는 근대 규율권력 안에 '갇혀' 있으며 이런 갇힘의 상상력은 정지용에게 '유리'의 이미지로 나타난다.36)

---

36) 이 글에서 본격적으로 다루지는 못하지만 여러 시인들에게 나타나는 갇힘의 상상력이 비슷하면서도 다른 이미지로 나타나는 것을 살펴보는 작업도 재미있는 일이 될 것이다. 1930년대 근대도시 경성의 감수성을 세례받은 김기림과 이상과 정지용에게 공통적으로 囚人의 테마가 나타나는데 이들이 보여주는 갇힘의 상상력은 서로 상이한 방향으로 변주된다. 김기림에게 그것은 인공낙원으로서의 소비도시의 이미지인 옥상정원과 어항의 이미지로 나타나는데 비해 이상에게 그것은 놀이와 유희로서의 공간인 거울로 나타난다. 정지용에게 그것은 가로막고 구속하면서도 저 너머의 것을 보여주는 유리의 이미지이다. 특히 근대성에 '갇힘'이라는 주제와 그것에 대한 대응방식의 차이로써 거울

내어다 보니
아조 캄캄한 밤,
어험스런 뜰앞 잣나무가 자꼬 커올라간다.
돌아서서 자리로 갔다.
나는 목이 마르다.
또, 가까히 가
유리를 입으로 쫏다.
아아, 항안에 든 金붕어처럼 갑갑하다.
별도 없다, 물도 없다, 쉬파람 부는 밤.
小蒸氣船처럼 혼들리는 窓.
透明한 보라ㅅ빛 누뤼알 아,
이 알몸을 끄집어내라, 때려라, 부릇내라.
나는 熱이 오른다.
뺨은 차라리 戀情스레히 유리에 부빈다, 차디찬 입마춤을 마신다.
쓰라리, 알연히, 그싯는 音響—
머언 꽃!
都會에는 고흔 火災가 오른다.

—「琉璃窓2」 전문

「유리창2」에서 화자는 답답함과 갈증 때문에 차갑고 투명한 유리창에 다가선다. 그러나 답답함과 갈증 때문에 유리창으로 다가간 화자는 오히려 '항안에 든 금붕어처럼 갑갑하다'고 하는데 이는 의미심장하다. 항안에 든 금붕어는 밖으로 나올 수 없기 때문이다. 유리로 된 어항은 화자가 자신을 근대제도와 규율권력이라는 근대성의 자장 안에 갇힌 존재로 여기고 있으며, 거기서 나올 수 없지만 그런 자신의 상황을 '갑갑하게'

과 유리를 비교하는 것은 근대에 노출되어 근대인이 된 두 시인의 시적 사유와 시세계를 비교하는 근본적인 열쇠가 될 것이다.

여기고 있음을 드러내는 것이기 때문이다. 그러나 '뺨은 차라리 연정스레히 유리에 부빈다'에서 보듯 정지용 시의 시적 주체는 유리에 대해서 양가감정을 가지고 있음을 알 수 있다. 이는 유리가 자신을 가두고 답답하게 하는 것이지만 동시에 그에게 '어른거리고 파다거리는(「琉璃窓1」)' 저 너머의 것을 보여주는 '경계적 속성'을 가지고 있기 때문이다.

지금까지 정지용 시에서 '시계'는 시적 주체를 무섭게 하고 괴롭히며 통제하고 억압하는 대상으로 형상화되고 있음을 살펴보았다. 이런 '시계'가 가지는 구속과 감금의 상상력은 '유리'의 이미지로의 변주를 통해 일방적인 억압과 구속이 아니라 저 너머의 것을 보여주기도 한다는 이중적 의미를 획득하고 있다. 이제 일상에 잠복된 규율권력이라는 근대성의 시계에 포개진 유리의 이미지가 정지용의 시에서 어떤 의미를 가질 수 있을 지 살펴보자.

3. 근대성을 '앓는 자아'의 미분적 시간의 감각

정지용의 시계시時計詩들에서 시적 주체는 앓는 사람의 예민한 감각을 보여주는데 사실 그의 시의 화자는 자주 발열과 현기증을 호소한다. 「유리창2」에서도 화자는 자신이 있는 실내를 '어항'에서 '소중기선'으로 변주하는데 이 역시 발열과 갈증의 상상목록에서 나온 것이다. 정지용 시의 시적 주체는 '앓고' 있으며 그것은 현기증과 발열이라는 자각증상으로 그의 시에 빈번히 나타난다.

처마 끝에 서린 연기 따러

葡萄순이 기여 나가는 밤, 소리없이,

가믈음 땅에 시며든 더운 김이

등에 서리나니, 훈훈히

아아, 이 애 몸이 또 달어 오르노나.

가쁜 숨결을 드내 쉬노니, 박나비처럼,

가녀린 머리, 주사 찍은 자리에, 입술을 붙이고

나는 중얼거리다, 나는 중얼거리다,

부끄러운줄도 모르는 多神教徒와도 같이.

아아, 이 애가 애자지게 보채노나!

불도 약도 달도 없는 밤,

아득한 하늘에는 별들이 참벌 날으듯 하여라.

―「發熱」 전문

「발열」의 화자는 열이 오르는 아이를 안타까이 달래고 있다. 열이 오르는 아이를 박나비(부나비―흰색의 나방의 일종) 같다고 한 것은 불을 보고 달려드는 박나비를 보는 것같이 고열을 앓고 있는 아이를 보는 것이 안타깝기 때문이다. '불도 약도 달도 없'이 앓고 있는 아이를 위해 아무 것도 해줄 수 없는 막막함은 화자에게도 발열과 현기증을 유발시키고 있다. '아득한 하늘에는 별들이 참벌 날으듯 하여라'는 것은 그런 막막함 아래 놓인 화자의 현기증을 나타낸 것이다. 그의 앓는 신경은 극도로 예민해져서 포도순이 자라는 것까지 느낀다는 듯이 '포도순이 기여 나'간다고 쓰고 있다. 이외에도 태양을 '白金팽이(바다7)'라고 하거나 '白金도가니처럼 끓는(갈메기)'다고 표현하는 것처럼 정지용의 시에서 현기증과 발열의 흔적을 찾는 것은 어려운 일이 아니다.

시계가 운다. 울곤 씨그르르……울곤 씨그르르……텁텁한 소리가 따르는 것은 저건 무슨 고장일까 짜증이 난다.(중략)

군데군데가 덥다. 먼저 이마, 그리고 겨드랑이, 손이 마자 발열하고보니 손이란 월래 簡易한 診察에나 쓰는 것 밖에 아니된다.

비ㅅ낯이 듣는가 했더니 제법 떨어진다. 아연판 같이 무거운 하늘에서 떨어지는 비는 아연판을 치는 소리가 난다.

뿌리는 비, 날리는 비, 부으 뜬 비, 붓는 비, 쏟는 비, 뛰는 비, 그저 오는 비, 허둥지둥하는 비, 촉촉 줏는 비, 쫑알거리는 비, 지나가는 비, 그러나 十一月 비는 건늬어 가는 비다. 二拍子 폴카춤 스텝을 밟으며 그리하여 11월 비는 흔히 가외ㅅ것이 많다.

벌서 유리창에 날벌레떼처럼 매달리고 미끄러지고 엉키고 또그르 궁글고 홈이 지고 한다. 매우 簡易한 風景이다. 그러나 비ㅅ방울은 觀察을 細密히 하게 하는 것이 아닐까. 내가 오늘 悠悠히 나를 고늘수 없으니 滿幅의 風景을 앞에 펼칠수 없는 탓이기도 하다.

비ㅅ방울을 시름없이 드려다보는 겨를에 나의 體重이 희한히 가비야웁고 슬퍼지는것이다.설영 누가 나의 쭉지를 핀으로 창살에 꼭 꽂아둘지라도 그대로 견딜것이리라.

나의 人生도 그 많은 恒河沙와 같다는 별 중의 하나로 비길배가 아니요, 한점 비ㅅ방울로 떨고 매달린 것이 아니런가.

이것은 약간의 渴症으로 인하야 이다지 細心하여지는것이나 아닐가. 그렇지도 아니한 것이, 뛰어나가 水道를 탁 터치어놓을 수 있을 것이겠으나 별로 그리할 맛노 없고 구타여 물을 마시어야 할 것도 아니고보니 나의 渴症이란 咽喉나 胃腸에 따른 것이라기 보다는 純粹히 神經的이거나 혹은 輕微한 정도로 精神的인것일른지도 모른다.

—「비」 부분

수필 「비」에서 화자는 열이 나고 갈증이 나는 증상을 보인다. 즉 그는 앓고 있는데 앓고 있는 화자의 신경은 아주 예민해 진다. 그의 예민해진 신경은 비가 내리는 모습을 18가지로 묘사하고 있다. 내리는 비에 대한 이런 묘사는 그 이전에 누구도 붙잡아 내지 못한 세밀한 시선이다.[37] 그러나 그는 자신의 이런 '세밀한 관찰'에 대해서 자부심을 가지고 있지 않으며, 오히려 '세밀한 관찰'을 열과 갈증 또는 스스로를 유유히 가다듬을 수 없기에 나타나는 어떤 '증상'으로 여기고 있다. 그는 자신이 세심해진 이유를 결국 자신의 갈증이라고 지목하지만 이내 자신의 갈증이 '인후나 위장에 따른 것'이 아니라 '신경적이거나 경미한 정도로 정신적'인 갈증이라고 함으로써 그에게 '세심한 관찰'이라는 '증상'을 일으키게 하는 것이 물리적인 질병이 아님을 밝히고 있다. 인용한 글을 정리하면 자신이 ① 세밀한 관찰을 하고 있음과 ② '세밀한 관찰'을 어떤 원인에 의해 자신이 앓고 있는 '증상'이라고 여기고 있음, ③ 그리고 그 원인은 '추상적인 것'임의 세 가지로 요약될 수 있다.

그렇다면 세밀한 관찰을 하게 하는 원인, 그 이전에 누구도 잡아내지 못했던 것들을 붙잡아내는 감각을 가능하게 하는 '신경적이거나 경미한 정도로 정신적이라 할 수 있을지 모'를 그 앓음의 원인은 무엇일까?

비가 내리는 모습에 대한 그의 세밀한 관찰은 '미분적 시간의 감각'을 내포하고 있다. 이를테면 다른 시편들에서 나타나는 '포도순이 기여 나가는 밤(「발열」)'이나, '薔薇꽃 처럼 곱게 피여 가는 화로의 숯불(「석류」)', '말님

---

³⁷⁾ 신범순은 이를 두고 정지용의 데카당스적 우울과 신경중이 지금까지 그 누구도 붙잡아 내지 못하는 사물의 미묘한 측면들을 포착하는 능력으로 변모한다고 하였다. 이는 가장 표현하기 어려운 사고 및 모호하고 형태의 윤곽선을 찾기 어려운 것을 표현하려고 노력하는 데카당스적 특징을 보여주는 것이라고 한다. 정지용의 세밀한 관찰은 근대적 시선이며 그의 삶을 확장하는 것이라는 탁월한 관점을 보여준다(신범순, 「정지용 시에서 병적인 헤매임과 그 극복의 문제」).

의 앞발이 뒷ㅅ발이오 뒷ㅅ발이 앞발이라....말님의 발이 어덜이오 열여
섯이라.(「말2」)'이라고 표현하는 것이나 '불현 듯, 소사나 듯,/불리울 듯,
맞어드릴 듯,'이라고 불을 묘사하는 것(「별1」) 등등 정지용 특유의 미세
하고 역동적인 감각은 무수히 나누어지는 '미분적 시간의 관점'을 가진
사람의 눈이 잡아내는 감각이다. 시간을 미세한 부분으로 분할하는 것이
가능하다는 것은 근대적 시계적 시간관념에 의해서야 가능한 것이다.38)

정지용 시의 섬세한 감각은 근대적 시간의 개념을 전제로 한 '미분적
시간의 감각'이다. 정지용 시의 시적 주체를 통제하고 억압하며 무섭게
하고 집요하게 괴롭히는 '근대성의 시계'가 그의 '섬세한 감각'을 가능하
게 하는 것이다. 근대성의 시계에 '유리' 이미지가 포개지고 시적 주체가
유리에 양가적 감정을 가지고 있는 것은 이런 맥락에서 설명될 수 있다.
그를 가두는 유리가 저 너머의 것을 보여주듯이, 그를 구속하고 통제하
는 '부정적 근대성의 시계'가 그로 하여금 '미분적 시간의 감각'을 눈뜨게
하였기 때문이다.

'앓는 사람'과 '병든 사람'의 의미는 사전적으로 구별되어 있지 않다.
하지만 우리가 그 단어들을 사용하는 맥락에서 보면 앓는다는 것과 병들
었다는 것 사이에는 미묘한 의미의 차이가 있다. '병들었다'는 것은 질병
에 걸렸거나 건강하다는 것의 반대말로 사용된다. 이에 비해 '앓는다'는
말은 특정한 질병으로 진단되기 전의 자각증상의 상태 또는 질병에 걸리
기 전에 몸에 침투한 이종단백질에 대해 신체가 저항하고 있는 상태를
표현하기 위해 사용되는 것이다. 본고는 이런 말의 용법들에 기대어 '앓
는다'는 말을 '침투한 병균에 신체가 저항하고 있는 상태'라는 좀 더 적극

---

38) 이진경, 「사회적 시간의 역사 이론을 위하여」, 『근대성의 경계를 찾아서』, 샛길, 1997,
   62쪽.

적인 의미를 부여하고자 한다.39)

정지용은 근대성과 식민지 규율권력이라는 시계 안에 갇혀있는 사람이었다. 그것은 김기림과 이상 등 동시대 경성을 체험하고 있는 시인들에게 공통적으로 나타나는 갇힘의 상상력과 囚人의 테마로 미루어 보아 당대의 보편적인 상상력이라고 할 수 있다. 그러나 그 안에서 '앓고 있었던 자아'는 정지용의 특수한 시적 사유와 감각을 가능하게 하였다. '유리'의 경계적 상상력은 근대성과 규율권력이 조작하는 현실에 갇혀 '앓고' 있는 자아의 의식을 명징히 보여준다. 그 '앓음'의 증상이 '미분적 시간의 감각'이며 그것이 유리가 보여주는 '저 너머'이다. 일분일초를 감시하는 근대제도와 식민지 규율권력의 틀에 갇혀 앓고 있었지만, 그 결과 예민해진 신경의 미세하고 역동적인 '감각'―근대적 시간관념에 의해 가능한 근대성의 감각을 얻었다는 것은 그 이전에는 누구도 성취하지 못한 정지용 시 특유의 성과인 것이다.

자신을 가두고 규율하는 것으로부터 떠나고 싶어 하는 욕망은 그로 하여금 「바다」와 「말」 시 연작들과 수필에서 나타나는 여행의 모티프를 탐구하게 하였으며, '앓는 신경의 피로함'을 벗어나고 싶다는 욕망은 후기의 산수시편들에서 나타나듯 '悠悠'함의 공간을 찾아가게 하였다.40)

시기지 않은 일이 서둘러 하고싶기에 暖爐에 싱싱한 물푸레 갈어 지
피고 燈皮 호 호 닦어 끼우어 심지 튀기니 불꽃이 새록 돋다 미리 떼

---

39) 정지용은 수필 「비」에서 '몸이 의실의실 한데도 물이 찾아지는 것은 떳떳한 갈증이 아닌 것을 알 수 있다. 입시울이 메마르기에 거풀이 까실까실 이른 줄도 알았다. 아픈데가 어디냐고 하면 아픈데는 없다고 할 수 밖에 없다'고 쓰고 있다. 그는 아픈 곳은 없지만 열이 난다고 하면서 아픈 것(병든 것)과 열이 나는 것을 구별하고 있다.
40) 신범순은 「유선애상」 분석을 통해 이 시를 계기로 정지용이 신경증적이고 병적인 헤매임을 마감하고 후기시로 나아가고 있다고 본다(신범순, 위의 글).

고 걸고보니 칼렌다 이튿날 날자가 미리 붉다 이제 차츰 밝고 넘을 다
람쥐 등솔기 같이 구브레 벋어나갈 連峰 山脈길 우에 아슬한 가을 하
늘이여 秒針 소리 유달리 뚝닥 거리는 落葉 벗은 山莊 밤 窓유리까지
에 구름이 드뉘니 후 두 두 두 落水 짓는 소리 크기 손바닥만한 어인
나븨가 따악 붙어 드려다 본다 가엽서라 열리지 않는 窓 주먹쥐어 징
징 치니 날을 氣息도 없이 네 壁이 도로혀 날개와 떤다 해발 五千呎
우에 떠도는 한조각 비맞은 幻想 呼吸하노라 서툴리 붙어있는 이 自
在畵 한 幅은 활 활 불피여 담기여 있는 이상스런 季節이 몹시 부러웁
다 날개가 찢여진채 검은 눈을 잔나비처럼 뜨지나 않을가 무섭어라
구름이 다시 유리에 바위처럼 부서지며 별도 휩쓸려 나려가 山아래
어늰 마을 우에 총총하뇨 白樺숲 회부옇게 어정거리는 絶頂 부유스름
하기 黃昏같은 밤.

— 「나븨」 전문

　「나븨」의 화자는 해발 오천피이트의 고립된 산장 안에 있다. 난로에
마른 장작이 아닌 싱싱한 물푸레나무를 갈아 불을 지핌으로써 난로의 불
에 물의 싱싱함과 생명력이라는 상상력이 포개지고 있다. 또한 등에 불
을 켠다는 것은 어둠에 맞서는 공간을 확보하는 일이다. 화자는 외부공
간의 추위에 맞서는 난로와 어둠에 맞서는 등을 켜고 자신의 아늑한 공
간을 확보하고 있다. 그러나 이렇게 화자가 확보한 편안하고 아늑한 휴
식의 공간은 秒針소리에 의해 침입을 받는다.

　'뚝닥'거리는 초침소리는 그의 신경을 쪼던 딱따구리나 그의 뇌수를
쫓는 미싱바늘보다는 한결 둔탁해져 있지만 여전히 불길하고 더욱 깊어
진 불안의 기운을 그의 공간으로 이끌고 들어온다. 그 불안은 커다란 나
븨가 유리창에 붙어서 자신을 들여다보고 있는 것으로 나타난다. 유리를
'징징' 친다는 것은 안으로 들어오려는 나비의 행동이면서 불안의 엄습

으로 인해 갇혀있다는 답답함을 느낀 화자의 행동이다. 그런데 유리를 치는 '징징'이라는 소리에서 다시 '앓는' 감각이 신경을 건드리는 어떤 상황에 도달해 있음을 알 수 있다.

유리를 치니 오히려 네 벽이 운다는 것은 유리가 창보다는 벽으로서 기능하게 되었으며, 벽보다도 더 강한 벽으로 기능하고 있음을 뜻한다. 아늑한 비호성의 공간은 이제 감금의 공간이 된다. '잔나비 같은 눈을 뜨지나 않을까 무섭'다는 것은 불길한 외부공간에 침투당한 산장 안에 있는 화자의 내면 역시 불안에 침투 당했음을 보여준다. 도시에 살던 사람이 시골에 간다고 해서 시골사람이 되지 않듯이 근대적 도시를 체험한 '앓는' 자아가 산으로 간다고 해서 그곳이 곧 치유의 공간이 되지는 않았던 것이다.

4. 결론

본고는 1930년대 경성의 도시적 감수성을 가진 시인들인 김기림, 이상, 그리고 정지용의 시에 공통적으로 나타나는 시계 이미지에 주목하여 정지용 시의 보편성과 특수성을 찾고자 하였다. 그 첫 걸음으로 우리에게 근대적 시간관념과 시계가 도입되어 일반인들의 삶에 파고든 과정이 서양의 경우와 달리 특수한 과정을 거쳤음을 살펴보았다. 이를 통해 이들 시에 나타난 시계 이미지가 일상에 녹아들어 보이지 않지만 은밀히 존재하면서 개인을 조작하는 '근대성'과 '식민지 규율권력', 그리고 그것들의 '폭력성'을 감각하는 자가 찾아낸 '부정적 근대성의 은유'라는 점을 부각시켰다. 이런 작업을 통해 1930년대 당시 한국문학의 모더니즘의 수준에서 '시계' 이미지가 차지하는 위치와 정지용 시의 보편성을 자리 매김 하려하였지만 더 많은 시인들의 텍스트를 통해 정교히 검증되어야 할 것이다.

그리고 정지용 시에서 시계가 어떻게 이미지화되고 있는가를 분석하는 과정에서 '시계' 이미지가 '유리' 이미지, 그리고 현기증과 발열로 나타나는 '앓는 자아'의 이미지와 포개지고 있음을 밝혔다. 이를 통해 정지용의 특수한 성과로 평가되는 '감각'을 근대성을 '앓는 자아'의 시적 사유로 연결하여 설명할 수 있는 고리를 찾을 수 있었다. 정지용은 일분일초를 감시하고 제재하는 근대제도와 규율권력 안에 갇혀서 '앓고' 있지만, 그 결과 예민해진 신경의 감각—무한히 분할되는 근대의 시계적 시간관념에 의해 가능한 미세하고 역동적인 '미분적 시간의 감각'을 얻었다는 것이 그것이다. 하지만 근대적 시간의 개념이 전제된 '미분적 시간의 감각'이 그의 시에서 어떤 형식으로 나타나는지 더 상세한 추적이 필요할 것이다.

마지막으로 정지용과 비견될 만한 김기림과 이상의 시에서 근대성의 시계와 갇힘의 상상력, 그리고 근대성에 대응하는 태도의 차이로서의 '여행'과 '놀이'의 테마, 같은 맥락에서 정지용의 '유리'와 이상의 '거울' 이미지를 살펴봄으로써 이들 시인들의 특수성과 그 의미를 밝히는 일은 차후의 과제로 남겨둔다.

■ 참고문헌

<기본자료>
김기림,『김기림전집 1~5』, 심설당, 1988.
이상,『이상문학전집』, 문학사상사, 2001.
임화,『문학의 논리』, 학예사, 1940.
정지용,『정지용전집 1~2』, 민음사,1999.
______,『정지용시집』, 건설출판사, 1946.
______,『백록담』, 백양당, 1946.

<단행본>
국내문헌
고미숙,『한국의 근대성, 그 기원을 찾아서-민족 · 섹슈얼리티 · 병리학』, 책
        세상, 2001.
김신정,『정지용 문학의 현대성』, 소명출판, 2000.
김진균 · 정근식 편,『근대주체와 식민지 규율권력』, 문화과학사, 2000.
김진송,『현대성의 형성-서울에 딴스홀을 許하라』, 현실문화연구, 1999.
나병철,『근대서사와 탈식민주의』, 문예출판사, 2001.
신범순,『한국현대시의 퇴폐와 작은주체』, 신구문화사, 1998.
신인섭 · 서범석,『한국광고사』, 나남, 1998.
오세영,『20세기 한국시연구』, 새문사, 1989.
이재선,『한국문학의 원근법』, 민음사, 1996.
이진경,『근대성의 경계를 찾아서』, 샛길, 1997.
______,『근대적 시 · 공간의 탄생』, 푸른숲, 1997.
임성태,『서울서울서울-서울六百年』, 한국일보사, 1994.
임정의 편,『명동성당 100년』, 코리언북스, 1998.

전상운, 『시간과 시계 그리고 역사』, 월간시계사, 1991.
조영복, 『한국 모더니즘 문학의 근대성과 일상성』, 다운샘, 1997.

국외문헌

Calinescu, M., 이영욱 외 역, 『모더니티의 다섯 얼굴 : 모더니티, 아방가르드,
　　　　데카당스, 키치, 포스트모더니즘』, 시각과 언어, 1994.

Foucault, M., 오생근 역, 『감시와 처벌』, 나남출판사, 2000.

__________, 박정자 역, 『비정상인들』, 동문선, 2001.

Lefebvre, H., 박정자 역, 『현대세계의 일상성』, 主流·一念, 1995.

Meyerhoff, H., 이종철 역, 『문학과 시간의 만남』, 자유사상사, 1994.

Savage, M. & Warde, A., 김왕배, 박세훈 역, 『자본주의 도시와 근대성』, 한
　　　　울, 1996.

Theodore Ziolkowski, Discordant Clock, *Dimensions of the Novel*, Princeton University
　　　　Press, 1969.

<논문>

권정우, 「정지용시 연구」, 서울대학교 석사학위논문, 1993.

김우창, 「모더니즘과 근대세계」, 『현대 한국문학 100년』, 민음사, 1999.

박현수, 「이상 시의 수사학적 연구」, 서울대학교 박사학위논문, 2002.

소래섭, 「정지용의 시에 나타난 자연인식 연구」, 서울대학교 석사학위논문,
　　　　2001.

신범순, 「정지용 시에서 '詩人'의 초상과 언어의 특성」, 『한국현대문학연구』
　　　　제6집, 1999.

_____, 「신문매체와 백화점의 시학―1930년대 김기림을 중심으로」, 『시와
　　　　사상』 겨울호, 2002.

오세영, 「모더니스트, 비극적 상황의 주인공들」, 『문학사상』 1975.1.

박목월의 시에서 경상도 방언의 사용과 그 의미
─『경상도의 가랑잎』을 중심으로

1. 서론

　박목월의 시는 일반적으로 세 시기로 나누어지며, 각각의 시기는 주제와 형식면에서 확연한 변모를 보여준다고 평가된다. 초기시는 관념적 환상적 자연공간을 절제된 언어로 형상화하였으며, 중기시는 생활의 고단함과 거기서 느끼는 좌절을 서술적으로 노래하였고, 후기시는 고향, 어머니, 신으로 상징되는 근원으로 귀의하고 있다는 것이다. 그러나 초기와 중기로 분류된 시편들이 공유하는 주제와 소재 그리고 형식의 유사성에 비하여 후기시편들은 하나로 뭉뚱그리기에는 다양한 경향의 시들을 포함하고 있다.[1] 논사들에 따라서 『경상도의 가랑잎』(1968)과 『無順』(1976)을 후기시로 묶기도 하고 각각을 나누어 논하기도 하는 것이다.

　김동리는 『경상도의 가랑잎』을 초기시적 경향과 중기시적 경향의 조

---

[1] 박목월은 거의 5년을 간격으로 꾸준히 6권의 시집을 내었으며 두 권을 단위로 확연한 변모를 보여주었기에 『청록집』(1946)과 『산도화』(1955)를 초기시로 『난(蘭)ㆍ기타』(1959)와 『청담(晴曇)』(1964)을 중기 시로 분류하는데 논자들의 이견이 없다.

화로, 『무순』을 솜씨와 기량이 드러난 시기로 보았다.[2] 이는 『경상도의 가랑잎』에 수록된 시들이 다양한 경향을 가지고 있음을 처음 지적한 것으로, 『무순』 이전 시기까지 어떤 모색들이 계속되었음을 전제하고 있다는 점에서 중요하다. 김윤식은 『경상도의 가랑잎』에 수록된 「만술아비의 축문」과 『무순』에 수록된 「무한낙하」를 대립적인 양극점으로 보았다. 전자를 인간적 육성을 드러내는 중기시적 경향이 과도하여 시적 자제력을 잃고 종교의 단계로 넘어간 것으로 보고, 후자를 그것에 대한 반작용으로 나타난 극단적 악마적 기교의 추구라고 보고 있는 것이다. 이는 박목월의 후기시가 양극단으로 치닫는 상이한 경향을 가지고 있다는 점을 날카롭게 지적한 것이지만, 그것들을 각각 종교와 기교라는 '비시적(非詩的)인 양극점'으로 평가함으로써, 비시적인 것이 시보다 윗질의 것일 수 있다는 언급에도 불구하고 박목월의 후기시를 시적 후퇴로 평가한 것이다.[3]

이 글은 위의 논의들이 지적한 것처럼 박목월의 후기시에 상이한 경향들이 공존하고 있다는 점에 공감하면서 특히 『경상도의 가랑잎』에 주목하고자 한다. 『경상도의 가랑잎』 이후 8년 만인 1976년에 간행된 『무순』에는 『경상도의 가랑잎』 이후 쓰여진 「砂礫質」 연작과 그 이후에 쓰여진 「耳順의 아침나절」 연작들이 함께 수록되어 있다. 연작시들의 제목에서 짐작할 수 있듯이 「사력질」 연작은 「이순의 아침나절」 연작이 보여주는 순응적 세계와는 판이한 실험적 경향을 보여준다. 박목월은 『무순』을 간행한 이후 1978년 고혈압으로 갑작스럽게 타계할 때까지 「이순의 아침나절」 연작을 계속 발표하였기에 그가 '이순의 아침나절'이라는 제목으

---

2) 김동리, 「삼차원의 본질은 순박과 정한」, 『한국문학』 1978.5.
3) 김윤식, 「가치중립적 자리지킴」, 『근대시와 인식』, 시와시학사, 1991, 170~179쪽.

로 다음 시집을 계획하고 있었을 것이라는 추측을 해볼 수 있다. 만약 '이순의 아침나절'이라는 시집이 나왔다면 박목월의 전 시작과정에서 『경상도의 가랑잎』과 『무순』은 후기시로 묶이지 않고 새로이 자리매김 되었을 것이다. 『무순』에 수록된 「사력질」 연작들은 『경상도의 가랑잎』에서 시도된 여러 경향의 모색의 연장으로 보아야 하기 때문이다.4) 그렇다면 『경상도의 가랑잎』은 박목월이 가장 왕성한 활동을 하던 시기5)에 모색된 상이한 경향의 시들을 수록하고 있는, 가장 문제적인 시집이라 할 수 있다.

이 글은 『경상도의 가랑잎』에 수록된 시들이 시적 모색으로서의 작업들을 담고 있다고 보고, 그 중에서도 경상도 방언을 전면적으로 사용함으로써 강렬한 세계를 구축하고 있는 '사투리 시편'에 주목하고자 한다. 지금까지 박목월 시에서 '사투리 시편'들에 대한 본격적인 고찰은 미미한 편이다. 사투리 시편들은 본격적으로 분석 대상으로 고찰되지 않고 다만 사투리를 사용했다는 것 자체로서만 의미를 가진 것으로 다루어져 왔다. 이런 논의들은 대부분 먼저 '경상도'라는 공간의 의미를 밝히고, 경상도 방언의 사용은 '경상도'로의 회귀를 의미한다고 연결시켜 간단히 언급하는 선에 그치고 있다.6) 이 경우에 '경상도'라는 공간의 의미가 중

---

4) 김동리는 박목월의 시를 다섯 시기로 나눌 경우, 『청록집』을 1기, 『산도화』를 2기, 『난 · 기타』와 『청담』을 3기, 『경상도의 가랑잎』과 「사력질」을 4기 그리고 「사력질」 이후의 것을 5기로 보아야 한다고 한 바 있다(김동리, 「박목월 시의 비밀과 강점」, 『현대문학』 1976.6, 14쪽).

5) 『경상도의 가랑잎』은 박목월이 50세를 전후하여 발표한 시들이 수록되어 있으며, 이전 시기의 시집에 비해 월등히 많은 편수를 수록하고 있을 뿐만 아니라 다양한 경향이 시도되고 있다. 『청록집』은 15편, 『산도화』는 29편, 『난 · 기타』는 59편, 『청담』은 44편을 수록하고 있는데 비해서 후기시로 분류되는 『경상도의 가랑잎』과 『무순』은 각각 72편과 88편을 수록하고 있는 것이다.

6) 다만 이숭원은 음악성이라는 면에서 『경상도의 가랑잎』에 나타나는 경상도 방언을 고찰하는 특이성을 보여준다. 초기시에서 가락을 중시하던 시작태도가 중기시에서 가락보다

요한데, 그것은 '시인 자신의 뿌리',7) '유토피아적 공간'8) 등등으로 논의
된 바 있다. 그러나 '경상도'의 의미를 먼저 밝히고 그것에 방언사용의 의
미를 자동연결 시키는 시각은 '시어로서의 방언사용'에 대한 문제의식을
결여하고 있다. 이처럼 시어의 선택에 대단히 엄격했던 시인9)의 전면적
인 '방언사용'을 문제의식 없이 바라보게 되면 결과적으로 그것을 시인
의 심리적 퇴행이나 시적후퇴로 몰고 가게 된다.

한편 사투리를 후각이나 촉각 등과 같이 '몸에 기억된 감각'으로 보고,
시어로서의 방언사용을 구체적 감각으로 기억된 '기억공간'을 복원하기
위한 의지로 평가한 논의도 있다.10) 이는 시인의 시어 선택에 대한 자의
식을 강조함으로써 방언사용이 시적후퇴라는 비난을 면하게는 하였지
만, 시어로서의 방언사용 자체를 신비화함으로써 '박목월의 방언사용이
갖는 특수성'에 대한 문제의식을 불가능하게 한다.

이 글은 새로운 시적 모색의 한 작업으로서 사투리 시편들을 분석함으
로써, 최고의 포말리스트11)로 평가받는 박목월의 시에서 '방언사용'이
보여주는 특수성이 무엇인지, 그리고 그것이 어떤 의미를 가질 수 있는
지를 살펴보고자 한다.

이미지를 중요시하는 태도로 바뀌었다가 사투리 시편들에서 다시 살아났다고 보는 것
이다(이숭원, 박현수 편, 「환상의 지도에서 존재의 탐색까지」, 『박목월』, 새미, 2002, 100~
105쪽).
7) 이숭원, 위의 글.
8) 금동철, 「박목월 시의 '어머니' 이미지와 근원의식」, 위의 책, 164~165쪽.
9) 박목월은 자신을 추천한 選者인 정지용이 2회 추천의 詩選後로 '서정시에서 말 한 개 밉
게 놓이는 것을 용서할 수 없다'고 한 것에 집착해왔다고 술회한 바 있거니와 그의 초기
시는 극도로 절제된 언어의 형식미를 보여준다고 평가된다.
10) 이수정, 「박목월 시의 공간의식 연구—집의 상상력을 중심으로」, 서울대 석사논문, 2002,
49~57쪽.
11) 오세영, 「자연의 발견과 그 종교적 지향」, 『한국문학』 1978.5, 198쪽.

2. 지방색의 제거

박목월은 『경상도의 가랑잎』 이전에도 경상도 방언을 시어로 사용한 적이 있다. 『청록집』에 수록된 「임」의 "내ㅅ사 애달픈 꿈꾸는 사람/내ㅅ사 어리석은 꿈꾸는 사람"이나 「윤사월」의 "눈먼 처녀사", 『난·기타』에 수록된 「적막한 식욕」의 "보이소 아는 양반 앙인기요" 같은 경우가 그것이다. 그러나 「임」과 「윤사월」의 경우는 표준어법 속에 사투리를 어휘차원으로 사용한 것이며, 「적막한 식욕」의 경우는 경상도 방언의 일상어구가 과감하게 사용되었지만 인용의 형식을 취하고 있기 때문에 사투리 시편들이 보여주는 전면적인 방언사용과는 구별된다. 사투리 시편들은 '못 배우고 가난한 농촌의 장년층 화자들'이 나누는 대화의 일부를 옮겨놓은 형식을 취함으로써 이전 시기의 방언사용과는 전혀 다른 차원에서 사용되고 있다.

고모요,
고모집 울타리에
유달리 기름진 경상도의 뽕잎,
그 뽕잎에 달빛.
가난이 죄라지만
六十평생을,
三十里 밖을 모르고
살림에만 쪼들린.
손님 床에
모지러진 숟갈.
고모요,
칠칠한 그 솜씨로도

못 휘어잡은 가난을
山川은 어쩌자고
저리도 기름지고
쑥국새는 아침부터
저리도 우능기요.
고모요,
막내 고모요.
花川ㅅ골 진달래는
지천으로 피는데
사람 평생
잘 살믄 별난기요.
그렁
저렁
살믄 사는 보람도 서고,
아들이 컸잖는기요.
저 덩치 보이소.
며누리 보고 손자 보믄
사람 일 다 하는거로
유달리 넓직한
경상도 뽕잎에
밤이슬은 왜 이리도 굵은기요.

- 「노래」 전문

아즈바님 잔 드이소.
환갑이 낼모랜데
남녀가 어디 있고
上下가 어딨는기요.
분별없이 살아도
허물될 게 없심더.

냇사 치마를 둘렀지만
아즈바님께
술 한 잔 못권할 게
뭔기요.
北대山 휘오휘오 가고 보면
그것도 恨이구머.
아즈바님
내 술 한 잔 드이소.

보게 자네, 내 말 들어 보랭이,
자식도 품안에 자식이고
內外도 이부자리 안에 內外지.
야무지게 산들
뾰죽할 거 없고
덤덤하게 살아도
밑질 거 없데이.
니
주머니 든든하면
날
술 한 잔 받아 주고
내
돈 있으면
니 한 잔 또 사 주고
너요 내요 그럴 게 뭐꼬.
거믈거믈 西山에 해 지면
자넨들
지고 갈래, 안고 가래.

시절은 절로
복사꽃도 피고
시절이 좋으면
풍년도 들고
이 사람아 안 그런가.
해 저무는 산을 보면
괜히
눈물 글썽거려지고
오래 살다 보면
살 맛도 덤덤하고
다 그런기라.

―「恨嘆調」 전문

어메야,
福이 따로 있나.
뚝심 세고
부지런하면 사는거지,
하늘이 물을 대는 天水畓
그 논의 벼이삭.

니말이 정말이데,
엄첩구나
내 새끼야,
팔자가 따로 있나.
본심 가지고
부지런하면 사는거지.

―「天水畓」 부분

「노래」에서 화자는 고모에게 이야기하는 형식을 취하고 있으며, 「한탄조」에서는 각 연마다 각기 다른 사람이 술을 권하며 상대에게 이야기하는 형식을 취하고 있다. 시골 주막의 각기 다른 자리에서 들리는 말을 옮긴 듯한 이 시는 3명의 화자가 등장하지만 그들이 이야기하고 있는 청자를 포함하여 6명의 인물을 상정하고 있는 것이다. 「노래」와 「한탄조」가 한 사람의 이야기를 통해서 상황과 인물들 간의 관계를 보여주고 있다면, 「천수답」은 한 연씩 번갈아 가며 아들과 어머니가 나누는 대화를 들려주고 있다. 이 시들의 가장 큰 특징은 '못 배우고 가난한 농촌의 장년층 화자'가 나누는 '대화의 한 부분을 발췌한 형식'을 취하고 있다는 점이다.

사투리 시편들은 하나같이 화자가 상대의 호칭을 부르면서 시작하고 있다. "고모야(「노래」)", "아베요(「만술아비의 축문」)", "아즈바님, 보게 자네, 이 사람아(「한탄조」)", "아우 보래이(「杞溪장날」)", "니(「대좌상면 오백생」)", "어메야, 내 새끼야(「천수답」)", "임자(「도포 한자락」)", "형님요, 누님이요(「귓밥」)" 등이 그것인데, 이는 모두 혈연적 호칭이라는 공통점을 갖는다. 특히 화자가 청자로 상정한 인물들이 피붙이가 아닌 경우에도 혈연적 호칭을 사용하고 있는 것이다.

또한 이 시들은 모두 순박한 삶의 법칙을 가르치고 있다는 특징이 있다. 돈 보다 정이 중요하다거나, 잘 살지 않아도 우직하고 부지런하면 된다거나, 욕심 없이 살아도 밑질 게 없다거나, 무식하고 가난해도 부모를 섬기는 정성이 중요하다는 것과 같은 소박하고 순박한 삶의 법칙을 화자의 입을 통해 청자에게 타이르거나 가르치고 있다.

박목월 외에도 시어로 방언을 사용한 시인은 김소월, 한용운, 김영랑, 백석, 서정주 등을 꼽을 수 있을 것이다. 홍희표는 그 가운데 박목월의 사투리 사용을 김영랑의 경우와 비교한 바 있다.[12] 그러나 김영랑의 경우

는 종결어미를 방언으로 구사하여 음악적 효과를 거두거나 '오ー메 단풍
들것네'와 같은 구절을 부분적으로 도입하여 향토적 정서표출의 효과를
거두고 있는데 반해서 박목월의 사투리 시들은 음악적 효과나 향토적 정
서표출의 효과를 노렸다고 보기는 힘들다. 오히려 박목월의 사투리 시들
은 혈연 공동체적 인물들을 통해 어떤 '시적 공간'을 생성해내고 있다는
점에서 백석의 경우에 더욱 가깝다.

아배는타관가서오지않고 山비탈외따른집에 엄매와나와 단둘이서 누
가죽이는 듯이 무서운밤 집뒤로는 어늬山곬작이에서 소를잡아먹는
노나리군들이 도적놈들같이 쿵쿵걸이며다닌다

날기멍석을저간다는 닭보는할미를차굴린다는 땅아래 고래같은 기
와집에는언제나 니차떡에 청밀에 은금보화가그득하다는 외발가진
조마구뒷山어늬메도 조마구네나라가있어서 오줌누러깨는재밤 머리
맡의문살에대인 유리창으로 조마구군병의 새깜안대가리 새깜안눈
알이들여다보는때 나는 이불속에자즐어붙어 숨도 쉬지못한다

또이러한밤같은때 시집갈처녀망내고무가 고개넘어큰집으로 치장감
을가지고와서 엄매와둘이 소기름에쌍심지의불을밝히고 밤이들도록
바느질을 하는밤같은때 나는아릇목의삼귀를 들고 쇠든밤을내여 다
람쥐처럼 밝어먹고 은행여름을 인두에 구어도먹고 그러다는 이불옷
에서 광대넘이를뒤이고 또 놓어굴면서 엄매에게 웅목에돌은평풍의
샛빩안천두의이야기를듣기도하고 고무더러는 밝은날 멀리는 못난
다는뫼추라기를 잡어달라고졸으기도하고

내일같이명절날인밤은 부엌에 쩨듯하니 불이 밝고 솥뚜껑이놀으며

---

12) 홍희표, 『목월시의 형상과 영향』, 새미, 2002, 228~233쪽.

구수한내음새 곰국이무르끓고 방안에서는 일가집할머니가와서 마
을의 소문을펴며 조개송편에 달송편에 쥔두기송편에 떡을빚는곁에
서 나는 밤소 팥소 설탕든콩가루소를먹으며 설탕든콩가루소가가장
맛있다고 생각한다
나는얼마나 반죽을주물으며 힌가루손이되여 떡을빚고싶은지모른다

섯달에 내빌날이드러서 내빌날밤에눈이오면 이밤엔 쌔하얀할미귀
신의눈귀신도 내빌눈을 받노라못난다는말을 든든히녀기며 엄매와
나는 앙궁옹에 떡돌옹에 곱새담옹에 함지에 버치며 대낭푼을놓고
치성이나들이듯이 정한마음으로 내빌눈약눈을받는다
이눈세기물을 내빌물이라고 제주병에 진상항아리에 채워두고는 해
를묵여가며 고뿔이와도 배앓이를해도 갑피기를앓어도 먹을물이다
−「古夜」전문

  인용된 시에서 백석은 방언을 시어로 사용하여 독특한 시적 공간을 생
성해내고 있다. 1연에서 유년기 화자는 타관으로 아버지가 떠난 날 밤의
불안함을 이야기하고 있으며, 2연에서 그 불안함은 민담 속의 도깨비같
이 형상화된 난쟁이 나라 군인들이 유리창에 붙어있는 것 같은 동화적
상상으로 이어진다. 그러나 이런 불안감은 "시집갈처녀망내고무"가 치
장감을 가져와 엄마와 함께 바느질을 하게 되면서 사라진다. 친척의 방
문으로 불안한 공간은 아늑한 공간이 되고, 화자는 아랫목에서 은행여름
이나 밤 같은 음식물을 먹고, 이불 위에서 놀며, 엄마가 해주는 옛날이야
기를 듣기도하는 걱정 없는 아이의 모습을 되찾고 있다. 4연에서는 명절
날 밤을 그리고 있는데 이는 고모의 방문으로 완전히 아늑해진 공간을
마을 공간으로 확장한 것이다. 쌍심지 불을 밝힌 방은 불이 환한 부엌으
로, 은행여름과 밤 같은 음식물은 곰국과 갖가지 송편이라는 특별한 명

절음식으로, 고모는 일가 할머니로, 엄마의 옛날 얘기는 마을의 소문이
야기로 확장된다. 그리고 5연은 섣달 납일臘日날 밤 냅일눈 약눈을 받는
풍속과 그 풍속에 얽힌 귀신이야기, 그리고 그 풍속의 치유적 성격을 말
하는 것으로 맺고 있다.

이처럼 백석 시에서 방언은 전설과 민담, 옛 이야기의 신화적 빛들과
풍속들, 그리고 음식물과 결합하면서 독특한 공동체적 마을 공간을 만들
어 낸다.13) 이 마을 공간은 박목월의 사투리 시편들이 구축하는 혈연적
공간과 비교해 볼 만하다. 백석 시의 방언이 풍속, 음식물, 민담·설화,
개인적 기억 등과 결합하여 특수하면서 신비롭고 풍요로운 깊이를 가진
공간을 만들어 내고 있는데 비해서, 박목월 시의 방언은 개인적인 기억
이나 경상도의 세시풍속, 민담, 설화 등과 전혀 결합하지 않았기 때문에
그것이 생성해내는 공간은 추상적으로 느껴진다. 박목월의 사투리 시편
들은 특수한 지방색이 결여되어 있는 것이다.

박목월은 경상도 방언으로 시를 썼을 뿐만 아니라 경상도 방언에 대한
시를 쓰기도 했는데 "경상도 사투리에는 약간 풀냄새"와 "이슬냄새가 난
다(「사투리」)"거나, 경상도 사투리를 "木器 같(「푸성귀」)"다거나, "동아
밧줄처럼 굵고 질기고 우둘두둘"하다고 추상화하는 경향을 보여준다. 또
경상도 사투리를 "致母"나 "바보 <이반>"처럼 좀 모자라지만 선한 사
람들이 사용하는 언어라고 규정하기도 하는데 이는 경상도 방언만의 특
수성을 부각시키는 것이 아니라 오히려 그것이 지니는 특수성이나 지방
색을 제거하고 추상화, 보편화시키고 있는 것이다.

---

13) 신범순, 「현대시에서 전통적 정신의 존재형식과 그 의미 : 김소월과 백석을 중심으로」,
　　『국어교육 96』 1998.12, 437~454쪽 참조.

3. 기호로서의 방언

　앞서 박목월의 사투리 시편들에 지방색이 제거되어 있다는 것을 살펴
보았다. 그렇다면 지방색이 탈각된 방언을 통해서 시인이 만들어 내고
있는 공간은 어떤 공간인가? 사투리 시편이 구축하고 있는 공간의 삶의
법칙은 "바보 <이반>의 王國 憲法條文(「訥談」)"에 잘 나타나 있다.

　　바보<이반>은
　　純土種 사투리를 썼다.
　　동아밧줄처럼 굵고 질기고 우둘두둘한 경상도 사투리를.

　　그의 王國 憲法條文도
　　가죽나무가지처럼 굵직한
　　사투리로 적혔다.

　　第一條
　　가로되
　　손바닥에 티눈이 박힌 자라야
　　밥상앞에 앉히는기라.
　　손이 부드러운 者는
　　남의 지꺼기를 묵을지로다
　　第二條.
　　어메와 아베는
　　섬기는지라.

　　第三條.
　　글로 머하노.

도끼자루 미우는 것부터
배우는기라.

그리고 附則 한 條項.
나그네는 부모처럼 대접하는기라.
이것으로
禮節을 닦고,
처마에 달아둔 간고등어 한손은
손님이 올때마다 구워서
중간토막은 손님상에 놓고
꼬리토막은 주인상에 놓고
대가리토막은 머슴상에 놓았다.
아아 하늘百姓의 나라……
아침이면
繡실로 선을 두른 환한 해가
둥둥 떠왔다.
<이반>王國에
바보<이반>의 訓示소리
―밥술은 굵을수록
福을 받는기라.

―「訥談」 전문

『바보 이반』은 러시아의 민간설화를 바탕으로 쓴 톨스토이의 소설이
다. 농부의 세 아들 중의 하나인 이반은 바보스럽지만 우직하게 농사일을
하며 가족을 부양하고 있는데 악마가 접근하여 형제들을 이간질하려 하
지만 우직한 이반이 넘어가지 않자 악마가 자멸한다는 내용을 담고 있다.
박목월은 「訥談」에서 경상도 방언을 선하고 우직한 농사꾼 이반의 이야
기와 "가로되…할 지로다"는 식의 성서적 어법, 그리고 孝와 禮사상과 결

합시키고 있다.14) 이를 통해 박목월 사투리 시편이 만들어 낸 공간이 기독교적이기도 하고, 유교적이기도 하며, 톨스토이적이기도 하고, 농본적이기도 하다는 것을 알 수 있다. 그가 추구하는 공간의 속성이 이와 같다면 왜 굳이 경상도 방언을 시어로 사용했을까?

박목월은 경상도 방언에서 지방색을 제거하고 그것을 추상화하려고 노력했다는 것은 앞에서 밝힌 바 있다. '경상도 방언'에서 경상도적인 지방색을 제거하고 나면 '방언'이 남게 된다. 그러니까 더 이상 경상도 방언은 개별적이고 특수한 지방의 언어가 아니다. 박목월은 이 '방언'을 자신이 추구하고자하는 공간의 속성과 결합할 수 있는 기호로서 선택한 것이다. 그것은 자신이 추구하고자 하는 공간의 속성이 표준어와 결합하는 것보다 방언과 결합하는 것이 효과적이라는 점에서 당연한 선택이다. 왜 '경상도'냐를 따진다면 방언 중에서 그가 가장 진실성 있게 구사할 수 있는 것이 경상도 방언이었기 때문일 것이다.

박목월이 경상도 방언을 '방언'이라는 기호로 만들어 버리는 것은 초기시의 자연을 기호화된 자연으로 만들고 있는 것과 동일한 태도이다. 박목월 초기시의 공간은 기호화된 자연물들로 이루어진 관념공간인데, 그 구성물인 '청노루', '암사슴', '암노루'를 서로 바꾸거나 '구강산'과 '자하산'을 서로 바꾸어도 큰 차이를 느끼지 못할 정도이다.15) 이는 초기시의 자연물들이 구체성이 제거된 기호물들이기 때문이다. 사투리 시편들

---

14) 오세영은 기독교적 인생관이 보편적인 삶의 가치로서 박목월의 시 전편에 내재해 있다면서 기존의 연구들이 박목월이 전통적 향토시인이라는 편견으로 이를 간과하고 있음을 지적한 바 있다. 이는 박목월이 경상도 농촌의 인물들의 입을 빌어 경상도 사투리를 사용하면서도 실질적인 경상도 공간이 아닌 기독교적, 유교적, 농본적 공간을 만들고 있다는 이 글의 논지에 시사적이다(오세영, 「박목월론」, 『현대시와 실천비평』, 이우출판사, 1983, 98~109쪽).

15) 박현수, 「초기시의 기묘한 풍경과 이미지의 존재론」, 새미, 223~251쪽 참조.

에서 청자로 호명되는 '아베요', '어메요', '고모요' 등이 서로 바뀌어도 별 차이를 느낄 수 없는 것 역시, 그런 호칭들이 구체성이나 특수성이 제거 된 채 일정한 기능만을 수행하는 기호이기 때문이다. 즉 초기시와 사투 리 시들은 박목월의 詩作 방법상의 특징을 공유하고 있다. 시인이 추구 하는 공간을 가장 적절히 매개할 기호들을 사용하여 제작된 시라는 것이 그것이다.

박목월만큼 '시쓰기'에 대한 시를 많이 쓴 시인도 드물 것이다. "<시 인>이라는 말은 내 성명 위에 늘 붙는 관사(「모일」)"에서도 알 수 있듯 이 박목월의 중기시는 시인으로서의 자의식이나 '시인'과 '생활인'이라는 두 가지 정체성이 서로 역기능을 하고 있다는 것에서 느끼는 좌절감으로 점철되어 있다. 박목월은 특히 중기시에서 자신의 집을 시인의 공간인 上層과 생활인의 공간인 下層으로 이루어져 있다고 인식하고 있는데 그 는 어느 한 쪽을 선택하지 않고 늘 계단을 오르내린다.

이런 시인으로서의 강한 자의식과 "밸런스(「밸런스」)"에 대한 강박적 태도는 박목월의 가장 큰 특징이다. 그것은 詩作에도 영향을 미치고 있 는 것으로 보이는데, 하나는 詩作 기법 상 '시는 빚어내는 것(「木炭畵」)' 이라는 시의 제작술에 대한 강한 자의식, 다시 말해 시인으로서의 균형 감각이고, 다른 하나는 그의 시가 추구하는 것이 특수성보다는 보편성이 라는 점에서의 균형 감각이다. 그리고 그것은 사투리 시편들에도 고스란 히 드러난다. 자신이 추구하고자 하는 공간을 가장 효과적으로 매개할 기호로서 경상도 방언을 사용한 것은 시의 제작술에 대한 균형감각에서 비롯한 것이며, 그 공간의 속성이 개인적인 의미나 특수한 지방색이 탈 각된 것이라는 점은 보편성을 추구하는 균형감각에서 비롯한 것이다.

가족, 존재를 비추는 거울

1. 깨진 거울과 유기체적인 거울

가족은 개인에게 육체와 정신, 언어와 이름, 그리고 최초의 관계를 부여한 존재의 기원이며, 개인에게 정체성을 부여하는 존재의 거울이다. 거울이 비추어 보여주는 모습을 통해 우리는 자신이 누구인지 또, 다른 사람에게는 어떻게 보이는지 등을 확인한다. 그러나 누구도 부모형제를 선택할 수 없다. 가족이란 어쩔 수 없이 주어진—받아들여야 하는 고정불변의 실체일까?

스티븐 스필버그의 영화 '백투더퓨처'는 가족에 대한 당연하지만 의미 있는 이야기를 늘려순다. 수인공 마티는 로큰롤과 스케이트보드를 좋아하는 유쾌한 아이이지만 덩치 큰 비프 앞에서 위축된 모습을 보인다. 마티의 그늘진 모습은 그의 가족에서 비롯된 것이다. 비프의 아버지를 직장상사로 둔 마티의 아버지는 무능하고 나약하며 비굴하기 짝이 없다. 어머니는 사회활동을 하지도 가족을 돌보지도 않는 채 TV드라마에만 빠져 있고, 외삼촌은 감옥에 있으며, 누나와 형은 문제아로 늘 마티를 무시하고 괴롭힌다. 마티는 가족을 벗어나 자신을 이해해주는 괴짜과학자와 유사 부자관계를 맺고 있는데, 우연히 괴짜과학자가 발명한 타임머신을 타고 30년 전 과거로 가게 된다. 부모님의 과거를 종횡무진하며 그들을 돕고 현재로 돌아온다는 내용의 이 영화에서 주목되는 점은 과거의 변경으로 인해 가족의 삶의 질과 개개인의 위상, 그리고 가족들 간의 관계까지 전혀 달라졌다는 것이다. '고정불변의 실체로 주어진—받아들여야 하는 가족'이라는 개념이 미성찰의 신화에 불과하다는 것을 이 영화는 말하고 있다. 가족이란 구성원들의 변화와 그들 상호간의 영향을 통해 끊임없이 변하고 있는 가능태인 것이다.

가족은 개인과의 관계뿐만 아니라 사회와의 관계에 의해서도 끊임없이 영향을 받는다. 원시사회가 모계중심의 공동체적 가족을 만들었다면, 농경사회는 이를 부계중심의 공동체적 가족으로 재편하였고, 근대 산업사회는 가족을 공동체로부터 찢어 내었다. 특히 근대사회는 그 특징인 감시와 규율이라는 질서를 개인에게 잘 적용하기 위한 단위로 가족을 관리하면서 많은 영향을 주었다. 가족은 사회를 구성하는 기본 단위이고 사회의 변화에 민감하게 반응하는 유기체이다.

가족은 이렇듯 하나의 모습만을 비추는 차갑고 딱딱한 거울이 아니다. 가족은 사회를 흡수·반응하고, 개인과 상호 작용하면서 끊임없이 새로운 정체성을 서로에게 비추는 유기체적인 거울이다. 가족이 사회와 개인에 상호 작용한다는 것은 긴 과정으로 볼 때 '변화'하는 것이며, 짧은 순간으로 볼 때 깨지는 것이다. 가족은 개인과 사회에 의해 시시각각 깨지며 변화하는 유기체적 거울이다. 그럼에도 가족의 이데아를 설정하고 다시 그것을 실체라고 믿는 역사는 참으로 두텁고 유구하다. 가족 이데아는 가족을 깨져서는 안 되는 특정한 형태로 고착시키고 강화함으로써,

가족—거울의 깨짐이 '변화'가 아닌 '파탄'이라는 극단적인 가족의식을 생산한다.

한국사회는 근대화와 식민화가 비슷한 시기에 이루어지는 소용돌이에 휘말리면서 가족과 개인에게 깊은 영향을 미쳤다. 이 시기에 '깨진-가족'은 강화된 가족이데아, 근대화와 식민화라는 요소가 겹쳐 극단적으로 부정적인 의미를 갖게 된다. 특히 근대화와 식민화가 내면화되어 가던 1930년대 한국현대시에 나타난 가족—가족이데아는 변화하는 사회와 부딪쳐 깨졌으며, 개인의 욕망과 부딪쳐 다시 깨어지면서 다양한 '깨짐-파탄'의 양상을 보여준다. 백석과 미당이 각각 '집 나가는 아이들'의 대조적인 두 전형이라면, 이상李箱은 가족으로부터의 탈출을 꿈꾸면서도 가족을 버리지 못하는 갈등의 한 극점에 있다. 백석, 미당, 이상의 시에 나타난 가족의 '깨짐-파탄'의 양상과 각각 그것을 극복하는 과정을 살펴보자.

2. 가족 아날로지
— 낯선 존재들을 가족과 고향으로 만드는 힘

백석 시의 시적 주체는 '집나간 아이'의 한 전형을 보여준다. 유랑길에서 그는 "아, 나의 조상은 형제는 일가친척은 정다운 이웃은 그리운 것은 사랑하는 것은 우러르는 것은 나의 자랑은 나의 힘은 없다 바람과 물과 세월과 같이 지나가고 없다(「북방에서」)"면서 상실감에 빠진다. 백석에게 가족은 '찾고 싶은, 그러나 이제는 없는' 것이다.

백석이 그리워하는 가족은 수평적으로 수직적으로 확장된 친족 공동체적 가족이다. 시 「여우난곬족」은 진할머니 진할아버지, 엄매와 아배, 고모와 삼촌, 그리고 그들의 자식들의 나열로 그득하다. 부계중심의 공동체적 가족을 재구성한 틀에 구체적인 놀이와 음식의 이름들을 채워 넣음으로써 백석의 가족은 민족적 보편성을 얻는다. 그리고 명절날이나 제삿날이라는 설정을 통해 백석의 가족은 더 먼 조상으로 확장된다.

> 구신과 사람과 넋과 목숨과 있는 것과 없는 것과 한줌 흙과 한점 살과
> 먼 옛 조상과 먼 훗자손의 거룩한 아득한 슬픔을 담는 것
>
> 내 손자의 손자의 손자와 나와 할아버지와 할아버지의 할아버지와 할
> 아버지의 할아버지의 할아버지와…… 수원백씨(水原白氏) 정주백촌
> (定州白村)의 힘세고 꿋꿋하나 어질고 정 많은 호랑이 같은 곰 같은 소
> 같은 피의 비 같은 밤 같은 달 같은 슬픔을 담는 것 아 슬픔을 담는 것
> —「목구(木具)」부분

나무로 만든 제기祭器를 의미하는 「목구」에서 시인은 "내 손자의 손자의 손자와 나와 할아버지와 할아버지의 할아버지와 할아버지의 할아버지의 할아버지와"로 연쇄되는 수직적 가족의 계보를 더듬는다. 「목구」의 수사는 신약성서 중 유태인들을 대상으로 쓰인 마태복음의 기술방법을 연상시킨다. 마태복음은 예수가 구약의 파괴자가 아니라 유태인들이 기다리는 메시아라는 것을 설득하기 위해 즉, 예수에게 유태인의 정체성을 분명히 부여하기 위해 "아브라함이 이삭을 낳고 이삭이 야곱을 낳고……"로 연쇄되는 예수의 족보로 글을 시작한다. 이처럼 수직적 가족의 계보를 나열하는 성서적 수사법은 가족의 개념을 수직적으로 확장시키고 강화하는 것으로 백석뿐만 아니라 이상과 오장환, 서정주 등의 시에서 자주 사

용된다. 이와 같은 수사법과 제기라는 소재를 통해 백석은 가족의 개념을 확장·강화하고 공동체적 민족적 정체성과 보편성을 얻고 있다.

그러나 민족적 공동체적 풍습과 풍요로움이 가득한 백석의 가족은 근대화와 식민화라는 사회의 변화와 부딪쳐서 '깨져-상실되어' 버렸다. 그러므로 백석은 근본적으로 유랑민일 수밖에 없다. 가족으로부터 덩그마니 떨어져 나온 채 한없는 외로움과 서글픔을 느끼며 몸과 마음의 병을 앓으면서 그는 오직 추억을 되새김질한다. 명절날의 홍성스러움과 풍속, 어린 시절 먹던 음식들, 들었던 이야기, 가족과 친척들 등등 백석은 '회상'을 통해 깨져버린 가족-거울의 조각들을 맞추려 시도한다. 하지만 회상은 현실의 원리에 끼어 들 수 없는 것이다. 그것은 현실을 벗어난 순간의 틈바구니에서 잠시 빛나고 이내 꺼져버리는 성냥불과도 같다. 그것은 온기를 얻기엔 너무 순간적인 것이며 길게 피어나는 흰 연기와도 같은 쓸쓸함만을 오래 남기는 것이다.

거미 새끼 하나 방바닥에 내린 것을 나는 아무 생각 없이 문 밖으로
쓸어 버린다
차디찬 밤이다

어느젠가 새끼 거미 쓸려 나간 곳에 큰 거미가 왔다
나는 가슴이 짜릿한다
나는 또 큰 거미를 쓸어 문 밖으로 버리며
찬 밖이라도 새끼 있는 데로 가라고 하며 서러워한다

이렇게 해서 아린 가슴이 삭기도 전이다
어디서 좁쌀알만한 알에서 가제 깨인 듯한 발이 채 서지도 못한 무척
작은 새끼거미가 이번엔 큰 거미 없어진 곳으로 와서 아물거린다

나는 가슴이 메이는 듯하다
내 손에 오르기라도 하라고 나는 손을 내어 미나 분명히 울고불고할
이 작은 것은 나를 무서우이 달아나 버리며 나를 서럽게 한다
나는 이 작은 것을 고이 보드러운 종이에 받아 또 문 밖으로 버리며
이것의 엄마와 누나나 형이 가까이 이것의 걱정을 하며 있다가 쉬이
만나기나 했으면 좋으련만 하고 슬퍼한다

―「수라」 전문

백석은 가족―거울의 조각들을 맞추는 새로운 방법을 찾아낸다. 그것은 자아와 타자, 인간과 자연 등등의 대립체뿐만 아니라 전혀 무관해 보이는 것들조차 시공간을 초월하여 서로 대화하는 아날로지(analogy)이다.[1] 차이와 예외에 유사성을 부여함으로써 존재와 현실에 연속성을 부여하는 아날로지의 원리는 그의 시 곳곳에 스며있다.「수라」에서 시간적 간격을 두고 나타난 세 마리의 거미들을 자연스럽게 새끼, 어미, 형제로 아날로지하는 원동력은 가족의 상상력이다. 백석은 유랑하는 현실 속에서 그가 마주치는 모든 것들을 가족 아날로지의 상상력으로 바라본다.

가족 아날로지를 통해 그는 타향에서 고향을 '회상'하는 것이 아니라 '발견'하고 '실감'한다. 타향의 낯선 의원을 찾아 병든 몸을 맡긴 그는 고향이 어디냐고 묻는 말에 "평안도 정주라는 곳이라 한즉/그러면 아무개씨 고향이란다/그러면 아무개씰 아느냐 한즉/의원은 빙긋이 웃음을 띠고/막역지간(莫逆之間)이라며 수염을 쓴다/나는 아버지로 섬기는 이라(「고향」)"는 대화를 나누게 된다. 그리고 이 대화를 통해 시인은 현실을 초월하여 "고향도 아버지도 아버지의 친구도 다 있"는 "따뜻하고 부드러운" 존재의 연속성과 안정성을 획득하고 있다. 가족 아날로지의 상상력은 타향을 고

---

1) 옥타비오 파스, 『흙의 자식들』, 솔출판사, 1999, 88~89쪽.

향으로, 낯선 이를 가족으로 만드는 실질적인 힘이 된다.

백석에게 '회상'은 빛나지만 순간적인, 오히려 더 큰 상실감을 환기시키는 것이었다. 그러나 가족 아날로지의 상상력을 통한 가족공동체의 복원은 깨진 존재를 치유하는 현실적인 힘을 가지고 있다. 그는 약그릇에 담긴 약을 먼 조상으로 아날로지하여 "아득하니 깜하야 만년 옛적이 들은 듯한데/ 나는 두손으로 고이 약그릇을 들고 이 약을 내인 옛사람들을 생각하노라면/내 마음은 끝없이 고요하고 또 맑어진다(「탕약」)"고 하였다. 먼 조상인 옛사람들을 '비추고' 있는 탕약에 다시 자신을 비추어 봄으로써 그는 몸과 마음이 정화되고 치유되는 경험을 한다. 가족 아날로지는 덧없는 회상과 달리 현실을 살아가게 하는 실질적인 힘이다. 백석은 유랑길에서 마주치는 낯선 존재들을 가족과 고향으로 아날로지함으로써, "외따로이 서서" "어두워오는데 하이야니 눈을 맞"으면서도 "굳고 정한 갈매나무(「남신의주유동박시봉방」)"의 정체성을 획득한다.

3. 축적된 과거의 힘과 과정으로서의 세계인식
– 외할머니네 '때거울' 툇마루

서정주는 자신의 처녀시집 『화사집』의 맨 처음에 '애비는 종이었다'는 자기폭로로 시작되는 시 「자화상」을 수록하였다. 이 시는 가족과 공동체가 그에게 부여한 정체성이 '손톱이 깜한 에미의아들'이며 '가도 가도 부끄러운' '죄인'이고 '천치'임을 보여준다. 그러나 그는 "아무것도 뉘우치지 않"겠다며 자신을 저주받은 자로 규정하는 가족과 공동체에게 동의하지 않을 뿐더러, 나아가 "스물세햇동안 나를 키운건 八割이 바람"이라고

선언함으로써 가족의 존재 자체를 부정한다. 서정주의 가족－거울은 시
인의 욕망과 충돌하여 깨져 있는 것이다.

> 애비를 잊어버려
> 에미를 잊어버려
> 兄弟와 親戚과 동모를 잊어버려,
> 마지막 네 게집을 잊어버려,
> 아라스카로 가라 아니 아라비아로 가라
> 아니 아메리카로 가라 아니 아프리카로
> 가라 아니 沈沒하라. 沈沒하라. 沈沒하라!
> 오－어지러운 心臟의 무게 우에 풀닢처럼 훗날리는 머리칼을 달고
> 이리도 괴로운 나는 어찌 끝끝내 바다에 그득해야 하는가.
> 눈뜨라. 사랑하는 눈을 뜨라……청년아,
> 산 바다의 어느 東西南北으로도
> 밤과 피에젖은 國土가 있다.
>
> －「바다」 부분

  서정주 시의 시적 주체 역시 '집 나가는 아이'의 한 전형을 보여준다.
하지만 백석에게 가족이 '되찾고 싶은' 대상이라면 서정주에게 그것은
끝내 '잊어버려'야 하는 대상이라는 점이 다르다. 그만큼 그에게 가족은
상처이며 질곡인 것이다. "애비는 종이었다(「자화상」)"는 것은 개인적인
트라우마로 읽힐 수도 있지만 인용된 시의 "산 바다의 어느 동서남북으
로도/밤과 피에젖은 국토가 있다"와 함께 읽으면 그것은 국권을 상실한
사회상황에 대한 발언으로 읽힐 수도 있다. 식민화에 의해 깨진 가족－거
울에 비친 분열적인 모습은 시인의 욕망과 부딪쳐 이중으로 깨져 있다.
  그는 혈육에 대한 정情과 죄책감을 의미하는 "어지러운 심장의 무게"

때문에 괴로워하면서도 끝끝내 "애비를 잊어버려 에미를 잊어버려 형제
와 친척과 동모를 잊어버려 마지막 네 게집을 잊어버"리고 떠나라고 자
명自命한다. 그리고 바람―그는 자신에게 저주스러운 정체성을 부여하
는 가족을 부정하며 "나를 키운건 팔할이 바람"이라고 선언한 바 있다―
이 제시하는 새로운 정체성을 찾기 위해 "풀닢처럼" 바람에 훗날리는
"머리칼"을 달고 바다에 서있다. 그가 외치는 "가라 아니 침몰하라"는
말은 상징적 죽음을 통해 거듭나겠다는 의지로도, 생명의 궁극이며 기
원인 바다로 떠나는 것이 곧 침몰을 전제할 만큼 힘든 길이라는 의미로
도 읽힐 수 있다.

이는 단호히 부정하고 잊어버리려 했던 가족의 굴레가 그리 간단히 벗
어지는 것이 아님을 의미한다. 끝내 "壁차고 나가 목매어 울(「벽」)"겠다
던 시인은 가족에 대한 정과 연민을 의미하는 "심장의 무게" 때문에 어지
러워하기도 하는 것이다. 한편 "내 살결은 樹皮의 검은빛/ 황금 태양을
머리에 달고" "시약시야 나는 아름답구나(「正午의언덕에서」)"라며 자기
도취적인 자아상을 찾았다가도, 벙어리, 문둥이, 앉은뱅이와 같은 병자
적 자아상이나 병든 숫개와 같은 자기비하적 자아상을 이야기하는 분열
적인 태도 역시 가족―거울에 비친 모습에서 벗어나는 것이 쉽지 않음을
드러내는 것이다.

깨진 기울을 벗어나기 위해 "한 바다의 징신병"을 앓으며 떠돌던 서성
주는 "머언 먼 젊음의 뒤안길에서(「국화옆에서」)" 소쩍새의 울음과 먹구
름 속에서 터지는 천둥의 울음, 그리고 무서리로 상징되는 서러움을 견
디고서 자신을 돌아볼 수 있게 된다. 봄이 아닌 가을에서야 핀 국화처럼
시인은 긴 방랑을 뒤에야 버리고 떠났던 가족―거울 앞에 다시 서게 된
다. 그리고 '깨진―파탄난' 가족―거울을 극복하는 방법을 찾는다.

외할머니네 집 뒤안에는 장판지 두 장만큼 한 먹오딧빛 툇마루가 깔
려 있습니다. 이 툇마루는 외할머니의 손때와 그네 딸들의 손때로 날
이 날마닥 칠해져 온 것이라 하니 내 어머니의 처녀 때의 손때도 꽤나
많이는 묻어 있을 것입니다마는, 그러나 그것은 하도나 많이 문질러
서 인제는 이미 때가 아니라, 한 개의 거울로 번질번질 닦이어져 어린
내 얼굴을 들이비칩니다.
그래, 나는 어머니한테 꾸지람을 되게 들어 따로 어디 갈 곳이 없이
된 날은, 이 외할머니네 때거울 툇마루를 찾아와, 외할머니가 장독대
옆 뽕나무에서 따다 주는 오디 열매를 약으로 먹어 숨을 바로합니다.
외할머니의 얼굴과 내 얼굴이 나란히 비치어 있는 이 툇마루에까지
는 어머니도 그네 꾸지람을 가지고 올 수 없기 때문입니다.

—「외할머니의 뒤안 툇마루」 전문

외할머니네 집 뒤안에 있는 먹오딧빛 툇마루는 외할머니의 손때와 그
네 딸들의 손때로 날마다 칠해져서 이제는 하나의 거울이 되었다. 화자
의 얼굴이 들이비치는 그 거울은 오랜 시간을 견뎌 얻어진 것이다. 더러
운 얼룩으로 훼손되었지만 그것을 오랜 시간 정성을 들여 닦아내고, 또
그것을 닦아내는 사람의 손때가 덧칠해지고 덧칠해지다가 어느 순간 그
것은 먹오딧빛의 반짝이는 거울로 거듭난 것이다. 이는 가족과 자기자신
을 부정하며 떠났던 시인이 "머언 먼 젊음의 뒤안길에서 이제는 돌아와"
자신을 돌아볼 줄 아는 사람이 된 것과 같다. 이 '돌아봄―성찰'이 가능한
것은 오랜 닦음과 때묻음의 세월을 견디며 그 자신이 하나의 거울이 되
었기 때문이다.

외할머니네 때거울 툇마루는 무언가가 훼손되었다고 해서 버려서는
안 된다는 것을, 그리고 과거는 사라지지 않고 축적된다는 것을 알려준
다. 미당은 훼손된 현실을 '더 긴 과정' 속에서 인식함으로써 마침내 극복

한다. 모든 현상은 현상으로 존재하는 것이 아니라 '과정'의 단면일 뿐이며, 그것은 축적된 과거로부터 힘을 얻으면서 계속 '변화'하는 것이다. 오랜 세월과 정성으로 닦여진, 축적된 과거의 힘의 현현인 먹오딧빛 때거울 툇마루는 화자의 몸과 마음을 보해주고 가다듬게 해주는 신비로운 힘을 가지고 있다. 그것은 존재의 연속성과 안정성을 보장해주는 가족-거울이다. 미당은 이 가족-거울을 질마재라는 고향마을 즉 공동체-거울로 확장시킨다.

질마재 사람들은 침향沈香을 만들기 위해 참나무 토막들을 육수陸水와 조류潮流가 합수合水치는 속에 집어넣는데, 짧아도 2~3백년, 좋게는 천년은 가라앉아 있은 것이라야 쓸 수 있다고 한다. 그러니까 질마재 사람들이 참나무 토막을 던져 넣는 것은 자기들이나 자기의 아들딸이나 손자 손녀들이 쓰려는 게 아니고 훨씬 더 먼 미래의 후대後代들을 위한 것일 수밖에 없다. 이 질마재 사람들의 삶의 방식은 가족의 개념을 수직적으로 수평적으로 까마득히 늘여놓는 것이다. "이것을 넣는 사람과 꺼내 쓰는 사람 사이의 수백 수천 년이 침향 내음새처럼 바짝 가까운 것"이라는 말은 과거란 사라지는 것이 아니라 축적되는 것이며, 현실과 단절된 것이 아니라 현실과 영향을 주고받을 수 있는 실질적인 가능태이며 힘이라는 인식의 표현이다.

서정주 시에서 유년이나 역사 혹은 조상과 같은 과거는 상실되는 것이 아니며, 순간적으로만 불러낼 수 있는 회상으로 존재하는 것도 아니다. 그것은 현재와 연결되어 나를 보호해주고 가다듬게 하는 축적된 힘이다. 이런 과정으로서의 세계인식은 단절되고 분열된 현실에 수직 수평적 다리를 놓아 그것을 극복하게 한다.

4. y=f(x)의 존재론을 해체하고 '한 페−지의 거울'을 얻기까지

백석과 미당이 각각 가족을 버리고 떠난, '집 나간 아이들'의 대조적인 두 양상을 보여주었다면, 李箱은 가족을 버리지 못하는 괴로움의 한 극점을 보여준다. 李箱이 가족으로 인해 느끼는 고통과 구속감은 가족을 부정하고 떠났던 서정주에 비해 결코 적지 않다. "나의아버지는나의아버지대로나의아버지인데……나는왜드디어나와나의아버지와나의아버지의아버지와나의아버지의아버지의아버지노릇을한꺼번에하면서살아야하는것이나(「烏瞰圖 詩第二號」)"라는 토로는 그의 머리를 짓누르는 가족의 무게가 얼마나 층층이 쌓여있는 것인지를 보여준다. 그렇다면 이상은 왜 가족을 버리지 못하는가.

분총(墳塚)에게신백골(白骨)까지가내게혈청(血淸)의원가상환(原價償還)을강청(强請)하고있다. 천하(天下)에달이밝아서나는오들오들떨면서도처(到處)에서들킨다. 당신의인감(印鑑)이이미실효(失效)된지오랜줄은꿈에도생각하지않으시나요─하고나는의젓이대꾸를해야겠는데나는이렇게싫은결산(決算)의함수(函數)를내몸에지닌내도장(圖章)처럼쉽사리끌러버릴수가참없다.

─「문벌(門閥)」 전문

그는 무리한 책임을 강요하는 가족으로부터 도망가고 싶지만 '도처에서 들킨다' 가족은 그의 몸에 찍힌 인감印鑑이기에 그는 어디로 가더라도 그것으로부터 숨을 수 없다. 그것은 아무리 '실효(失效)'되었다고 주장해도 결코 지워지지 않는 도장이다. 이상은 그 도장을 두고 "싫은결산의함수"라고 하였다. 두 가지 변수變數 x와 y가 있을 때, 변수 x가 일정한 범위

내에서의 값을 차례로 취할 때, 거기에 대응하고 있는 일정한 규칙으로 변수 y가 변화하는 경우 y를 x의 함수하고 하며, y=f(x)로 표시한다. y는 이상李箱 자신이며, x는 그의 가족이다. 나=f(가족)인 함수의 존재론을 가지고 있는 그에게 가족—거울이 강요하는 모습이 아무리 싫은 것일 지라도, 또 그것이 얼마나 그의 머리를 층층이 짓누르는 것일 지라도 쉽게 가족을 끌러버릴 수는 없다. x(가족)는 언제나 y(자기자신) 속에 있으며, y는 x로부터 나온 것으로 인식하기 때문이다.

이상은 그 특유의 존재론 즉, 나=f(가족)인 함수의 존재론을 가졌기 때문에 가족과 거리를 확보하지 못한다. 그를 "오들오들" 떨게 만드는 것은 혈청의 원가상환을 강청하는 가족이며, 또한 가족과 나를 분리시키지 못하는 '나 자신'이기도 하다. 저 유명한 '13인의 아해'들의 탈주가 정말 무서운 이유는 그 아해들 속에 '무서운' 아해와 '무서워하는' 아해가 구별할 수 없게 섞여 있다는 것이다. 이 아해들의 탈주를 가족으로부터 탈주하고 싶어하는 그의 상황으로 본다면, 그 자신이 가족을 '무서워하는' 아해이면서 나=f(가족)인 '무서운' 아해가 된다. 그렇기 때문에 가족으로부터의 탈주는 '무서운' 탈주이며, '도처에서 들킬' 수밖에 없는 탈주인 것이다. 시「육친」에서는 "크리스트에혹사(酷似)한남루한사나이"가 그의 종생과 운명을 내게 떠맡기려는 사나운 마음씨를 가지고 있다면서 이 "육중한크리스트의별신(別身)을암살"해야 한다고 썼다. 이 예수와 몹시 비슷한 남루한 사나이는 책임을 자신에게 떠맡기려는 아버지라고 해석되어 왔으나, 가족을 위해 희생하려는 즉, 책임을 떠맡으려는 육친의식을 가진 시인자신이라고 보는 것이 타당하다. 그는 "육중한" 육친의식을 가진 자신의 마음을 죽이고 싶어 하는 것이다. '나'의 욕망과 충돌하는 '나=f(가족)'—거울을 바라보며 그는 분열을 느낀다.

거울속에는소리가없소
저렇게까지조용한세상은참없을것이오

거울속에도내게귀가있소
내말을못알아듣는딱한귀가두개나있소

거울속의나는왼손잡이오
내악수(握手)를받을줄모르는―악수(握手)를모르는왼손잡이오

거울때문에나는거울속의나를만져보지를못하는구료마는
거울아니었던들내가어찌거울속의나를만나보기만이라도했겠소

나는지금(至今)거울을안가졌소마는거울속에는늘거울속의내가있소
잘은모르지만외로된사업(事業)에골몰할께요

거울속의나는참나와는반대(反對)요마는
또꽤닮았소
나는거울속의나를근심하고진찰(診察)할수없으니퍽섭섭하오

―「거울」 전문

미당은 「자화상」에서 가족―거울이 비춰 보여주는 모습을 인정하지 않았으며, 가족 자체를 부정하고 떠났었다. 하지만 나=f(가족)의 존재론을 가진 이상李箱은 가족과 거리를 확보하지 못한다. 비록 가족―거울에 비친 자신의 모습이 말도 통하지 않고 화해할 수도 없는 모습일지라도 그것은 나의 모습인 것이다. 특히 거울 때문에 거울 속의 나를 만져보지 못하지만 거울이 아니었던들 어찌 거울 속의 나를 만나보기만이라도 했겠느냐는 진술은 가족으로 인해 분열된 자의식 속에서 고통받을 수밖에

없을지라도 바로 그 가족으로 인해 자신을 볼 수 있다―존재할 수 있다는
그의 '함수의 존재론'을 드러내고 있다. 그리하여 혈청의 원가상환을 강
청하거나, 크리스트의 종생과 운명을 떠맡기려는 "외로된 사업에 골몰하
고 있을" '거울 속의 나'를 두고, '참나'와는 반대이지만 또 꽤 닮았다고
인정한다. 그는 내면의 찢겨지는 번민 속에서도 가족과 자신에 대해 연
민의 감정을 가지고 있다. '딱하다'거나 '퍽섭섭하다'는 것은 그런 인간적
인 면모의 표현이다.

함수의 존재론을 가진 사람이 존재론적인 변화를 꾀하는 방법은 무엇
이 있을까. 그는 시 「육친의 장」에서 "두번씩이나객혈을한내가냉정을극
하고있는가족을위하야빨리안해를맞아야겠다고초조하는마음이었다"고
쓰고 있다. x를 변화시키는 것, 다시 말해 부자관계, 모자관계에 고착된
가족에서 벗어나 "안해"를 맞음으로써 새로운 가족을 구성하는 것이 바
로 그가 찾은 답이다. 그러면 x'를 통해 행복한 거울을 찾을 수 있을까.

그러나 아내는 열리지 않는 문, 만져볼 수 없는 "선뜩한 차단(「명경」)"
의 거울로 나타난다. 그는 열리지 않는 문고리에 늘어지듯 매달리며 아
내에게 "식구(食口)야봉(封)한창호(窓戶)어데라도한구석터놓아다고내가
수입(收入)되어들어가야하지않나"라고 애원하지만 "생활이 모자라는 까
닭"에 아내의 문은 열리지 않는다(「가정」). 나=f(가족)에서부터 벗어나
기 위해 아내를 맞았지만 이번에는 오히려 그가 소외당하고 있는 것이
다. 그는 이제 밖에 갇힌 꼴이다.

3
나는거울있는실내(室內)로몰래들어간다. 나를거울에서해방(解放)하려
고. 그러나거울속의나는침울(沈鬱)한얼굴로동시(同時)에꼭들어온다.

거울속의나는내게미안(未安)한뜻을전(傳)한다. 내가그때문에영어(囹
圄)되어있드키그도나때문에영어(囹圄)되어떨고있다.

4

내가결석(缺席)한나의꿈. 내위조(僞造)가등장(登場)하지않는내거울. 무
능(無能)이라도좋은나의고독(孤獨)의갈망자(渴望者)다. 나는드디어거울
속의나에게자살(自殺)을권유(勸誘)하기로결심(決心)하였다. 나는그에
게시야(視野)도없는들창(窓)을가리키었다. 그들창(窓)은자살(自殺)만
을위(爲)한들창(窓)이다. 그러나내가자살(自殺)하지아니하면그가자살
(自殺)할수없음을그는내게가르친다. 거울속의나는불사조(不死鳥)에가
깝다.

─「烏瞰圖 詩第十五號」 부분

그는 아내─거울에서 자신을 해방시키려고 하지만 여기서 또 다시
나=f(아내)라는 '싫은 결산의 함수'를 확인한다. '나'를 가두고 있는 것
은 아내이기도 하지만, 그 아내와 거리를 확보할 수 없는 '나'이기도 한
것이다. 즉, '나'는 아내를 버리지 못하는 '나' 때문에 영어囹圄되어 있다.
거울 속의 나에게 자살을 권유하지만 그것은 '내'가 자살하지 않으면 자
살할 수 없는 불사조 같은 것이라는 것도 함수의 존재론의 표현이다. 시
의 마지막에 선고되는 "악수할수조차없는두사람을봉쇄한거대한죄"란 아
내와의 관계, 그리고 그 아내와 거리를 확보하지 못하는 자기자신의 존
재론에 대한 이름 붙임이다. 아내를 맞아 '나'의 성한 다리와 아내의 성한
다리끼리 한사람처럼 걸어가면 될 것이라 생각했지만 그것은 부축할 수 없
는 절름발이 부부의 모습으로 귀착되어 버리고만 것이다(「지비(紙碑)」). 함
수의 존재론을 가진 자에게 x의 변화는 아무런 존재론적 변화의 계기가 되
지 못한다.

나=f(가족)이기에 가족은 버릴 수도 버려지지도 않는 것으로 그는 가족에 의해, 그 자신에 의해 분열적 자아상 속에 갇혀있다. 가족으로부터 벗어나기 위해 그에게 남은 방법은 자신을 해체하는 것뿐이다.

> 양팔을 자르고 나의 직무를 회피한다
> 이제 나에게 일을 하라는 자는 없다
> 내가 무서워하는 지배는 어디서도 찾아볼 수 없다
>
> —「회한의 장」부분

희생하려는 마음—"육중한 크리스트"로부터, 그를 구속하고 짓누르는 "아버지의 아버지의 아버지의 아버지"로부터, 그리고 모자란 생활로부터 탈출하기 위해서 그는 스스로 자신의 두 팔을 자른다. 나아가 자신의 떨어진 팔을 방에 촉대燭臺세우기도 하고(「烏瞰圖 詩第十三號」), 자기 자신을 해부하고 복제하기도 한다(「烏瞰圖 詩第八號」). 자기 자신으로부터 가족으로부터 달아나기 위해 그는 "세상에 사표"를 쓰고 세상의 규칙과 거울 안에서 존재하기를 멈춘다. 그리고 그는 이제 자기만의 글쓰기—놀이의 세계로 진입한다. 주체적 자기소멸을 통해 y=f(x)의 거울을 깨뜨리고 나와서야 새로운 자신만의 글쓰기 공간인 백지—거울, 그 자신의 언어로 말하자면 '한 페—지의 거울'을 발견한 것이다.

5. 결론

가족은 개인에게 정체성을 부여하는 존재의 거울이지만, 사회의 변화와 개인의 욕망에 상호 작용하면서 시시각각 깨지며 변화하는 유기체적인 거울이다. 그러나 근대화와 식민화가 내면화되어가던 1930년대 시에 나타난 가족의 '깨짐'은 변화가 아닌 파탄과 상실을 의미했다.

이 글은 백석, 미당, 李箱의 시를 통해 가족-거울의 깨짐-파탄의 세 가지 양상과 각각 그것을 극복하는 과정을 살펴보았다. 세 시인 가운데 가장 적극적으로 가족을 버리고 떠났던 미당은 오래고 서러운 방랑 끝에 '더 긴 과정으로서의 세계 인식'과 '축적된 과거의 힘'을 발견함으로써 파탄의 상황을 극복한다. 백석은 낯선 현실을 가족과 고향으로 아날로지함으로써 파탄의 상태를 적극적으로 극복하며 현실을 살아가는 힘을 찾는다. 이상(李箱)은 나=f(가족)이라는 함수의 존재론으로 인해 깊은 번민을 보여주지만, 결국 '글쓰기'라는 자신만의 창조적 공간 속에서 주체적 소멸을 통해 파탄의 상태를 극복한다.

식민지 시대 시인들의 시에 나타나는 가족의식은 주로 부자관계에 고착되어 있다. "아버지의 아버지의 아버지의 아버지"와 같은 수사법으로 나타나기도 하는 그것은 근대화, 서구화, 식민화 등등 당대의 사회적 변화와 관련하여 설명될 수 있다. 이 시기의 시에 나타난 모든 아버지가 시인의 아버지라는 점도 특이하다. 이는 해방이후 박목월 등의 시에서 '아버지=시인 자신'인 것과 비교해 볼만하다. 또한 이상李箱의 시에 비정상적인 관계-실패한 관계로서의 '아내와 남편'이 나타난다는 것의 의미도 그런 맥락에서 자리 잡을 수 있을 것이라 생각된다. 이와 더불어 1980년대 이후에 적극적으로 발언하기 시작한 '딸들과 어머니들'의 가족의식을 다루는 것은 다른 글에서 다루어야 할 숙제이다.

'심리적 거리(psychic distance)'와 설화 수용

– 서정주 초기시를 중심으로

1. 서론

  본고는 서정주 초기시[1]의 설화 수용의 의의를 새로이 조명해보고자
한다.[2] 그의 시에서 본격적인 설화 수용은 『삼국유사』의 설화를 적극 수
용한 중기시 이후에 나타난다고 할 수 있다. 서정주는 그의 중기시 이후
에 설화를 세속화하고 현실을 설화화하면서 내용과 형식의 측면에서 설
화와 현실의 경계를 허무는 시적 작업을 지속해나갔다. 그러나 본고는
그의 초기시에서 처음 이루어진 설화 수용이 그의 시의 전개과정에서 가

---

1) 본고는 『화사집』(1941), 『귀촉도』(1948), 『서정주시선』(1956)을 초기시로 본다.
2) 서정주 시의 설화수용에 대한 연구는 주로 중기시(『신라초』~『떠돌이의 시』), 특히 『삼
  국유사』와 『삼국사기』의 설화를 수용한 『신라초』와 『질마재신화』에 수록된 시들을 대
  상으로 진행되었는데, 오세영은 서정주의 설화수용을 『귀촉도』의 시기까지 끌어올리고
  있다(오세영, 「설화의 시적변용」, 『미당연구』, 민음사, 1994, 417~454쪽). 서정주는 설
  화를 시에 본격적으로 수용·변용하면서 한국시의 지평을 넓혔다. 중기 이후 설화 수용은
  초기시의 설화수용을 계기로 관심을 가지고 실험하게 된 것. 본고는 서정주의 초기시에
  나타나는 설화수용이 그의 초기시에서 나타나는 중요한 '거리'의 변화와 깊이 연관되어
  있음을 구명하기 위해 초기시로 연구 범위를 한정하고자 한다. 중기시의 설화수용에 대
  해서는 고를 달리하여 본격적으로 살펴볼 것이다.

지는 필연성과, 그것이 가지는 특정한 시적 기능에 주목하고자 한다.

　기존 논의들은 서정주 초기시에 나타난 설화 수용의 의의를 서구지향적 세계로부터 전통주의적 세계로의 전환으로 평가3)한다. 본고는 기존 논의에 동의하면서, 나아가 설화 수용의 배경, 그리고 그것의 미적 장치로서의 기능과 의의를 구명하고자 한다. 이런 문제의식은『화사집』의 핵심 이미지인 '몸' 이미지가 대상에 대한 시적 자아의 '심리적 거리'의 최소치 내지는 상실을 보여주며,『귀촉도』와『서정주시선』에 와서 '거리'가 확보되는데, 그것이 '설화 수용'과 관계가 있다고 판단하는 데에서 출발한다.

　한국 현대시에서 미적 거리(aesthetic distance)에 관한 연구는 미흡한 편이다.4) 김준오는 오르테가 이 가제트(J. Ortega Y Gasset)의『예술의 비인간화』를 원용하며, 하나의 사건에 대한 '시점'의 차이가 '감정적 개입도'의 차이를 가져온다고 하였다. 그는 감정적 개입도의 차이를 벌러(E. Bullough)의 '심리적 거리'로 연결시키고 이를 미적 거리라고 정의한다.5) 김준오의 논의는 프린스턴 시학 사전에 상당부분 기대고 있는데6) 시학 사전이 미적 거리를, 예술작품에 대한 "감상자(the viewer)" 혹은 "청중(the audience)"의 심리적 거리로 정의하고 있는 데에 반해, 김준오는

---

3)『화사집』에서『귀촉도』로의 전환을 서구지향에서 동양지향, 근대지향에서 전통주의로의 회귀 등으로 바라보는 기존 논의들은 설화수용을 전통주의나 동양지향의 근거로 해석하는 데에 이견이 없다.
4) 한국 현대시에서 '미적 거리'에 대한 본격적인 논의는 별로 이루어지지 않았다. 필자가 확인한 바에 의하면, '미적 거리'에 대한 학위논문은 1편에 불과하며, 학술지에 수록된 논문 역시 5편에 불과하다(2007년 6월 현재 국회도서관 기준).
5) 김준오,「미적 거리」,『시론』, 삼지원, 2004, 326~330쪽.
6) 프린스턴 시학 사전은 '미적 거리'를 "감정적 경험 혹은 인식적인 경험이 아닌 미적 경험에만 독특한 어떤 것을 분리시켜내는, 예술 작품에 대한 감상자(the viewer to the artwork)의 적절한 심리적 관계"로 정의하고 있다(Allex Preminger(ed.), *The New Princeton Encyclopedia of Poetry and Poetics*, Princeton University Press, 1993, p.10).

그것을 감상자와 예술가의 입장으로 확대 적용하고 있다. 게다가 그는 창작 과정에서 '시인'이 얼마나 자기의 감정을 억제하였느냐, 하는 문제에 관심의 초점을 맞추고 있기 때문에 자칫 '미적 거리'에서 '감상자'의 개념이 탈락될 우려가 있다. 실제로 그는, 창작 과정에서 작용하는 시인의 감정 절제도에 근거하여 '부족한 거리조정(underdistancing)'과 '지나친 거리조정(overdistancing)'이라는 틀을 제시하고 있다.

그런데 이런 시각은 세 가지 측면에서 문제가 있다. 첫째, 부족한 거리조정과 지나친 거리조정이라는 틀은 어떤 미적 완결성을 가능케 하는 특정한 미적 거리를 전제로 하고 있다는 점이다. 이 경우 미적 거리는 작품의 완성도나 미적 완결성을 가늠하는 잣대로 고정되어 버린다.

상술하였듯이 '미적 거리'의 본래적 의미는 창작과정에서 작용하는 시인과 작품 사이의 거리가 아니라, '독자(감상자)와 작품 사이에서 작용하는 심리적 거리'이다. 그것은 독자가, 실제적인 관심이나 욕망 혹은 물리적인 인식으로부터 작품을 분리하여 미적으로 인식－경험하는 '심리적 거리'를 의미한다.7) 미적 거리는 감상자의 역동적인 시각인 것이다. 그러므로 '미적 거리'는 창작과정에서 작품성을 결정하거나 완성된 작품의 작품성을 측정할 수 있는 고정된 틀이 될 수 없다.

둘째, 미적 완결성을 가능케 하는 미적 거리의 실체를 알 수 없다는 점이다. 다시 말해 부족하거나 지나치지 않은 '적절한 미석 서리'의 '적절성'이 연구자의 주관에 의해 판단되고 있기 때문이다. 오르테가 이 가제트는 『예술의 비인간화』에서 '유명인사의 죽음'을 관찰하는 부인, 의사, 기자, 화가의 심리적 거리를 예로 들며, 창작을 촉발시키는 대상에 대해

---

7) Langer는 벌러(E. Bullough)를 인용하며 실제 관심의 제거가 미적 거리의 핵심 개념임을 설명하고 있다(Susanne K. Langer, *Feeling and Forms*, Charles Scribner's Sons; New York, 1953, p.319).

시인이 체험하고 느끼는 거리의 정도를 탁월하게 비유한 바 있다. 그는 이 체험의 정도를 각각 '체험', '체험관찰', '체험하는 척하는 관찰', '순수관찰'로 나누고, 그 가운데에서 '순수관찰—비인간화된 관찰'이 현대예술의 특징이며 우수한 것이라고 주장한다.[8] 가제트는 현대예술의 난해성을 옹호하고 예술의 대중성보다는 귀족성을 강조하고 있는 것이다. 그러나 가제트의 글을 원용하며 개념화되고 일반화된 김준오의 '미적 거리'의 개념은 심리적 거리가 가깝거나 먼 것을 모두 지양하는 '적정한 범주'를 가상한다. 여기서 가장 문제가 되는 것은 이 '적정한 심리적 거리의 범주'는 감상자의 주관에 따라 다를 수 있다는 점이다.

셋째, 창작과정에서 작용하는 시인의 감정 절제도를 작품성을 측정하는 '거리'로 판단하고 있기 때문에, 강렬한 정서나 감정은 시적 완성도를 위해 지양해야 하는 것으로 암시되고 오해되기 쉽다는 점이다. 시인의 강렬한 감정과 정서는 시를 쓰게 되는 촉발점이다. 감정과 정서의 격렬함 혹은 짧은 심리적 거리 때문에 작품성이 떨어진다기 보다는, 강렬한 감정과 정서가 시로 잘 형상화되지 않았기 때문에 작품성이 떨어지는 것이라 보아야 한다.

본래적 의미와 다르게 변용된 '미적 거리' 혹은 그것과 동의어로 사용되는 '심리적 거리'의 개념은, 연구자에 따라 신축성 있게 적용하는 '적절성'의 개념을 함축한다는 점에서 문제가 있다. 이런 문제들을 종합하여 보면 '거리'에 대한 개념은 다음과 같이 재정리될 수 있을 것이다.

첫째, '미적 거리'란 예술 작품에 대한 '감상자'의 심리적 거리이다. 연구자가 텍스트에 대해서 느끼는 심리적 거리도 '미적 거리'라고 할 수 있으며, 이는 '적절한 거리'가 아니라 '다양한 거리'의 스펙트럼을 가질 수 있다.

---

8) Ortega Y Gasset, 박상규 역, 『예술의 비인간화』, 미진사, 1995, 63~67쪽.

둘째, 창작을 촉발하게 하는 대상에 대해 시인이 느끼는 심리적 거리
이다. 역시 다양한 스펙트럼을 가질 수 있는 이 거리는, 시인이 경험하고
느끼는 체험의 정도와 관련되어 있다. 시인의 진정성(authenticity)과 관
련된 이 개념은, 시로 형상화될 때 과다노출 되느냐 철저히 소거되느냐
의 문제와 또 다른 것이라고 할 수 있다.

기존에 좋은 시의 척도로 사용되던 '미적 거리'의 개념은 문학 작품의
창작 과정에서 작용하는 시인의 심리적 거리의 문제를 시적 형상화 수준
의 문제와 분명히 구분하지 않고 있다. 때문에 창작을 촉발시킨 대상에
대한 시인의 심리적 거리를 작품성을 결정하는 '적절성'의 척도로 재단
하는 오류가 생기기도 한다.

이를 구분하기 위해 본고는, 미적 거리(aesthetic distance), 심리적 거리
(psychic distance), 심미적 거리(artistic distance)로 용어를 구분하여 사용
하고자 한다. 미적 거리란 작품에 대해 감상자가 갖는 거리이며, 심리적
거리는 창작자가 창작을 촉발시킨 대상에 대해 갖는 거리이고, 심미적
거리란 창작자가 자신의 체험과 정서를 형상화할 때 조절하는 심리적 거
리의 정도라고 하겠다. 미적 거리와 심리적 거리는 다양한 스펙트럼을
가지고 있으며 그 각각의 거리마다 다양한 특징을 풍부히 갖는다. 창작
과정에서 시인이 조절할 수 있는 거리란 심미적 거리이며, 이는 작품의
완성도를 결정하는 적절성과 관련이 있다고 할 수 있다.[9]

---

9) 윤석산은 '지나치게 먼 거리', '비교적 먼 거리', '적당히 조절된 거리', '비교적 짧은 거리',
'지나치게 짧은 거리'의 다섯 단계를 설정하고 있으며(윤석산, 『현대시학』, 새미, 1996,
294~304쪽), 김현자는 '미달된 거리'와 '초과된 거리'는 미의식에 적합하지 않은 것으로
판단한다(김현자, 「박목월 시의 감각과 미적 거리」, 『한국시의 감각과 미적 거리』, 문학
과지성사, 1997, 11쪽). 용어를 바꾸고 세분화하기는 했지만 이들은 모두 '적절성'을 상
정하고 있다는 공통점이 있다. 그러나 이들이 사용한 '거리'의 개념은 심리적 거리
(psychic distance)라기 보다는 형상화의 문제를 의미하는 심미적 거리(artistic distance)에
가깝다고 판단된다.

다시 말해 기존에 구분 없이 사용되던 미적 거리의 개념을 미적 거리, 심리적 거리, 심미적 거리로 나누어 사용하면, 본래적 의미의 미적 거리 개념과 변용된 거리의 개념을 구분할 수 있으며, 강렬한 정서와 감정을 담은 시는 작품성이 떨어진다는 오해를 막을 수 있다. 이를 통해 강렬한 정서와 감정을 잘 빚어낸 시와, 엉성하게 형상화한 시, 대상에 대한 차가운 이성적 관찰을 잘 빚어낸 시와 엉성하게 형상화한 시 등등 현대시의 감상 포인트를 다양하고 풍부하게 할 수 있으리라 판단된다.

1930년대 모더니즘적[10] 세계관을 공유하고 있는 시인들의 시는 유폐 의식을 담고 있으며 그것에 대해 어떤 '병적 징후'로써 반응하고 있다. 본고는, 이들 각각의 개성이 동시대적인 보편성에 접속될 때, '독특함'에서 나아가 '차이점'들로 질서화 되며 의미 있게 조명되리라 생각한다. 특히 본고는 이들과 반대 극점에 서있다고 평가[11]되는 서정주의 초기시 역시 이런 동시대적 보편성을 가지고 있음에 주목하고, '심리적 거리'의 관점에서 서정주가 이들과 만나고 갈라지는 지점을 살펴볼 것이다.

---

10) 오세영은 사회의 정치·경제의 형태와 세계관 윤리관 그리고 개인의 삶의 양식에 따른 근대성, 현대성, 탈현대성을 기준으로 근대, 현대, 탈현대를 구분하였다. 그리고 리얼리즘을 근대성을 반영한 문학사조로, 모더니즘을 현대성을 반영한 것으로, 아방가르드를 탈현대성을 반영한 것으로 구분하였다. 이런 구분은 편의를 위해 세계사적인 안목으로 접근하고 있는 것이다(오세영, 「모더니즘, 아방가르드, 포스트 모더니즘」, 『문학과 그 이해』, 국학자료원, 2003, 21~60쪽 참조).
그러나 한국현대시사에서 1926년을 전후로 등장한 모더니즘과 아방가르드적 경향은 특수성을 가지고 있기에 본고는 1930년을 전후한 당대의 사조들을 언급할 때, '모더니즘적'이라거나, '아방가르드적'이라고 접근하는 방식을 취하고자 한다.
11) 서정주를 생명파로 구분하는 일련의 논의들이 그러하다. 이런 논의들은 대부분 서정주가 스스로의 시적 출발을 '정지용류'와 '경향파'에 대한 대결의식으로 자리매김한 것에서 영향을 받았다. 특히 서정주는 자신의 초기시를 논하면서 두 차례나 '정지용류'에 대한 대결의식을 피력한 바 있다. 그 하나는 『시인부락』의 문학사적 위치를 스스로 매김하는 글이며(서정주, 「현대조선시약사」, 『현대조선명시선』, 溫文舍, 1950, 266쪽), 다른 하나는 『화사집』 무렵의 자신의 시어의 특징을 설명하는 글이다(「나의 시인생활 약전」, 『서정주문학전집 4』, 일지사, 1972, 200쪽).

2. '심리적 거리'의 원근법과 병적 상상력

1930년대 경성의 한복판에서 스스로를 근대문명의 말단에 직면해 있다고 실감했던 김기림과 정지용의 시는, 서로 다른 지점에 서 있기는 하지만 유폐 의식 혹은 수인囚人의 모티프를 보여준다는 공통점이 있다. 김기림의 시적 주체는 원초적인 생명력을 상징하는 '바다'를 동경하고 꿈꾸는 도시적 존재이다. 그는 바다가 아닌 '도시―어항'에 갇힌 존재들을 바라보며 이중적인 감정의 마찰을 경험하고 있다. 백화점에서 전시 판매되는 인공의 자연과 상품화된 바다[12]에 대해 시적 주체가 느끼는 매혹과 거부가 가볍게 충돌하고 있는 것이다. 이때 미적 장치로서의 '어항' 이미지에 대해 시적 자아가 느끼는 거리가 '심리적 거리'이다. 김기림은 '바다'의 대립항으로서 '도시―어항'의 이미지를 선택하고, '우울'을 느끼는 '심리적 거리'를 보여준다.

한편 정지용은 '유리창' 이미지를 중요한 미적 장치로 선택한다. 정지용 시의 시적 자아는 '소중기선(小蒸氣船)처럼 흔들리는 창'[13] 안쪽에 갇혀서 앓고 있다. '유리창'[14]은 '슬픔―눈물'이 '물먹은 별이 되어 보석처럼 박히'도록 변형시키는 시적 변용 장치이며, '시인'의 이미지 그 자체이다. 그는 자아―유리창에 뺨을 가져다 대며 열을 식히고, 격렬한 슬픔을 정제하면서 애착을 보인다. 하지만 동시에 유리창에 '갇혀있음'에 대해 병적인 증상을 호소하고 있다. 정지용의 시적 주체는 김기림의 시적 주체보

---

12) 김기림은 자신의 시와 수필에서 상품화된 바다와 인공의 자연에 대한 매혹과 거부, 우울 등을 거듭 다룬 바 있다(김기림, 「옥상정원」, 위의 책, 28~29쪽; 「바다의 誘惑」, 『김기림 전집 5』, 심설당, 1988, 322~326쪽; 「바다의 幻想」, 같은 책, 330~332쪽).
13) 정지용, 「유리창2」, 『정지용전집 1』, 민음사, 1999, 85쪽.
14) 정지용, 「유리창1」, 위의 책, 73쪽.

다 미적 장치에 대한 심리적 거리가 더 가까우며, 그것에 의해 유발되는 병적 증상도 '신체화된 병증'으로 김기림의 '우울'보다 심화되었음을 알 수 있다. 유폐 의식과 수인의 모티프를 다루고 있는 이들 시에서 심리적 거리가 더 가까워졌다는 것은, 자아를 가두고 구속하는 대상이 자아에게 더욱 밀착되었음을 의미한다. 그리고 시적 자아가 실감하는 구속감의 강도(intensity)에 비례해서 그가 느끼는 병적 증상은 심화된다.15)

　서정주는 자신의 초기시를 논하는 마당에서 두 차례에 걸쳐 '정지용 류'의 시를 운운하며 그것과의 대결의식을 밝힌 바 있다.16) 서정주는 정지용의 시를 '감각적 기교'와 '형용사의 수풀'이라고 규정하면서 자신의 시적 입지를 '사람'과 '직정(直情)언어'에 세웠다. 본고는 서정주가 '정지용류'와 기교(형식)적인 면에서 상이한 지점에 서 있었지만 세계관의 측면에서 연계성을 가지고 있다고 판단하고 있다.

---

15) 이에 대해서는 「지느러미와 날개의 변증법」에서 다룬 바 있다(이수정, 「지느러미와 날개의 변증법」, 『이상 문학 연구의 새로운 지평』, 역락, 2006, 238~241쪽).

16) "1936년 12월에 간행된 『시인부락』지는 필자의 창간한 바로서 우리들의 중심과제는 늘 '생명'의 탐구와 이것의 집중적 표현에 있었다. '인간성'—그것은 늘 우리들의 뇌리와 심중에서 떠날 수 없는 것이었다. 오장환의 저 모든 육성의 통곡이나, 부족한 대로 필자의 고열한 생명상태의 표백 등은, 모두 상실되어 가는 인간원형을 도리킬려는 의욕에서였든 것이다. 회고컨대, 이것은 정지용 시류의 감각적 기교와 경향파의 이데올로기의—어느 쪽에도 안찰할 수 없는 심정의 필요한 발현이었던 듯이 기억된다. 하여간 우리가 잠복한 세계는 자연도 아니오, 언어기교도 아니오, 다만 '사람' 그것 속이었다"(서정주, 「현대조선시약사」, 『현대조선명시선』, 溫文舍, 1950, 266쪽).
"내가 한동안 붙잡힌 것이 정지용류의 형용사의 수풀이었다. '무엇처럼, 무엇 모양'류의 수사의 허영에 한동안씩 사로잡힌 것은 비단 나 혼자만은 아닐 것이다. 그러나 마침내 나는 이러한 가식의 차원에 싫증이 났다. 그 뒤부터 나는 일부러 형용사를 피했고 문득 구투가 떠오른다해도, 내 상념의 세계로부터 이것들을 추방하기에 노력하였다. 직정(直情)언어—수식없이 바로 사람의 심장을 건드릴 수 있는 그러한 말들을 추구하는 것이 당시의 내 이상이었던 것이다. 그 결과로서 형용사 대신에 좋든 언짢든 행동을 표시하는 동사의 집단이 내 시에 등장하게 되었음은 물론이다"(서정주, 「나의 시인생활 약전」, 『서정주문학전집 4』, 일지사, 1972, 200쪽).

덧없이 바래보든 壁에 지치어
불과 時計를 나란히 죽이고

어제도 내일도 오늘도 아닌
여긔도 저긔도 거긔도 아닌

꺼저드는 어둠속 반딧불처럼 까물거려
靜止한 <나>의
<나>의 서름은 벙어리처럼…….

이제 진달래꽃 벼랑 햇볕에 붉게 타오르는 봄날이 오면
壁차고 나가 목매어 울리라! 벙어리처럼,
오－壁아.

－「壁」 전문

「벽」에는 시적 자아를 구속하며 압박하는 '벽'이 외부에서 내부로 전
이되는 과정이 나타나 있다. 정확한 시적 정황이 드러나 있지는 않지만
시적 자아는 자신을 가두고 구속하는 대상－세계를 '벽' 이미지로 그리고
있다. 그러나 외부의 벽은 시계와 불을 죽임으로써 망각할 수 있는 대상
이다. 외부의 벽을 망각하고 무시간적·무공간적 어둠, 즉 내면의식 속으
로 늘어간 시석 사아는 자신이 불가항력적인 벽에 간쳑있음을 발견한다.
자신을 구속하는 것은 바로 자신이라는 인식, 즉 시적 자아의 몸에 결합
된 벽, 다시 말해 '벙어리'라는 '肉壁'17)의 이미지가 그것이다. 그는 이 벽
안에서 '靜止한 나', 즉 죽은 것과 같은 자신을 발견하고 '서름'에 사무친
다. 그러나 그는 '서름'을 표현할 수 없도록 입 막혀 스스로의 몸속에 간

---

17) 서정주, 「내 시와 정신에 영향을 주신 이들」, 『서정주문학전집 5』, 270쪽.

힌 채 의식조차 잃어가고 있다.

그러나 마지막 연에서 돌발적인 이미지의 반전이 이루어진다. 봄에 처음 피는 붉은 꽃인 진달래는 강력한 생명력을 상징하며, 벼랑은 벽의 바깥쪽에 무한히 열린 공간을 의미한다. 그 벼랑에 핀 진달래꽃을 햇볕에 붉게 타오르는 역동적인 이미지로 그리는 것은 강력한 생명력에의 추구라 하겠다. 시적 자아는 이런 봄날이 오면 불가항력으로 느껴지던 벽을 박차고 나갈 수 있을 것이라고 상정한다. 주의할 것은 이때의 벽은 외부의 벽이 아니라, 시적 자아의 몸에 결합되어 버린, 자신의 입을 막고 있는 벽—벙어리라는 '육벽'을 의미한다는 점이다. 그래서 벽을 박차고 나가는 일은 '목매어 우는 일'로 나타난다.

자아를 구속하는 유폐 의식의 '미적 장치'가 '벽'에서 '육벽'으로 변화됨에 따라 시적 자아의 심리적 거리는 최소치가 되거나 상실되고 있다. 이에 따라 시적 자아가 느끼는 구속감은 최대치가 되는데, 그것에 대해 시적 자아는 아예 육화된 병, 벙어리라는 장애의 병적 증상으로 반응하고 있다. 시적 화자는 '벙어리'로 갇힌 상태를 생명을 위협당하고 있는 상태로 인식하고 있으며, 벽을 박차고 나가는 일, 울음을 트이는 일이 절박함을 강렬한 이미지와 어조로 표현하고 있다. 이 시가 보여주는 몸 이미지와 정서의 강렬함이 서정주 초기시의 특수성이라면, 유폐 의식과 그로 인한 병적 상태—병적인 몸 이미지는 동시대 시인들인 김기림, 정지용과의 연계성이라 할 수 있다.

사항(麝香) 박하(薄荷)의 뒤안길이다.
아름다운 베암…….
을마나 크다란 슬픔으로 태여났기에, 저리도 징그라운 몸둥아리냐

꽃다님 같다.
너의 할아버지가 이브를 꼬여내든 달변(達辯)의 혓바닥이
소리잃은채 낼룽그리는 붉은 아가리로
푸른 하눌이다. ……물어뜯어라. 원통히무러뜯어.

다라나거라. 저놈의 대가리!

돌 팔매를 쏘면서, 쏘면서, 사향(麝香) 방초(芳草)ㅅ 길
저놈의 뒤를 따르는 것은
우리 할아버지의안해가 이브라서 그러는게 아니라
석유(石油) 먹은듯…… 석유(石油) 먹은듯…… 가쁜 숨결이야

바눌에 꼬여 두를까부다. 꽃다님보단도 아름다운 빛……

크레오파투라의 피먹은양 붉게 타오르는
고흔 입설이다……슴여라! 베암.

우리순네는 스물난 색시, 고양이같이 고흔 입설…… 슴여라! 베암.

-「화사」 전문

「화사」 역시 미적 장치에 대한 시적 자아의 '심리적 거리'가 점점 가까
워져서 결국 그것이 소실되는 변화의 단계를 극명하게 보여주는 작품이
다. 「화사」 첫 연의 내용은 자기연민이나 자기애가 강화된 「자화상」이
라고 할 수 있다.[18] 태생과 관련된 '화사'의 저주받은 신체 이미지와 그에

---

[18] 서정주는 「벽」(『동아일보』 1936.1.3)으로 등단했지만, 그 전에도 여러 편의 시와 산문
들을 지면에 발표하였음을 언급하면서, 자신의 등단이 의도하지 않게 이루어진 뜻밖의
일이었음을 강조하였다. 그는 당선작이라는 이유만으로 꼭 「벽」을 처녀작으로 自認해
내세울 의무는 없다면서, 자신의 시적 출발을 「화사」로 선택했다 밝힌 바 있다. 이로 보
아 시인이 자신의 초기시 가운데에서 「화사」에 부여하고 있는 위상이 대단히 높음을

대한 시적 자아의 연민은, '애비는 종이었다'로 시작하여 '죄인과 천치'로 낙인찍힌 신체 이미지를 제시하며, 그럼에도 '아무것도 뉘우치진 않'겠다고 말하는 「자화상」의 내용과 깊이 연관되어 있다. 「자화상」은 곧 자아상(self-image)이라는 시각에서, 시인의 개인사적인 측면이나 시대 상황과 연관하여 주로 논의되어 왔다. 그러나 '자화상'은 미적 장치의 시각에서 볼 때 새롭게 조명될 수 있는 '이미지-장치'이다. 캔버스는 시적 자아를 가두는 이미지-미적 장치인 것이다.19)

'화사'는 처음에 외부적인 대상으로 여겨지지만, 시가 진행됨에 따라 시적 자아는 '화사'에 대해 심리적 거리를 상실하고 그것과 완전한 결합을 이룬다. '화사'는 '일반적인 그림'에서 '자화상'으로 위상이 변화되며 그 변화는 심리적 거리가 짧아진 것에 비례한다. 화사에 대한 시적 자아의 심리적 거리의 상실은 세 단계로 나누어 살펴볼 수 있다.

첫째, '화사'에 대한 자성磁性적 매혹과 연민, 동일시 욕망을 느끼는 단계이다. 시적 자아는 화사를 사향 박하의 도취적 향기에 감싸인 아름다운 존재로 묘사하고 있으며, 그것을 징그럽다고 느끼는 순간조차도 징그러움의 원인인 태생적인 저주에 대해 깊은 연민을 느끼고 있다. 즉, 화사에 대한 거부(징그러운 몸뚱이로 묘사하는 부분)는 화사에 대한 강력한 매혹과 연민으로 지워지고 있다.

둘째는 시적 자아가 '화사'와의 동일시를 추구하며 심리적 거리를 좁

알 수 있다(서정주, 「고대 그리이스적 육체성-나의 처녀작을 말한다」, 『서정주 문학전집 5』, 일지사, 1972, 264쪽). 『화사집』의 처음에 「화사」가 아닌 「자화상」을 배치한 것은, 따로 자서가 없는 책의 구성으로 보아, 「자화상」으로 책의 자서를 대신하려한 의도라고 추측해 볼 수 있다.

19) 「자화상」의 시적 자아 역시 자신을 구속하는 '자화상'에 대해 병적 증상을 몸의 이미지로 보여준다. 육화된 병은 '병든 숫개'로 나타나기도 하고, 정신화된 병적 이미지인 죄인과 천치의 이미지로 나타나기도 한다.

히는 단계이다. 너(화사)의 할아버지는 이브를 꼬여내었고, 나(시적 자아)의 할아버지는 이브의 남편이다. 그러므로 '나'는 할아버지의 자손으로서 '화사'에게 복수를 해야 하지만, '나'는 '순네'를 꼬여내고자 한다는 점에서 너(화사)의 할아버지의 후손이고자 한다. 이런 이유로 '나'는 이브를 꼬여낸 벌로 소리를 잃어버린 화사를 보고 통쾌해하기는커녕 오히려 그런 벌을 내린 하늘을 물어뜯으라고 하며, 화사에게 돌팔매를 쏘면서도 '화사'의 뒤를 따라가는 것이다.

셋째, '화사'와 시적 자아가 완전한 융합을 이루며 심리적 거리가 최소치에 이르거나 소실되는 단계이다. 이 융합은 클레오파트라가 뱀에 물려 죽음을 택했다는 이야기와 관련되며 죽음과 연관된 존재의 경계의 무화無化를 의미하게 된다. 또한 클레오파트라와 뱀을 각각 성적 이미지로 볼 때, 이 융합은 두 개체의 경계가 사라지는 에로티시즘적 이미지를 가지고 있다.20) 그러므로 시인은 두 개체의 경계가 무화無化되는 완전한 융합을 '슴여라'라는 동사로 지시하는 것이다. 그리고 시적 자아는 뱀의 욕망의 대상인 클레오파트라의 입술과, 자신의 욕망의 대상인 순네의 입술을 동일한 것으로 처리함으로써 자신과 화사를 동일시하고 있다. 이런 욕망의 동일시를 통해 뱀과 시적화자는 상호 융합된 존재가 된다. 그런데 이 시에서 두 가지 주목해야할 점이 있다. 하나는 과연 시인이 '화사'를 '자아를 구속하는 벽', 즉 유폐의식의 미적 장치로 선택한 것인가, 라는 점이고 다른 하나는 과연 '화사'가 병적인 몸 이미지인가 하는 점이다. '화사'는 원죄에 대한 벌을 받아 '징그라운 몸둥아리'로 태어난 존재이다. 그 벌의 구체적인 내용은 '소리를 잃은' 입과, 발이 없이 맨땅을 기어야 하는

---

20) 바타이유는 인간은 에로티즘을 통해 폐쇄적 존재의 구조를 파괴하고자 한다고 주장한다(G. 바타이유, 조한경 역, 『에로티즘』, 민음사, 1999, 12~18쪽).

몸이다. '화사'는, 태생과 관련되어 낙인찍힌 '죄인(「자화상」)', 일어나지 못하는 '앉은뱅이(「안즌뱅이의 노래」)', 천형이라고 불리는 병을 앓고 있는 '문둥이(「문둥이」)', '벙어리(「벽」)' 등등 서정주 초기시에 나타나는 '육벽' 이미지를 모아 놓은 총체라고 할 수 있다. 죄나 저주가 '정신화된 병'의 이미지라면 벙어리, 앉은뱅이 등은 '육화된 병' 이미지이다. '유폐 의식―벽'이며 '병적인 몸'인 '화사'에 대해 시적 자아는 강력한 연민과 매혹을 느끼며 점차 심리적 거리를 소실하고 있다.

3. 거울과 설화, '심리적 거리' 조절 장치

앞장에서 살펴보았듯이 심리적 거리가 짧아질수록 시적 자아가 느끼는 구속감이 강화되며, 그에 비례해서 자아의 병적 증상이 심화됨을 알 수 있다. 서정주의 『화사집』에 나타나는 '육벽'이 그 가장 극단적인 경우이다. 그것은 심리적 거리의 최소치―상실을 보여주며, 자아가 느끼는 구속감과 병증은 '육화된 병'에서 벗어나려는 절박한 몸부림으로 나타난다. 문제는 구속감을 주는 벽이 바로 자아 자신이기에, 그 벽을 벗어나려고 할수록 자기비하적 몸 이미지가 나타난다는 점이다. 이런 분열적 강렬함은 서정주 초기시의 심리적 거리의 부재가 보여주는 미적인 특성이다. 시적 주체가 이런 극단적인 분열감과 병을 가지게 된 원인은 그 '벽'을 스스로 떠안은 데에 있다.

나는 보오들레르의 글을 처음 사귀던 때나, 지금이나, 그가 우리 世界 詩文學 속에서 가장 뼈저리게 자기를 詩에 犧牲한 사람이기 때문에 親密感을 느껴 오고 있다. 나는 그가 한낱 美의 使徒인 점을 좋아하는

　게 아니라, 그가 世界詩文學史 속의 여러 詩人들 중에서 제일 철저하
게 人間桎梏의 밑바닥을 떠메고 刑罰받던 詩人인 점을 좋아한다. 天
刑의 質量을 自進해서 가장 많이 짊어졌던 사람. 스스로 자기의 死刑
執行人이고, 또 스스로 死刑囚였던 사람. 이 天痴라면 지독한 天痴. 이
犧牲祭物. 이 거지와 猶太人과 黑人毒婦와 이, 벼룩 등 寄生蟲類의 第
一隣人―그 말하지 않는 詩人의 情으로 人間桎梏의 第一親友가 되어
헤매던 이 사람을 좋아한다.[21]

　서정주의 '육벽'은 보들레르의 영향을 받은 것으로 볼 수 있다. 서정주
가 이해한 보들레르는 '스스로 자기의 사형집행인이자 사형수'였던 자이
다. 그에 따르면 보들레르는 자진해서 '가장 철저한 인간 질곡의 밑바닥'
과 '천형'을 떠멘 자인데, 이는 『화사집』의 육화된 병의 이미지를 떠올리
게 한다. 그러나 이런 보들레르적 영향은 자아 자신의 병증을 극도로 심
화시킨다는 데에 문제가 있다. 그는 결국 '오랫동안 나는 잘못 살었구나./
샤알·보오드레―르처럼 설ㅅ고 괴로운 서울女子를 아조 아조 인제는
잊어버(「수대동시」)'리겠다고 선언한다. '―처럼'이라는 직유법에 의해
샤알·보오드레―르는 서울여자와 동일시되는데, 이는 서정주가 자진해
서 떠안은 '벽'의 실체가 '설ㅅ고 괴로운 서울女子'에 대한 사랑임을 암시
한다. 이 여자는 '솟작새같은 게집(「엽서―동리에게」)'으로 묘사되기도
하는데, 그는 자신을 서럽고 괴롭게 하는 그 여인에 내한 이야기는 '인제
죽거든 저승에서나 하자'고 쓰고 있다.[22] 자진해서 떠안은 '천형'인 '서울

---

21) 서정주, 「내 詩와 精神에 影響을 주신 이들」, 『서정주문학전집 5』, 일지사, 269쪽.
22) 김동리는 서정주의 「엽서―동리에게」와 관련하여 '임 아무개'라는 연극배우에 대한 서
　　정주의 짝사랑과 실연 사건을 회고한 바 있다. 김동리는 '그까짓 걸 깨끗이 못 잊겠거든
　　죽어'라고 욕을 퍼붓었다고 회상하였으며, 서정주 역시 수필에서 '네가 그렇게 헐값이
　　거든 어서 죽어라'는 동리의 말이 가슴을 울렸다고 회상한 바 있다(김동리, 『김동리전
　　집 8』, 민음사, 1997, 107~112쪽; 서정주, 「(속)나의 방랑기」, 『나의 문학적 자서전』,

여자에 대한 사랑’을 저승으로 보내는 것은 극렬한 병증을 유발하는 ‘벽’
을 벗어나기 위함이다.

> 눈물 아롱 아롱
> 피리 불고 가신님의 밟으신 길은
> 진달래 꽃비 오는 西域 三萬里
> 흰옷깃 염여 염여 가옵신 님의
> 다시오진 못하는 巴蜀 三萬里
>
> 신이나 삼어줄ㅅ걸 슳은 사연의
> 올올이 아로색인 육날 메투리.
> 은장도 푸른날로 이냥 베혀서
> 부즐없는 이머리털 엮어 드릴ㅅ걸.
>
> 초롱에 불빛, 지친 밤 하늘
> 구비 구비 은하ㅅ물 목이 젖은 새,
> 참아 아니 솟는가락 눈이 감겨서
> 제피에 취한새가 귀촉도 운다.
> 그대 하늘 끝 호을로 가신 님아.
>
> —「귀촉도」 전문

   본고는 「귀촉도」에서 시적 주체가 ‘구속감을 주는 자아의 벽’을 성공
적으로 분리해내고 있는 점에 주목한다. 사랑하는 님이 ‘파촉 삼만리’로
떠나는 것으로 시작하는 이 시는, ‘소쩍새같은 게집의이얘기는 인제 죽
거든 저승에서나’ 하겠다고 선언했던 「엽서」의 상상력과 깊이 연관되어

민음사, 1975, 69~70쪽). 보들레르와 서울여자가 관련되는 양상에 관해서는 이수정의
논문 참조(이수정, 「서정주시에 있어서 ‘영원성 추구’의 시학」, 서울대학교 박사학위논
문, 2006, 48~51쪽).

있다. 그는 「엽서」에서 '파촉의 우름소리가 그래도 들리거든 부끄러운 귀를 깎어버리'겠다고 했는데, 여기서 파촉의 울음소리란, 소쩍새로 비유되는 여인에 대한 시인의 미련에 다름 아니다. 소쩍새가 파촉과 연관되는 것은 첫째, 그것이 그 울음소리 때문에 귀촉도라고 불리며 귀촉도 설화와 연관되기 때문이며, 둘째, 소쩍새―여인에 대한 마음이 자신을 서러운 벽에 가두고 죽음의 상태에 이르게 하는 원인이기 때문이다. 귀촉도 설화23)는 중국의 것이지만 우리나라에서 오래 전해온 설화로 소쩍새, 접동새, 자규 등으로 불리는 귀촉도의 울음소리는 죽음과 연관된 슬픔이나 정한의 관습적 상징이다. 그러나 「엽서」에서의 단호한 의지에도 불구하고 자신을 괴롭고 서럽게 만들던 벽을 분리해내는 일은 요원해 보인다. '파촉의 우름소리'가 '그래도 들려올 것'을 이미 상정하고 있기 때문이다.

그러나 시인은 「귀촉도」에서 '자아를 구속하는 벽'을 분리할 새로운 방법을 모색하고 있다. 설화의 틀에 자신의 서럽고 괴로운 사랑을 집어넣음으로써, 그것을 자신의 이야기이면서 동시에 자신의 이야기가 아닌 것으로 만드는 실험을 하고 있는 것이다. '나'를 '대상화'하면 그것은 상상적으로 변형을 가할 수 있는 미적 대상이 된다. '설화의 틀'이라는 '미적 장치'를 통해 자아를 자아로부터 분리해내는 '심리적 거리'를 확보한 시적 주체는 '벽'을 벗어나기 위해 그것에 세 가지 변형을 가한다.

---

23) 중국 촉나라에 두우라는 왕이 살았는데 어느 날 강가에 나갔다가 떠내려 온 시신을 건져내었다. 이 시신은 살아나 스스로를 별령이라 소개했는데, 두우는 별령을 하늘이 보낸 사람이라 여겨 가까이 하였다. 그러나 별령은 오히려 대신들을 매수하여 두우를 쫓아내고 왕의 자리를 차지하였고 두우는 울분을 삭이지 못해 죽고 말았다. 그 뒤 밤마다 궁궐 근처에 두견새 한 마리가 날아와 슬피 울었는데, 촉나라 사람들은 이 새를 두우의 환생이라 여기고 이를 두견새, 귀촉도 등으로 불렀다(오세영, 「귀촉도」, 『한국 현대시 분석적 읽기』, 고려대출판부, 1998 참조).

첫째, 사랑의 단절, 즉 님과 나의 이별을 '죽음'이라는 불가항력적인 힘
에 의해 이루어진 어쩔 수 없는 상황으로 변형하고 있다. 상대에게 거부
당하는 서러운 짝사랑(「엽서」, 「수대동시」)의 상황을 귀촉도 설화처럼
죽음에 의해 어쩔 수 없이 이별한 것으로 재설정한 것이다. 둘째, '님' 역
시 이별을 무척 슬퍼하고 있으며 셋째, 그래서 울음을 우는 것은 내가 아
닌 '님'이라고 쓰고 있다. 그런데 「귀촉도」에서 '슬퍼하는 님'이나 '울음
을 우는 님'은 시적 자아가 '상상적으로 구성한' 존재이다. 다시 말해, '설
화의 틀'을 통해 '나'를 구속하던 '나의 마음'을 '상상적 님'으로 떼어낸 것
이다. 이제 '나'의 울음은 '님'의 울음으로 대상화되기 때문에, '나'는 '벙
어리'로 입 막혀있던 '벽'을 박차고 나가 '목매어 울(「벽」)' 수 있게 된다.
귀촉도의 울음은 '파촉 삼만리'라는 죽음의 경계를 넘어서고, 밤하늘은
하ㅅ물에 목이 젖은 새의 우주적 상상력을 담고 있으며, 울음이 다하여
더 이상 울음이 나오지 않는 육체적 한계를 찢고 내는 '피에 젖은' 울음이
다. 이는 김소월의 '부르다 내가 죽을 이름이여(「초혼」)'와 같은 억압되
지 않은 강렬한 정서를 여전히 담고 있지만, 어쩔 수 없는 고통스런 몸부
림이 아니라 그 고통을 '님'으로 떼어냄으로써 자연스럽게 슬픔으로 유
로시킬 수 있는 심리적 거리가 확보되었음을 알 수 있다.

이 시는 설화 수용을 통해 시적 주체가 '심리적 거리'를 어떻게 확보하
고 있는가를 보여준다. 자신의 몸으로 육화된 '벽'과 거리를 확보하지 못
하기에 벙어리로, 징그러운 몸둥이로 몸부림 칠 수밖에 없었던 시적 주
체는 이제 설화라는 미적 장치의 틀에 자신을 집어넣음으로써 심리적 거
리를 확보한다. 미적 자율성의 영역 안에 포섭된 대상은 자유롭게 변형
이 가능함으로, '자아를 구속하는 자아'인 '벽'을 상상적으로 분리해낼 수
있게 된다. 서정주의 '육벽'과 '설화-장치'는 李箱의 두 개의 '거울'과 비

교해 볼 수 있다.

李箱은 '자아를 가두는 자아'의 미적 장치로 '거울' 이미지를 선택한다. 거울은 '자아'와 결합된 '유리─자아'라는 점에서 정지용의 '유리창'과 견주어 볼만하다. 그러나 유리창이 그 너머의 풍경을 보여주는 반면, 거울은 자기 자신만을 비춘다는 점에서 오히려 서정주의 '자화상'에 가깝다. 李箱은 이 거울에 갇힌 '거울 속의 나'에 대해 연민의 심리적 거리를 가지고 있다. 그는 '거울 속의 나'를 '촉진(觸診)'하려고 손을 가져다 대지만 지문이 지문을 가로 막는 섬뜩한 차단이 있을 뿐이다.24) 그는 '거울 속의 나'를 '근심하고진찰(診察)할수없'어 섭섭해하는데,25) 그의 거울시들은 의사가 환자를 진료할 때 적어놓은 진료록을 방불케 한다. 거울 속에 갇힌 자아는 아픈 환자이다.

이 거울 속의 나는 만날 수도 만질 수도 없고, 악수─화해가 안 되는, 나와는 반대이지만 또한 나와 꽤 닮은 존재─나이다. 시적 자아와 극심히 갈등하며, 그를 구속하는 벽이 되어 꽉 붙어있는 '거울 속의 나'에게 자살을 권유해보기도 하고, 심지어 그에게 총을 쏘기도 하지만26) 거울 속의 나는 죽지 않는다. 그것은 버려지지 않는 자아인 것이다. 시적 주체의 삶은 악수조차 할 수 없는 두 사람을 봉쇄한 거대한 '죄'로 인해 받은 '극형'으로 묘사된다. 나와 분리될 수 없는 존재이며, 나를 지배하며

---

24) 이상, 「명경(明鏡)」, 『이상문학전집 1』, 문학사상사, 2002, 72쪽.
25) 이상, 「거울」, 위의 책, 187쪽.
26) 이 시는 오스카 와일드의 「도리안 그레이의 초상」과 상호텍스트성을 가지고 있다. 주인공 미남자인 도리안 그레이는 자신 대신에 늙어가며 추하게 변하는 자신의 초상화에 신경증적으로 반응한다. 결국 도리안 그레이는 자신의 초상화에게 총을 쏘는데, 이 책에서는 주인공이 피를 흘리며 죽고, 그 순간 초상화와 주인공의 외모가 바뀌는 것으로 결말난다. 주인공을 신경증에 걸리게 하며 추악하게 변해가는 초상화는 李箱의 '거울 속의 나'와 흡사하다. 이 둘을 연관지을 수 있는 근거는 李箱이 오스카 와일드를 읽었다는 점인데, 그는 수필에서 오스카 와일드를 언급한 바 있다(이상, 「血書三態」, 『이상문학전집 3』, 문학사상사, 1995, 21~22쪽).

감시하고 음모하는 존재이고, 나를 떨게 하는 것은 바로 '거울 속의 나'인 것이다.[27]

「烏瞰圖詩第一號」[28]는 '나를 무섭게 하는 나'와 '갇혀 있음'에 대한 신경증을 담고 있다. 13명의 아이 가운데 무서운 아이와 무서워하는 아이가 구분할 수 없이 섞여 있으며 이 아이들은 공포에 질려 질주하지만 결국 막다른 골목으로 이어진 길을 달릴 뿐이다. 이 아이들은 '자아를 구속하는 자아'와 '자기 자신 때문에 구속된 자아'의 '신경증적인 분열상들'이라고 할 수 있다. 이런 삶의 공포와 무거움을 벗어나기 위해, 즉 벽을 차고 나가기 위해 李箱은 어떤 모색을 하고 있는가.

李箱은 거울을 종이의 이미지와 겹쳐놓고 있다. 그는 「明鏡」에서 '거울이 책장 같으면 한 장 넘겨서/ 맞섰던 季節을 만나련만/ 여기 있는 한 페―지/ 거울은 페―지의 그냥 표지―'라고 쓴 바 있다. 또한 다른 시에서는 거울을 향해 총을 쏘자 '붉은 잉크(「烏瞰圖詩第十五號」)'가 쏟아지는데, 잉크는 종이와 짝을 이룬다는 점에서 이 시의 거울 역시 종이의 상상력을 가지고 있음을 알 수 있다. '거울 속에 비친 자신의 수염'을 '찢어진 壁紙에죽어가는나비'[29]로 묘사하는 것도 거울을 벽지―종이의 이미지로 포개놓고 있는 것이다.[30]

그는 글을 쓰는 일을 '白紙 위에 위트와 파라독스를 바둑布石처럼 늘어놓'[31]는 일이라고 쓴 바 있다. 종이를 바둑판에 비유하는 것은 방안지[32]의 이미지이며, 이는 글쓰기를 하나의 설계로 생각하는 李箱 특유의

---

27) 이상, 「烏瞰圖詩第十五號」, 위의 책, 49~50쪽.
28) 이상, 위의 책, 17~18쪽.
29) 이상, 「烏瞰圖詩第十號 나비」, 위의 책, 41쪽.
30) 이상의 거울과 종이 이미지의 연관관계에 대해서는 신범순의 논문 참조(신범순, 「실낙원의 산보로 혹은 산책의 지형도」, 『이상 문학 연구의 새로운 지평』, 127~141쪽).
31) 이상, 「날개」, 『이상문학전집 2』, 문학사상사, 2002, 318쪽.

건축학적 상상력을 반영하고 있다. 그는 글쓰기를 '바둑', 즉 독자와의 게임—유희로 생각하고 있으며, 이를 위해 치밀하게 설계도를 짜야 하는데, 그 설계의 원리는 '위트와 파라독스—언어유희'라는 것이다. 이제 李箱의 거울은 '넘길 수 없었던 딱딱한 표지'가 아니라 '유희적 글쓰기의 공간'—새로운 미적 장치가 된다. 이 유희적 글쓰기의 공간에서 그는 구속감을 주는 자아를 분리해낼 수 있게 된다. 그는 이제 유희적 '거울—종이'에 자신의 영상을 비춘 후, 그것을 복제하고 해부하는 다양한 실험을 감행한다. 그런데 이런 실험에서 가장 주의해야 할 점으로 '試驗擔任人은被試驗人과抱擁함을絶對忌避할것'[33])을 꼽고 있다. 여기서 '심리적 거리'의 문제가 제기되는 것이다.

李箱은 시적 주체와 불가분으로 결합된, 자아를 가두고 있는 섬뜩하고 무서운 벽의 이미지로 '거울'을 선택한다. 이는 서정주 시의 '자화상'과 같은 것이며, '육벽' 계열의 이미지들과 다르지 않다. 그 안에서 李箱의 시적 주체는 무서워하며 질주하고, 극형을 선고받으며, 진찰받지 못하는 '환자'로 존재한다. 그는 이런 유폐적인 상황을 벗어나기 위해 유희적 글쓰기의 세계로 나아간다. 위트와 패러독스, 기호와 숫자로 이루어진 글쓰기의 공간 안에서 그는 자신을 해체하고 변형하며 자신을 가두는 '참을 수 없는 무거움'을 무화無化시키는 것이다. 이는 서정주가 '설화의 틀' 안에서 자유로운 미적 변형과 재구성을 통해 '벽'을 여는 '문'을 찾을 수 있었던 것에 견주어볼 수 있다.

---

32) 이상의 방안지—건축학적 상상력, 그리고 바둑포석—독자와의 게임으로서 글쓰기에 대해서는 이수정의 논문 참조(이수정, 「지느러미와 날개의 변증법」, 『이상 문학연구의 새로운 지평』, 257~262쪽).
33) 이상, 「詩第八號 解剖」, 앞의 책, 35쪽.

좁쀼아 그넷줄을 밀어라
머언 바다로
배를 내어 밀듯이,
좁쀼아

이 다수굿이 흔들리는 수양버들 나무와
벼갯모에 뇌이듯한 풀꽃뎀이로부터,
자잘한 나비새끼 꾀꼬리들로부터
아조 내어밀듯이, 좁쀼아

珊瑚도 섬도 없는 저 하눌로
나를 밀어 올려다오
彩色한 구름같이 나를 밀어 올려다오
이 울렁이는 가슴을 밀어 올려다오!

西으로 가는 달 같이는
나는 아무래도 갈수가 없다.

바람이 파도를 밀어 올리듯이
그렇게 나를 밀어 올려다오
좁쀼아.

— 「鞦韆詞—春香의 말 壹」 전문

춘향 연작시들은 사랑을 주제로 한 가장 대표적인 고전소설인 춘향전 모티프를 수용하고 있다.34) 「추천사」는 '그네'를 통해 지상으로부터 상승하여 천상에 도달하려는 시적 자아의 초월 욕망과 한계의 인식의 측면

---

34) 고전소설은 엄밀히 설화라고 할 수는 없으나, 서정주가 자신의 시에 설화를 수용함에 있어서 설화와 고전소설을 구분하지는 않았을 것이라고 판단된다.

에서 논의되어 왔다. 천상을 동경하게 하지만 매번 지상으로 돌아오는 '그네'는 윤회의 상징[35]으로, 해탈의 기회를 제공하며 끝없이 반복된다. 기존 논의들은 '그네'의 상징의 강렬함을 '西으로 가는 달 같이는 나는 아무래도 갈수가 없다'는 진술과 결부시켜 '존재론적인 한계 인식이나 체념'으로 해석하고 있다. 그러나 이 시의 마지막 연은 그런 존재론적인 한계에도 불구하고 '바람이 파도를 밀어 올리듯이' 끝없이 스스로를 밀어 올리며 천상적인 삶에의 지향을 포기하지 않겠다는 의지를 표현하고 있다. 즉, 이 시는 존재론적인 한계에도 불구하고 굽히지 않는 불굴의 '의지'를 그리고 있는 것이다.

그런데 이 '의지'는 '심리적 거리'에의 의지로 볼 수 있다. 시적 자아인 춘향은 자신이 탄 그네를 '머언 바다로 배를 내어 밀듯이' 밀어 달라고 한다. 그렇게 확보된 거리에서 춘향은 세상을 '벼갯모에 뇌이듯한 풀꽃뎀이들'로 바라보게 된다. 이는 '누이의 수틀속의 꽃밭을 보듯 세상을 보자'[36]로도 나타나는 '수틀'의 이미지이다. 수틀의 이미지는 조감鳥瞰하는 시선을 전제로 하며, '그네'를 통해 천상을 지향하는 시적자아의 의지는 '심리적 거리'에의 의지인 것이다.

본고는 앞서 서정주와 李箱이 '심리적 거리'를 확보하는 방법을 견주어 보았다. 李箱은 자신의 유희적 글쓰기를 오감도鳥瞰圖라고 명명하고 있는데, 이는 까마귀의 시선[37]이며 흑백의 시선이다. 그것은 환자를 대하는 의사의 심리적 거리에서 바라보는 시선[38]으로, 이 거리에서 李箱은 '자신

---

35) 윤호진,『무아 · 윤회 문제의 연구』, 민족사, 1996, 17~18쪽.
36) 서정주,「학」,『미당 시전집 1』, 민음사, 2004, 102~103쪽.
37) 이상의 수필「西望栗島」에 나타난 까마귀-看守의 시선과 그 아래 놓인 罪囚에 대해서는 박현수가 지적한 바 있다(박현수,『이상문학연구 모더니즘과 포스트 모더니즘의 수사학』, 소명출판, 2003, 170~171쪽 참조).
38) 鳥瞰圖의「詩第四號」는 '患者의 容態에 關한 問題'에 대해 '責任醫師 李箱'의 진료록의

을 가두고 있는 자아'를 실험하고 해부할 수 있게 된다. 심리적 거리를 극대화함으로써 지적인 유희가 가능해지는 것이다. 그러나 서정주는 누이의 수틀 속 꽃밭을 들여다보듯 세상을 보는 심리적 거리를 확보하고자 하는 의지를 가지고 있다. 서정주가 설화 수용을 통해 확보한 심리적 거리는 변형과 재구성의 거리이지 유희의 거리는 아니라고 하겠다.

춘향 연작시들은 '사랑' 주제의 이야기를 수용하고 있지만, 오히려 사랑의 정서는 희석된 특징이 있다. 춘향의 이야기 틀을 통해서 시인은 사랑의 이야기를 불교적 상상력과 결합시키고 있으며, 그것을 종교적이고 존재론적인 문제로 변형시킨다. 서정주는 설화 수용을 통해 미적 장치 거리를 확보함으로써 스스로 떠안았던 '벽—서러운 사랑'을 '문'으로 재창조하며 종교적이고 존재론적인 인식의 세계로 진입하고 있다.

4. 결론

본고는 서구지향/전통주의, 근대/반근대의 양극적인 틀로 논의되어 온 서정주의 초기시를, 그것이 보여주는 '거리의 변화'에 주목하여 새롭게 조명하여 보았다. 이를 위해 '미적 거리'의 개념을 검토하고, 그것이 '거리'의 문제를 분석할 시각이 될 수 없음을 밝혔다. 이에 본고는 '미적 거리', '심리적 거리', '심미적 거리'의 개념을 정리하였다.

2장에서는 유폐 의식과 병적 상상력이라는 공통점을 가지고 있는 김기림, 정지용, 서정주의 시가 서로 다른 '심리적 거리'를 보여줌을 고찰하였다. 작품 분석을 통해, '심리적 거리'가 짧아질수록 시적 자아의 구속감

형식으로 구성되어 있다(이상, 「詩第四號」, 『이상문학전집 1』, 25쪽).

이 강화되며, 실감하는 병적 증상 역시 심화됨을 알 수 있었다. '심리적 거리'의 최소치 내지는 소실을 보여주는 서정주의 초기시는, 시적 자아를 구속하는 '벽'이 자아 자신임을 '자화상'과 다양한 '육벽' 계열의 이미지를 통해 보여준다. 이 '벽'을 벗어나려는 의지는 자아를 부정하는 자기 비하—병적인 몸의 이미지로 이어지면서 강렬한 분열적 몸부림으로 귀결된다. 본고는 이를 '심리적 거리'의 최소치를 특징으로 하는 서정주 초기시의 미적 특성으로 보았다.

3장에서는 서정주가 '자아를 구속하는 자아'의 유폐 의식으로부터 벗어나기 위해 '설화'라는 미적 장치를 선택하였음을 살펴보았다. 그는 설화 장치를 통해 '심리적 거리'를 확보하고, '자아를 구속하는 자아'를 변형하고 재창조함으로써 '벽'을 '문'으로 바꾸어 놓고 있다. 서정주 초기시의 설화 수용은 미적 장치 거리의 확보를 위한 필연적이고 실험적인 모색이라고 평가할 수 있다.

더불어 서정주 초기시에 나타난 '심리적 거리의 변화'는, 李箱이 '자아를 구속하는 자아'의 미적 장치로 선택한 두 개의 거울과 견줄 수 있다. 이상의 차갑고 딱딱한 거울이 서정주의 '자화상'이나 '육벽'에 해당한다면, 그의 '유희적 거울—글쓰기'는 서정주의 '설화 수용'에 해당하는 것이다. 그러나 이상이 참을 수 없는 무거움으로 자아를 압박하는 '벽—자아'를 견디기 위해 '벽—자아'를 해체하고 해부하는 지적 유희의 세계로 나아갔다면, 서정주는 '벽—자아'를 변형하고 재구성하며 종교적, 존재론적, 전통주의적 세계로 나아갔다고 평가할 수 있다.

■ 참고문헌

<기본자료>
김기림,『김기림전집 5』, 심설당, 1988.
김동리,『김동리전집 8』, 민음사, 1997.
서정주,『서정주 문학 전집 1~5』, 일지사, 1972.
＿＿＿,『미당 시전집 1』, 민음사, 2004.
서정주 편,『현대조선명시선』, 溫文舍, 1950.
이상,『이상문학전집 1, 3』, 문학사상사, 2002.
정지용,『정지용전집 1』, 민음사, 1999.

<국내논저>
김준오,「미적 거리」,『시론』, 삼지원, 2004.
김현자,『한국시의 감각과 미적 거리』, 문학과지성사, 1997.
박현수,『이상문학연구 모더니즘과 포스트 모더니즘의 수사학』, 소명출판,
    2003.
신범순,「반근대주의적 혼의 시학에 대한 고찰」,『한국시학연구 4』, 2001.
＿＿＿,「이상 문학에서 글쓰기의 몇 가지 양상」,『이상리뷰 3』, 2004.
＿＿＿,「실낙원의 산보로 혹은 산책의 지형도」,『이상 문학연구의 새로운 지
    평』, 역락, 2006.
오세영,「설화의 시적변용」,『미당연구』, 민음사, 1994.
＿＿＿,「귀촉도」,『한국 현대시 분석적 읽기』, 고려대출판부, 1998.
＿＿＿,「모더니즘, 아방가르드, 포스트 모더니즘」,『문학과 그 이해』, 국학
    자료원, 2003.
윤석산,『현대시학』, 새미, 1996.
윤호진,『무아 · 윤회 문제의 연구』, 민족사, 1996.

이수정, 「지느러미와 날개의 변증법」, 『이상 문학 연구의 새로운 지평』, 역락, 2006.

______, 「서정주시에 있어서 '영원성 추구'의 시학」, 서울대학교 박사학위논문, 2006.

조해옥, 『이상 시의 근대성 연구－육체의식을 중심으로』, 소명출판, 2001.

황동규, 「탈의 완성과 해체－서정주의 정신과 시」, 『미당연구』, 민음사, 1994.

<국외논저>

바타이유, G, 조한경 역, 『에로티즘』, 민음사, 1999.

Gasset, Ortega Y, 박상규 역, 『예술의 비인간화』, 미진사, 1995.

Langer, Susanne K., *Feeling and Forms*, Charles Scribner's Sons; New York, 1953.

Preminger, Allex(ed.), *The New Princeton Encyclopedia of Poetry and Poetics*, Princeton University Press, 1993.

박목월 시에 나타난 집의 상상력 연구

1. 서론

1) 연구사 검토와 문제제기

박목월은 1915년에 출생[1]하여 1939년[2] 정지용의 추천[3]으로 문단에 나온 이후 1978년 세상을 떠날 때까지 꾸준한 시작활동을 하였다. 40년 가까이 되는 문학 인생동안 박목월은 모두 7권의 시집[4]을 남겼고 그 외

---

1) 지금까지 박목월의 출생연도는 1916년으로 알려졌으나 한양대학교 교수로 재직 시 본인이 자필로 남긴 교원인사기록카드에는 1915년 1월 6일 경북 월성군 건천읍 모량리 571번지에서 태어난 것으로 기록되어 있으며, 자필로 기록된 주민등록번호 역시 150106－1051810이고(「사립대학(교) 교원 인사기록카드」, 1977.10, 자필기록) 용인에 안치된 박목월의 묘비석에도 역시 1915년 생으로 기록되어 있다.
2) 박목월은 1939년 『문장』에 정지용의 추천으로 등단하기 6년 전인 33년 『어린이』지에 「통딱딱 통짝짝」, 『신가정』지에 「제비맞이」가 현상 당선되어 동시인으로 활동하고 있었다. 본고에서는 동시활동의 부분은 논의에서 제외하므로 박목월의 등단연도를 1939년으로 본다.
3) 박목월은 정지용의 추천으로 『문장』지 9월호에 「그것은 연륜이다」, 「길처럼」이 1회 추천되고 12월호에 「산그늘」로 2회 추천, 그리고 1940년 9월호에 「가을 어스름」, 「연륜」으로 추천이 완료되어 문단에 등단하였다.
4) 박목월은 해방 후 박두진 · 조지훈과 함께 『靑鹿集』(1946)을 묶어 낸 이후로 개인시집 『山桃花』(1955), 『蘭 · 其他』(1959), 『晴曇』(1964), 『어머니』(1967), 『慶尙道의 가랑잎』

에도 사후에 발간된 시집5)과 미수록 작품들6)을 포함하여 그가 남긴 시는 총 500여 편에 이른다. 약 5년을 주기로 시집을 묶어낸 것에서 알 수 있듯이 오랜 시작기간 동안 꾸준히 작품 활동을 해온 경력만큼 시인이 추구해온 시세계는 계속 변모해온 것으로 평가되며 그 간의 연구사 역시 이에 따라 다양한 부분에서 상당히 축적되어 있다. 기왕의 연구를 살펴보면 다음과 같다.

첫째, 박목월 시의 전통지향성에 대한 연구들이다. 1940년 9월호의 『문장』지에 박목월의 작품을 추천한 정지용은 그 추천사7)에서 박목월의 시가 민요적임을 지적하고 있는데 박목월의 시가 전통시를 계승하고 있다는 평가는 그에 대한 문학사적 평가와 겹치며8) 초기시9) 연구의 상당부

(1968), 『無順』(1976)을 발간하였다. 이 중에서 『어머니』는 서문에 '출판사 주문에 의해 쓴 책'이라고 밝혀 놓았듯이 스스로 본인의 시집으로 인정하지 않았는데 이는 자필로 기록한 연구실적의 저서란에 모든 수필과 시집 시선집과 이론집을 기록한 반면 『어머니』만을 누락시킨 데서도 알 수 있다(「사립대학(교) 교원 인사기록카드」, 앞의 자료).

5) 그의 사후에 발간된 시집으로는 신앙시를 모은 『크고 부드러운 손』(1979)과 『소금이 빛나는 아침에』(1987), 미수록 시들을 모은 『강나루 건너서 밀밭 길을』(1998)이 있다.

6) 잡지에 발표되었으나 누락되어 시집으로 묶여 나오지 않았던 작품들과 산문집에 수록된 작품 등 20여 편의 시가 있다.

7) "北에는 素月이 있었거니, 南에 朴木月이가 날만 하다. 素月의 툭툭 불거지는 朔州龜城調는 지금 읽어도 좋더니, 木月이 못지않어 아기자기 섬세한 맛이 좋다. 民謠風에서 詩에 發展하기까지 木月의 苦心이 더 크다. 소월이 天才的이오, 獨創的이었던 것이 神經, 感覺, 描寫까지 미치기에는 너무나 「民謠」에 시종하고 말았더니, 木月이 謠的뎃상 연습에서 詩까지의 콤포지슌에는 謠가 머뭇거리고 있다. 謠的 修辭를 充分히 整理하고 나면 木月의 詩가 바로 韓國詩다."(정지용, 『문장』 1940.9; 박목월, 『보라빛소묘』, 신흥출판사, 1958에서 재인용, 57~58쪽).

8) 정한모, 「청록파의 시사적 의의」, 『현대시론』, 민중서관, 1974.
   김윤식, 「박목월론–민족파시의 한 문제점」, 『심상』 1977.6.
   오세영, 『한국 낭만주의시 연구』, 일지사, 1984.

9) 박목월의 시는 일반적으로 세 시기로 분류되는데 『青鹿集』, 『山桃花』를 초기시로 『蘭·其他』와 『晴曇』을 중기시로 이후에 발표된 『慶尙道의 가랑잎』, 『無順』 등을 후기시로 나누는 것이 그것이다. 본고는 박목월 시에 나타난 공간의식의 변모과정을 추적하면서 자연스럽게 연대기적으로 구성되었지만 본고의 시각에 따라 『慶尙道의 가랑잎』에 수록된 시의 일부를 중기시와 함께 다루기도 했으며 기존에 연구의 대상에서 제외되어왔던 『어머

분을 점유한다. 박목월의 시가 향토적10)이라거나 초연한 삶의 자세로서의 풍류정신11)이 발견된다거나 박목월 시가 전통시의 자연을 계승하고 있다12)는 평가들이 그것이다.

둘째, 박목월 시의 정조나 정서를 밝힌 연구들이다. 박목월 시의 미학을 향수로 보거나13) 박목월 시의 주된 정서를 외로움14)으로 본 연구들이 그것인데 박목월 시의 주된 정서가 서러움, 그리움, 슬픔, 외로움, 고독, 허무감이라는 것을 밝히고 있다. 시의 정서만을 본격적으로 연구한 글은 많지 않지만 많은 박목월 연구가 이런 연구의 성과에 기반하고 있다는 점에서 박목월 시의 핵심적인 부분을 지적한 것이다. 최근에는 이런 논의들을 발전시켜 박목월 시의 '향수'를 근대성에 의해 훼손된 근원으로서의 서정성에 대한 복원의지로 읽어내는 연구들이 진행되었다.15)

셋째, 박목월의 시를 기독교적인 시각으로 접근한 것이다. 이런 접근은 주로 박목월의 후기시를 신앙시로 보고 접근한 연구16)가 대부분이다. 그러나 오세영은 박목월의 시 전편에 기독교적 인생관이 내재해 있으며 기존연구들이 이에 무심한 것은 박목월이 전통적 향토시인이라는

니』를 후기시에 포함하여 다루었음을 밝혀둔다.
10) 김동리, 「자연의 발견－三家 시인론」, 『문학과 인간』, 민음사, 1997.
11) 서정주, 『한국의 현대시』, 일지사, 1969.
12) 김관식, 「청록파에 있어서 자연의 해석」, 『현대문학』 1971.10.
　　김동리, 위의 글.
　　김용범, 「동양적 자연의 인식과 변용」, 『목월문학탐구』, 민족문화사, 1983.
　　이희중, 「박목월 시연구」, 고려대학교 석사논문, 1985.
13) 김종길, 「향수의 미학」, 『진실과 언어』, 일지사, 1974.
14) 신동욱, 「박목월의 시와 외로움의 의식」, 『우리시의 역사적 연구』, 새문사, 1981.
15) 최승호, 「박목월론 : 근원에의 향수와 반근대 의식」, 『국어국문학』 124호, 2000.4.
　　금동철, 「박목월 시에 나타난 근원의식」, 『한국 현대시의 수사학』, 국학자료원, 2001.
16) 김열규, 「정서적 인식과 종교적 위탁」, 『심상』 1980.3.
　　이정자, 「박목월 시연구」, 한양대학교 석사학위논문, 1988.
　　박상숙, 「박목월 시에 나타난 기독교적 세계관」, 숙명여대 석사학위논문, 1999.

편견에서 비롯된 것이라고 지적하고, 기독교적 인생관은 보편적인 삶의 가치로서 박목월 초기시의 전통적 향토성과 배치되지 않음을 역설한 바 있다.[17]

넷째, 확연한 차이를 보여주는 박목월의 시의 변모과정을 살핀 연구들이다.[18] 박목월 시의 변모를 언급한 연구들은 그에 따라 박목월의 시를 세 단계로 나누기도 하고 다섯 단계로 나누기도 하는데 연구자들마다 그 분류는 차이를 보이고 있으나 그 논의의 내용은 '자연탐구→인생탐구→자아탐구→존재탐구→신앙탐구'[19]라는 데서 크게 벗어나지 않으며 대체로 초·중·후기시의 세 시기로 분류하는 것이 일반적이다. 이런 연구들이 박목월 시 연구의 윤곽을 정리하였다면 이런 토대 위에서 박목월 시의 텍스트 생산의 내적 과정을 수사학으로 추적한 연구[20]와 박목월 시의 미적 거리의식에 대한 연구들[21]은 박목월 시를 읽는 새로운 시각을 건져내었다.

다섯째, 박목월 시의 공간에 주목한 연구들이다.[22] 초기의 공간연구로는 박운용의 것이 있는데 그는 박목월의 시하면 누구나 자연을 떠올리지만 그의 자연공간이 무엇인지에 대한 연구가 없음을 지적하는데, 박목월 시의 공간을 이루고 있는 것들이 무엇인지를 실증적으로 접근했다는 점

---

17) 오세영, 「박목월론」, 『현대시와 실천비평』, 이우출판사, 1983, 98~109쪽.
18) 권명옥, 「박목월시연구」, 한양대학교 박사학위논문, 1990.
  이충강, 「목월시의 변모양상」, 한국외국어대학교 석사학위논문, 1994.
  양성훈, 「목월 시 변모과정에 관한 연구」, 연세대학교 석사학위논문, 2001.
19) 김재홍, 『한국현대시인연구』, 일지사, 1986.
20) 금동철, 「박목월 시의 텍스트 생산 연구」, 서울대학교 석사학위논문, 1994.
21) 김용희, 「박목월 시의 미적 거리의식」, 『현대시의 어법과 이미지 연구』, 하문사, 1996.
  김현자, 「박목월 시의 감각과 미적거리」, 『한국시의 감각과 미적거리』, 문학과 지성사, 1997.
22) 이성선, 「박목월 시의 공간의식과 심상체계」, 고려대학교 석사학위논문, 1989.
  한광구, 『목월시의 시간과 공간』, 시와시학사, 1993.

에서 소재적 공간연구라 하겠다.[23] 김혜니는 박목월의 시적공간을 수평과 수직의 공간으로 나누고 그 각각을 이항대립의 공간과 그 매개항으로 분석하였는데 이는 기호학적 공간연구이다.[24] 기호학적 공간연구는 문학사적 평가에 치중되었던 기왕의 논의에서 벗어나 박목월 시의 공간을 체계화하고 시 텍스트를 분석적으로 읽는데 기여하였지만 구조와 형식에 천착하여 거기에 내함된 다양한 사유를 배제하는 결과를 초래하기도 하였다. 엄경희는 박목월 시 텍스트에서 귀납적으로 검출되는 '길' 이미지를 통해 박목월 시에 나타난 공간의식을 추적한다.[25] 이런 '길' 이미지에 주목한 연구들[26]은 귀납적으로 검출된 핵심 이미지(key image)를 통해서 시적공간을 탐색하고 공간의식을 추적했다는 점에서 의미 있다. 엄경희는 초기시의 '길'을 수평적인 길, 중기시의 '계단'을 수직적인 길, 그리고 후기시에서 '길' 이미지가 나타나지 않는 것을 시인이 후기시에서 자주 사용한 '잠적'이라는 시어에 기대어 '길의 무화(無化)'로 보고 있는데 박목월의 시에서 '길' 이미지는 중요한 것이지만 '길의 무화(無化)'는 후기시의 공간을 '길' 이미지로 설명하기 위한 무리수로 보인다. 핵심적인 공간 이미지로 공간의식을 연구할 때 그것이 한 시인의 시적 공간체계를 모두 포괄하고 그러한 공간을 생성하는 내적 사유방식을 설명할 수 있는 열쇠가 되는지 문제 삼아야 한다.

본고는 이런 연구 성과를 기반으로 박목월 시에 나타난 공간 이미시 체계의 이면에 작동하는 시적자아의 의식과 시적 사유방식을 해명하고

---

23) 박운용, 「朴木月 詩의 自然空間 硏究」, 『심상』 1984.3, 1984.5, 1984.6.
24) 김혜니, 「박목월 시 공간의 기호론적 연구」, 이화여대 박사학위논문, 1990.
25) 엄경희, 「박목월 시의 공간의식 연구-'길' 이미지를 중심으로」, 이화여대 석사학위논문, 1989.
26) 위의 논문.
　　이재분, 「박목월 시에 나타난 길의 이미지 연구」, 숙명여대 석사학위논문, 1990.

자 한다. 본고는 박목월 시의 공간 체계가 박목월 시에서 지속적으로 나타나는 '집' 이미지와 결부되어 있다는 문제의식을 가지고 공간체계의 구조화에 머물고 있는 형식주의적 접근방식에서 벗어나 박목월 시에 나타난 공간의식의 문제를 새롭게 조명해 보겠다.

기왕의 연구에서 '집' 이미지는 공간 체계 안의 소품27)이나 중기 생활시에서 세속적인 생활고의 부산물 정도로만 취급28)되어 왔는데 사실 박목월의 수필과 시에서 '집-없음'의 인식과 '집'의 추구는 매우 집요하고도 지속적으로 나타난다. 『박목월 시전집』에서 '집' 또는 '가정'을 소재로 한 시는 60여 편에 달하며, 초기시의 화자가 '길 위에서 서러움을 느끼는 것'이나 중기시의 화자가 '집안에서 고독감과 허무감을 느끼는 것', 후기시의 화자가 '고향과 어머니 그리고 유년의 집'에 집착하는 것은 모두 '집-없음'의 인식에서 비롯한 것으로 이들을 모두 '집'의 상상력으로 보면 그 편수는 박목월 시의 전과정 안에서 상당 부분을 차지한다. 박목월의 산문에서도 '집-없음'에 대한 인식이 종종 드러나는데,29) 「七色의 집」에서는 특히 시인이 '집'을 단순한 건물이 아닌 '정신화 된 집'으로, '집을 갖는다는 것'을 자아완성의 은유로도 생각하고 있음이 드러난다.30) 박목월 시에서 '집' 이미지와 '집'의 상상력이 빈번하고 꾸준함에도 '집' 이미지에 대한 연구는 진지하게 이루어지지 못했다.

본고는 그런 점에 착안하여 박목월 시의 공간체계는 '집'의 상상력으

---

27) 김혜니, 앞의 논문, 84~92쪽.

28) 양성훈, 앞의 논문, 29~31쪽.

29) 박목월의 산문들 중에서 집에 대한 인식이 주제의식으로 뚜렷이 나타난 것은 「七色의 집」, 「길」(『구름에 달 가듯이』, 삼중당, 1977), 「목마른 歷程 中 潤滑과」, 「家庭의發見」(『밤에 쓴 人生論』, 삼중당, 1979), 「평생을 나는 서서 살았다」(『내 영혼의 숲에 내리는 별빛』, 문학세계사, 1979) 등등이 있다.

30) 『구름에 달 가듯이』, 삼중당, 1977, 73~78쪽.

로부터 풀려나오며, 그 상상력은 시적자아의 의식과 결부되어 목월 시에 나타난 시적 사유의 핵심적인 면모를 보여줄 수 있다고 생각한다. 그렇다면 그 동안 박목월 시에 나타난 상상력의 주요원리로서 전통적 자연관, 기독교적 세계관 등의 문제와는 별개의 것으로, '집'에 관한 시인의 자의식과 시 텍스트의 공간 구조와 체계에 배어있는 시적 사유와 상상력의 문제를 해명할 수 있는 핵심적인 의미항이 되는 것이다. '집'에 대한 시인의 인식이 공간체계를 형성하는 핵심적인 원리로서 어떠한 의미를 가지는가를 밝히는 과정에서, 확연한 차이를 드러내는 박목월의 초·중·후기시의 변모양상을 밝히는 데서 멈추지 않고 그 과정을 구명할 수 있을 것이며, 연구사 성과의 상당부분을 점유한 전통적 자연과 기독교적 세계관, 외로움과 고독, 허무감 등의 정서와 그것의 극복방식이 새롭게 해명될 것이다.

2) 연구의 시각

기존에 '집'에 주목한 연구들에서의 집의 의미를 살펴보면 김소월 시의 시·공간을 탐색하면서 서정적 주체의 일탈과 환원의 근거가 되는 중심의미로서의 '집'에 주목한 논의가 있다.[31] 이 글은 소월 시의 집의 개념을 시적자아의 주관적 내면성과 현실의 객관적 외면성의 상호관련 속에 포섭되는 주체의 생이라고 규정하고 소월 시에 나타난 '집'의 안정적 근거가 공동체적 삶으로서의 '토지'임을 지적한다. 백석 시에서 마을과 집은 제의와 축제로 가득찬 신성하고 풍요로운 공간이며, 모더니즘의 근대성을 극복하기 위해 시인이 깊숙이 빠져 들어간 틈에 의도적으로 전통의

---

31) 신범순, 「소월의 시혼과 서정적 주체」, 『한국 현대시사의 매듭과 혼』, 민지사, 1992, 83~106쪽.

신화적 빛과 풍속을 재현한 것이라고 본 연구32)도 있는데 이런 연구들에서 나타나는 집과 가족의 해체, 그리고 그에 따른 유랑과 고독의 정서는 식민지 문학의 상실의식33)이라는 시대적 특수성으로 동시대 시인들에게 다양하게 나타나기도 한다. 1930년대 시인들에게 나타나는 고향의식의 계보를 추적한 연구34)나 '상상적 어머니'로서의 고향35) 공간을 탐색한 연구 역시 시적자아의 의식과 공간의 관계에 대한 연구라는 점에서 본고의 시각에 시사적이다.

본고에서는 이런 연구들이 밝혀낸 것과 달리 박목월의 시에 나타나는 '집'의 상상력의 특성이 무엇인가를 밝히고자 한다. 그런 작업을 위해 집의 개념을 살펴보겠다.

집이라는 용어는 건축학적 공간인 가옥(house), 동거하고 있는 구성원인 가족(family) 그리고 가옥과 가족을 포함하여 그들 사이의 정서적 유대감을 함축하고 있는 가정(home)이라는 의미 등으로 사용된다. 전통사회에서는 수평적으로 확장된 가족인 가문, 수직적으로 확장된 가족인 가계 역시 집으로 인식하기도 했는데, 한국어의 '집'이 가지는 의미는 가옥, 가족, 가정의 어느 하나를 지칭하거나 그 의미가 결합되어 형성되는 다의어라 할 수 있다. '집'의 개념은 통시적으로 그 의미가 시대에 따라 변화되어 왔고, 공시적으로도 세대별 계층별 성性별로 다르게 인식될 것이

---

32) 신범순, 「현대시에서 전통적 정신의 존재형식과 그 의미 : 김소월과 백석을 중심으로」, 『국어교육 96』 1998.12, 437~454쪽.
      , 「백석의 공동체적 신화와 유랑의 의미」, 『한국현대시사의 매듭과 혼』, 민지사, 1992 참조.
33) 오세영, 「식민지 문학의 상실의식과 낭만주의」, 『한국 근대문학론과 근대시』, 민음사, 1996, 193~221쪽.
34) 이명찬, 「1930년대 후반 한국시의 고향의식 연구」, 서울대 박사학위논문, 1999.
35) 한계전, 「1930년대 시에 나타난 '고향' 이미지에 관한 연구」, 『한국문화』, 서울대 한국문화연구소, 1995.

므로 객관성에 도달하기 힘든 '문화적'인 용어이다.[36]

'집'의 개념과 범주는 객관적인 것이 되기 힘들고 대상에 대면하는 주체의 자아의식에 의해 결정되는 것이다.[37] 본고에서의 집은 건축학적인 개념이 아니라 박목월 시의 시적자아의 의식에 의해 집이라고 느껴지는 상상적 공간이며 이는 인간의 몸으로 축소될 수도 있고 우주로 확장될 수도 있는 공간이다.[38] 이런 맥락에서 박목월 시에 나타난 집의 상상력과 공간의식의 탐구를 위해 집의 개념을 새로이 정의해보겠다.

첫째, 집은 인간의 영혼과 육체가 거주할 수 있는 공간이다. 거주는 그 공간 안에 있는 특정한 자리에 친숙해 지는 것으로 인간이 자신의 삶을 여러 지속적인 관련 속에서 구축할 수 있는 하나의 확고하고도 지속적인 근거를 발견하는 것이다.[39] 자아는 지속적 삶의 근거(bodily continuity and memory continuity)를 발견한 공간에 소속감을 느끼게 되는데 이런 소속감은 장소정체성(place-identity)으로 나타난다.[40] 자아가 소속감을 느끼고 있는 장소는 자아에게 정체성을 부여해주는 것이다. 장소정체성은 주로 국가의 개념과 연결되어 national identity의 개념으로 사용되는데 한국의 식민지 시대 시인들의 시에서 장소정체성의 결여 상태가 잘 드러난다. 그러나 본고에서는 national identity로서의 장소정체성으로 나

---

36) 김창수, 「한국 근대시에 나타난 집 이미지 연구」, 고려대학교 박사학위논문, 2001.

37) J. E. Malpas, *Place and Experience*, Cambridge University Press, 1999, pp.190~192.

38) Gaston Bachelard, 곽광수 역, 「집과 세계」, 『공간의 시학』, 민음사, 1989, 163~178쪽.
　　M. Eliade, 이동하 역, 「신체-집-우주」, 『성과 속』, 학민사, 2001, 152~158쪽.

39) O. F. Bollnow, 이규호 역, 「인간과 그의 집」, 『실존과 허무』, 태극출판사, 1976, 308~311쪽.

40) D. Morley & K. Robins, "No Place Like Heimat : Images of Home(land) in European Culture", *Space and Place-Theories of Identity and Location*, London : Lawrence & Wishart, 1993, p.5.
　　David Wiggins, *Identity and Spatio-Temporal Continuity*, Basil Blackwell, 1967, pp.43~49.

아가지 않고 박목월의 시에서 나타나는 자아정체성(self-identity)을 부여하는 장소정체성의 개념으로서 소속감과 거주의 개념을 다룰 것이다.

둘째, 집은 비호성庇護性 있는 공간이다.[41] 집은 건축학적인 집이든 정서적인 집이든 상상적인 집이든 간에 외부세계로부터 자아를 보호[42]하여 존재론적 안전(security)과 안정(stability)을 확보할 수 있는 보호고치(protective cocoon)를 제공하여야 한다.[43] 이런 보호고치로서의 집은 세계와 대결하는 자아를 보호하는 보호막이 되며 정서적인 집의 경우 보호고치는 자신의 안전감을 위협하는 것을 괄호 쳐내는(bracket out) 것으로 얻어지는데 이는 신뢰를 바탕으로 한다. 정서적으로 침범과 박탈이라는 상처를 받았을 때 정서적 유대에 대한 신뢰는 그것이 위험이 되는 것을 막아주는 것이다.[44]

셋째, 집은 친밀감과 해방감을 주어 자아가 그 공간과 하나로 융합됨을 느끼게 하는 공간이다.[45] 집은 자아가 친절하게 받아들여짐을 느끼게 하고 그 안에서 자유로움을 느끼게 하는 공간이어야 한다는 것인데, 이는 비호성이 확보된 공간이 너무 두터운 벽을 형성하여 오히려 감금하고 있다는 느낌을 줄 때 위협받게 된다.[46]

넷째, 원형적 상상력의 층위에서 집은 중심에 위치하며,[47] 그것은 실

---

41) Gaston Bachelard, 곽광수 역, 『공간의 시학』, 민음사, 1989, 113~156쪽.
　　C. Norberg-Schulz, 김광현 역, 『실존 · 공간 · 건축』, 태림문화사, 1997, 35~38쪽.
42) Gaston Bachelard, 위의 책, 113~156쪽.
43) Anthony Giddens, 권기돈 역, 『현대성과 자아정체성』, 새물결, 1997, 87~92쪽.
　　D. Morley & K. Robins, "No Place Like Heimat : Images of Home(land) in European Culture", *Space and Place-Theories of Identity and Location*, London : Lawrence & Wishart, 1993, p.5.
44) Davies, M. & Wallbridge. D., 이재훈 역, 『울타리와 공간』, 한국심리치료연구소, 1997, 180~192쪽.
45) O. F. Bollnow, 앞의 글, 315~316쪽.
46) Davies, M. & Wallbridge. D., 「억압적 울타리」, 앞의 책, 192~203쪽.

존주의적인 맥락에서 던져진 존재로서 자아가 돌아가야 하는 근원적인 공간 혹은 고향48)으로 이해될 수 있다. 이런 맥락에서 '집을 갖는 것'을 추구하는 행위는 존재의 근원적인 공간으로 귀향하는 과정과 같은 차원에 놓이는 것이다. 자아의 총체성을 고스란히 담아내는 목적으로서의 집의 추구라는 점에서 본고는 그것을 자아의 완성과정인 개체화과정으로 본다.49) 집을 추구하고 자아가 온전히 담기는 집을 완성하려고 끊임없이 노력하는 과정은 시련과 고통을 통한 자기완성에 이르는 과정인 것이라는 점에서 통과제의적 상상력과도 맥이 닿아 있다.50)

이런 집의 개념을 바탕으로 박목월 시의 공간과 시적자아의 공간의식의 특성을 밝힐 수 있을 것이며 집에 대한 시인의 인식이 공간체계를 형성하는 원동력으로서 어떤 의미를 가지를 추적하는 과정에서 초 · 중 · 후기시의 변모과정과 연구사 성과의 상당부분을 점유한 전통적 자연과

---

47) M. Eliade, 앞의 책, 38~43쪽.
C. Norberg-Schulz, 앞의 책, 34~36쪽.
Yi-fu Tuan, 정영철 역,『공간과 장소』, 태림문화사, 1999, 185~186쪽.
48) O. F. Bollnow, 앞의 글, 306~309쪽.
M. Heidegger, 소광휘 역,「귀향」,『시와 철학』, 박영사, 1975, 29~41쪽.
49) 융학파의 분석심리학에서 정신현상의 궁극적인 목적은 전일적인 자아인 자기(Self)이다. 자기(self)란 의식과 무의식이 하나로 통합된 전체정신이며 성숙과 성장의 목표로 무수하게 많은 대립적인 요소들로 구성된 자아의 파편들을 온전하게 통합하여 도달할 수 있다. 개체화 과정(individuation process)은 전일적인 자아상인 신 이미지나 신성을 지향하여 대립적 요소들을 통합하는 무의식적 과정이다. 그러나 이런 개제화 과정을 완성하여 '자기'에 도달한 사람은 부처나 예수 같은 신적인 존재이며 보편적인 인간에게 개체화 과정은 무한반복 된다(이부영,『분석심리학』, 일조각, 1993, 103~112쪽; 김옥성,「김현승 시에 나타난 전이적 상상력 연구」, 서울대학교 석사학위논문, 2001, 14~15쪽 참고; C. G. Jung, *The Archetype and the Collective Unconscious-The Collective Works of C. G. Jung, volume 9, Part 1*, trans. R. F. C. Hull, Princeton University Press, 1980, p.40, pp.290~354).
50) 융학파는 시련과 제련의 과정을 통해 대상을 신성을 지닌 결정체로 변성시키는 통과제의적 상상력과 연금술적 상상력을 을 개체화 과정의 표상으로 본다(C. G. Jung, Ibid).
엘리아데는 융의 영향을 받아 통과제의적 상상력과 연금술적 상상력의 동일성으로 '죽음과 재탄생'을 찾아낸다(김옥성, 위의 논문 참고, Eliade, M., *Rites and Symbols of Initiation*, Connecticut : Spring Publications, 1995, pp.122~124).

기독교적 세계관, 외로움과 고독, 허무감 등의 정서와 그것의 극복방식
이 새롭게 해명될 것이다.

2. 공간의식의 개폐와 두 개의 관념공간

1) 유폐적 상상력의 관념공간

사화집 『靑鹿集』에는 박목월의 초기시[51] 15편이 수록되어 있다. 이 사화
집에 수록된 박목월의 시편들이 구축한 '집'은 폐쇄되어 있으며 시적자아는
그 안에서 유폐되어 있는 것으로 보인다. 시적자아가 이 유폐공간으로부터
벗어나려는 의지가 어떻게 형상화되고 있는가를 밝히는 일은 박목월 시에
나타난 상상력의 논리를 구명하는 데에 필수적인 작업이 될 것이다.

박목월의 초기시는 향토성을 바탕으로 전통적 자연을 노래하였으며,
그 자연은 유토피아적 이상향이라는 것이 일반적인 평가이다. 이런 평가
들은 대부분 박목월의 자작시 해설[52]에 근거한 것들이다. 이 글에서 박

---

51) 박목월의 시는 대체로 세 시기로 분류되는데 『靑鹿集』, 『山桃花』를 초기시로 『蘭 · 其
　他』와 『晴曇』을 중기시로 이후에 발표된 『慶尙道의 가랑잎』, 『無順』 등을 후기시로 나
　누는 것이 그것이다. 본고 역시 이런 분류를 수용하여 시간순으로 구성되었지만 본고의
　시각에 따라 『慶尙道의 가랑잎』에 수록된 시의 일부를 중기시와 함께 다루기도 했으며
　기존에 연구의 대상에서 제외되어왔던 『어머니』를 후기시에 포함하여 다루었음을 밝
　힌다.

52) "나는 그 무렵에 나대로의 지도(地圖)를 가졌다. 그 어둡고 불안한 세대에서 다만 푸군
　히 은신하고 싶은 <어수룩한 천지>가 그리웠다. 한국의 천지에는 어디에나 일본치하
　의 불안하고 바라진 땅이었다. 강원도를, 혹은 태백산을 백두산을 생각해 보았다. 그러
　나 그 어느 곳에도 우리가 은신할 한치의 땅이 있는 것 같지 않았다. 그래서 나혼자의
　깊숙한 산과 냇물과 호수와 봉우리와 절이 있는 <마음의 자연>－지도를 간직했던 것
　이다. <마음의 지도> 중에서 가장 높은 산이 太母山 · 太熊山 그 줄기아래 九江山 · 紫霞
　山이 있고 자하산 골짜기를 흘러 내려와 잔잔한 호수를 이룬 것이 洛山湖 · 永郞湖 영낭
　호 맑은 물에 그림자를 잠근 봉우리가 芳草峰. 방초봉에서 아득히 바라뵈는 자하산의 보
　라빛 아지랑이 속에 아른거리는 낡은 기와집이 靑雲寺다(박목월, 『보라빛 素描』, 신흥출

목월은 '푸군히 은신하고 싶은 천지가 그리웠다'면서 구체적인 '마음의 地圖'를 그려놓았다. 그 지도의 공간은 산으로 둘러싸인 인적이 없는 곳이다. 시인이 자신의 관념 속에 인위적으로 구축한 이 공간은 시적자아의 안정감과 안전감을 위협하는 현실을 괄호 쳐냄으로써(bracket out)[53] 비호성을 획득한 공간이라는 점에서 관념의 집이라 하겠다. 이 관념의 집이 시인의 의도대로 그리고 기존의 평가처럼 유토피아적 공간 혹은 이상향으로서의 자연공간이라면 이 시적공간은 시적자아와 총체성을 이룬 완벽한 하나의 집이 되는 셈이다.

그러나 기존의 연구들이 박목월 시의 자연에 대해서 공간소재가 갖는 고정관념을 그대로 답습하고 있다는 점이 지적된 바 있듯이[54] 시적공간은 시적자아와 의식과의 관계를 토대로 설명되어야 한다. 이 공간의 성격을 유토피아적 공간 혹은 이상향으로서의 자연공간이라고 규정하기 전에 시적자아가 과연 이 공간에서 안정감과 안전감을 느끼고 있는지, 그리고 그 공간을 '집'처럼 느끼고 있는지의 질문으로 되돌아가야 하는 것이다.

산이 날 에워싸고
(A)씨나 뿌리며 살아라 한다
(B)밭이나 갈며 살아라 한다

(C)어느 짧은 山자락에 집을 모아
(D)아들 낳고 딸을 낳고
(E)흙담 안팎에 호박 심고
(F)들찔레처럼 살아라 한다

판사, 1958, 83~84쪽).
53) Anthony Giddens, 앞의 책, 87~92쪽.
54) 오세영, 「박목월론」, 89~94쪽.

(G)쑥대밭처럼 살아라 한다

산이 날 에워싸고
그믐달처럼 사위어지는 목숨
(H) 그믐달처럼 살아라 한다
(H) 그믐달처럼 살아라 한다

– 「산이 날 에워싸고」 전문

기존 연구들은 이 시를 체념적 달관적 인생관이 드러난 것으로 또는 씨를 뿌리고 밭을 갈며 사는 것을 불가능하게 하는 현실로부터의 도피로 읽어냈다. 그러나 본고는 이 시의 화자가 역설과 인용 그리고 반복에 의한 강조라는 전략적인 어법을 사용하여 자신의 의도를 감추며 드러내고 있다고 본다. 산은 경계를 이루는 환경적 조건으로 벽의 기능[55]을 하는데 '산이 날 에워싸고' 있다는 것은 이 벽이 화자의 사방을 막아 폐쇄공간을 이루고 있음을 의미한다. 1연에서 (A)와 (B)의 '...나 하며 살아라 한다'는 문장의 구조는 (a')'...나 하며 살아라'와 (b)'...라 한다'의 두 문장으로 구성되어 있다. (a')의 심층구조는 (a)'...를 하고 살다'이지만 보조사 '나'는 (a)문장 전체의 의미를 부정적으로 규정하고 있으며, (b)는 (a')의 내용이 타율적인 것임을 드러내려는 의도가 내함되어 (A)와 (B)는 화자의 의도와 두 번 갈등을 일으키고 있다. 화자는 씨를 뿌리고 사는 삶이나 밭을 갈며 사는 삶을 자신이 긍정하는 삶으로 받아들이지 못하는 것이다.

2연의 (C)'어느 짧은 山자락에 집을 모아', (D)'아들낳고 딸을 낳고', (E)'흙담 안팎에 호박심고'라는 첫 3행의 뒤에는 역시 '살아라 한다'가 생

---

55) 保坂陽一郎 著, 이진민 역, 『경계의 형태 그 건축적 구조』, 한국산업훈련연구소, 1999, 23~24쪽.

략되어 있으며, 이는 (a)'...를 하고 살다'와 (b)'...라 한다'의 결합으로, (a')와 (b)로 이루어진 1연의 (A), (B)와 같은 심층구조를 갖는다. 즉 화자는 1연에서 강요받은 삶의 내용을 2연에서 다시 반복하며 갈등을 증폭시키고 있다. 화자와 화자가 놓인 시적공간과의 갈등이 반복되며 증폭된 것은 (F)와 (G)에서 '...처럼 살아라 한다'로 변주되는데 이 문장은 (c)'...처럼 살아라'와 (b)'...라 한다'의 두 문장으로 구성되어 있다. 직유법으로 이루어진 (c)문장 전체의 의미를 결정하는 것은 '...처럼'의 앞에 들어가는 말이라 하겠는데 들찔레, 쑥대밭이 그것이다. '들찔레'란 인간의 손길이 닿지 않은 곳에서 아무렇게나 자라는 꽃이고 '쑥대밭'이란 관용적으로 폐허에 풀들이 손질되지 않은 채 웃자라 있는 모습을 말한다.

들찔레나 쑥대밭은 집이 갖는 안정감과 안전감과는 대립되는 카오스 공간이다. 화자는 들찔레와 쑥대밭의 부정적 성격을 통해 1연과 2연의 앞부분에서 강요받은 삶이 아무렇게나 사는 삶이고 이는 집 없는 삶이라는 것을 드러낸다. 그리고, 다시 (b)를 통해 이런 삶이 강요받는 삶이라는 것을 반복하여 강조하고 있다.

3연의 (H)'그믐달처럼 살아라 한다' 역시 (c)와 (b)로 이루어진 문장인데 (c)에서 '그믐달'을 통해 더 갈 곳 없는 삶과 죽음을 전제로 한 삶 그리고 그 외의 선택이 없는 숙명적인 삶이라는 부정적인 의미를 문장전체에 부여하고 있다. 이제 화자는 자신이 강요받는 것이 삶의 형식뿐 아니라 '그믐날처럼 사위어지는 목숨', '그믐달처럼 살아라'는 체념적 삶의 태도까지였음을 인식한다. 이 시를 이루고 있는 문장구조를 살펴보면 다음과 같다.

1연	(A) 씨나 뿌리며 살아라 한다 (B) 밭이나 갈며 살아라 한다	(a') …나 하며 살아라 (b) …라 한다
2연	(C) 어느 짧은 山자락에 집을 모아 (살아라 한다) (D) 아들 낳고 딸을 낳고 (살아라 한다) (E) 흙담 안팎에 호박심고 (살아라 한다)	(a) …를 하며 살아라 (b) …라 한다
	(F) 들찔레처럼 살아라 한다 (G) 쑥대밭처럼 살아라 한다	(c) …처럼 살아라 (b) …라 한다
3연	(H) 그믐달처럼 살아라 한다	(c) …처럼 살아라 (b) …라 한다

1연에는 화자가 진술된 문장을 부정적으로 인식함을 드러내는 (a')와 그 문장이 타율적임을 드러내는 (b)가, 3연에서는 직유법을 사용하되 그 비유대상으로 부정적인 것을 선택함으로써 역시 화자가 진술된 문장을 부정적으로 인식함을 드러내는 (c)와 (b)가 그리고 2연에서는 1연과 심층 구조가 같은 (a), (b) 그리고 3연에서 쓰인 (c), (b)가 함께 쓰인 것을 알 수 있다. 이 시에서 (b)는 8번 반복되는데 반복에 의해 강조된 '타율성'은 거꾸로 그 안에 숨겨진 화자의 거부감을 드러내는 기제로 작동한다.

시인은 자신이 만들어 놓은 공간 안에서 외부와 단절된 채 오히려 유폐되어 있다(be in confinement)[56]는 감정을 가지고 있다. 이는 비호성을 추구했던 공간이 해방감과 친밀감을 상실하고 억압적 기능을 하고 있는 데서 비롯한다.[57] 이런 유폐적 상상력은 '멀고 잘 보이지 않거나 방해된

---

56) 고립(isolation)은 격리되어 있음(segregation)을 의미하며 이는 반드시 폐쇄적 공간에 있음을 전제하는 것은 아니다. 개방된 공간-산 위나 섬 같은-에서도 고립될 수 있다. 유폐(confinement)는 폐쇄(closure/lockout)된 공간에 감금되어 있는 것을 의미한다. 고립(isolation)공포증이라는 용어가 없는 반면 폐쇄공포증(claustrophobia)라는 용어가 있음을 생각하면 유폐는 고립보다 부정적 의미가 강한 것을 알 수 있다(Robert. W. White, *The Abnormal Personality*, 1964, p.254, p.262 참조).

57) Davies, M. & Wallbridge. D., 「억압적 울타리」, 앞의 책, 192~203쪽.

길'이나 '장님'의 이미지로 나타난다. 자신이 지은 집이 시적자아에게 소
속감을 주지 못하고 오히려 유폐되어 있다는 감정을 불러일으키며 집으
로서의 기능을 하지 못하자 화자는 다른 공간으로 나아가려고 한다. '길'
은 다른 공간으로 나아가려는 화자의 의지가 공간화된 것인데[58]『靑鹿
集』에 나타난 길은 언제나 너무 멀고 잘 보이지 않거나 방해된 길이다.

> 머언산 구비구비 돌아갔기로
> 山 구비마다 구비마다
> 절로 슬픔은 일어……
>
> 뵈일듯 말듯한 산길
>
> 산울림 멀리 울려 나가다
> 산울림 홀로 돌아 나가다
> ……어쩐지 어쩐지 울음이 돌고
>
> 생각처럼 그리움처럼……
>
> 길은 실낱 같다
>
>   － 「길처럼」 전문

이 시에서 화자는 '길'을 원경에서 바라보고 있다.[59] 이런 먼길의 이미
지[60]는 '머언 길(「春日」)', '黃土 먼 산ㅅ 길(「산그늘」)'처럼 박목월 초기시

---

58) 염창권,『집 없는 시대의 길가기 : 일제강점기 한국 현대시의 空間構造』, 한국문화사, 1999,
　　19~22쪽.
59) 김현자, 앞의 책, 13~14쪽.
60) 박목월 초기시의 '먼 길' 이미지는 엄경희의 논문에서도 다루어진 바 있다(엄경희, 앞의
　　논문, 15쪽).

에 나타나는 길의 특징적인 성격이다. 멀다는 것은 2연의 '뵈일듯 말듯한 산길', 5연의 '길은 실낱같다'처럼 멀어서 잘 보이지 않는다는 의미로 파생되어 나타나기도 하는데 다른 시의 '가느른 가느른 들길(「가을 어스름」)'도 마찬가지다. 폐쇄된 정체공간에 역동성을 부여하는 것이 '길'인데[61] '먼 길'과 멀어서 '잘 보이지 않는 길' 이미지는 공간의 폐쇄성을 더욱 강조하고 있다.

또한 '길'은 구비구비 휘어지고 좌우로 방해된 길이다. '느릅나무 속ㅅ잎 피어가는 열두 구비(「靑노루」)', '열 두 고개 넘어가는 타는 아지랑이 길(「삼월」)' 등에서도 나타나는 구비와 고개는 좌우곡선과 상하곡선으로 방해된 길이며 열둘이라는 숫자는 그 길이 멀다는 것을 의미하는 관습적 표현이다. 방해된 길은 단순한 형태의 미로 이미지이다.[62] 이 미로 이미지로서의 방해받은 길은 벽으로 둘러싸인 폐쇄공간 안에서 밖으로 나가려는 화자에게 좌절을 줄 뿐 아니라 열둘이라는 숫자로 방해되어 있음으로써 그 좌절이 포기를 강요하고 있음을 의미한다.

그러나 이런 좌절이 포기로 이어지지는 않음을 3연에서 알 수 있다. 산울림이라는 것은 맞은편에도 막힌 공간이 있어야 가능한 것이다. 이 시에서 화자가 있는 공간 역시 산으로 둘러싸인 공간으로 화자는 산 위에서 그 폐쇄 공간 너머로 가는 길을 눈으로 짚어가고 있었음을 짐작케 한다. 그러나 그것이 오히려 외부와 단절되어 있다는 유폐감을 불러일으키고 화자는 길을 바라보며 소리쳐서 무언가를 불러보았던 것이다.

무언가를 소리 내어 부른다는 것은 그리움의 표현이다. 동경(longing)과 단절(disconnectedness) 중 하나만 가지고 있을 때는 갈등(inner conflict)

---

61) 염창권, 앞의 책, 19~22쪽.
62) Attali, Jacques, 이인철 역, 『미로-지혜에 이르는 길』, 영림카디널, 1997, 31~34쪽.

을 일으키지 않지만 이 시의 화자처럼 '길'이라는 대상에 동경과 단절의 감정을 모두 가지고 있으면 외로움(loneliness)을 느끼게 된다.[63] 때문에 '길'이라는 대상은 '절로 슬픔이 일어'나는 길이고 '울음이 돌고'있는 길이며 '울며 가는 길(「달무리」)'로 나타나는 것이다.

박목월 초기시의 그리움, 외로움, 슬픔의 정서는 '집 없음'의 인식에서 비롯된 동경의 공간으로서의 '길'이 역설적으로 폐쇄공간의 단절을 강조하는 역할을 하는데서 생겨난다. 유폐적 상상력은 '멀고 잘 보이지 않고 방해받은 길'뿐 아니라 장님 이미지로도 나타난다. 박목월 초기시의 장님 이미지는 오세영, 박운용, 엄경희 등에 의해 언급된 바 있다. 오세영은 「윤사월」의 분석에서 '눈 먼 처녀'에 주목하여 장님 이미지를 신화적 상상력과 샤마니즘의 이니시에이션의 과정과 연관 있음을 지적하였다.[64] 박운용은 박목월 초기시에서 자주 사용되는 '머언'이라는 형용사가 '遠'의 의미이며 또한 '盲'으로서의 닫힌 세계를 의미한다고 분석하였다.[65] 엄경희도 박목월 시의 공간을 길 이미지를 중심으로 분석한 논문에서 「임」의 바위가 '盲' 이미지임을 지적하였다.[66] 초기시의 장님 이미지는 「임」과 「윤사월」의 두 편에 나타나지만 청록집에 수록된 박목월의 시가 모두 15편에 불과한 것을 염두에 두면 적은 수라고 할 수는 없다. 그리고 이 두 편은 박목월의 초기시의 대표작으로 빈도와 상관없이 강렬한 이미지를 주고 있는 것이다. 본고는 이 장님의 이미지가 초기시의 유폐적 상상력의 하위 이미지로서 산으로 에워싸인 공간 이미지나 방해받은 길 이미

---

63) 김옥성, 앞의 논문 참고.
   Hartog, J, Audy, J. R. & Cohen, Y. A., *The Anatomy of Loneliness*, New York : International Universities Press, 1981, pp.2~3.
64) 오세영, 「윤사월」, 『한국현대시 분석적 읽기』, 고려대학교 출판부, 1998, 432~436쪽.
65) 박운용, 「朴木月 詩의 自然空間 硏究」, 『심상』 1984.3, 24~26쪽.
66) 엄경희, 앞의 논문, 18쪽.

지, 잘 보이지 않는 길 이미지, 먼 길의 이미지 등의 다른 유폐적 상상력
의 이미지들과 계열체를 이루며 초기시 시적자아의 공간의식의 핵심을
보여주는 이미지임에 주목한다.

松花가루 날리는
외딴 봉오리

윤사월 해 길다
꾀꼬리 울면

산지기 외딴 집
눈 먼 처녀사

문설주에 귀 대이고
엿듣고 있다

-「閏四月」 전문

김혜니가 이 시의 공간을 '문설주'에 주목하여 내/외의 이항대립의 공
간으로 분석한 것67)은 폐쇄공간 안에서의 유폐적 상상력이라는 본고의
시각과 상통하는데 사실 이 처녀가 있는 공간은 보다 복합적인 공간이다.
이 시에서 시인이 지은 관념의 집의 폐쇄성은 (a)산으로 에워싸인 공간,
(b)외딴 봉오리, (c)산속 외딴 집, (d)문 안쪽, (e)육신의 눈이 멀었음이라는
다섯 겹의 차단 이미지로 나타난다. 윤사월은 봄이 한창인 시절이다. 노
오란 송화가루가 날리는 환한 세상에 대조적으로 눈 먼 처녀가 있다. 이
시는 원경에서부터 시인의 퍼소나인 처녀가 있는 공간으로 초점화되어

---

67) 김혜니, 앞의 논문, 23~41쪽.

가는데, 인적 없으며 속세와 절연된 외딴 봉오리가 있는 이 시의 공간은
『靑鹿集』에 수록된 다른 시들과 계열체를 이루고 있음을 알 수 있다.

이 시의 공간은 시인이 초기시에서 인위적으로 만들어 놓은 관념의 집
으로서의 (a)산으로 에워싸여 있음이 전제되어 있다. (b)와 (c)에서 반복
되는 '외딴'은 이 처녀가 있는 곳이 속세와는 단절된 공간임을 강조하려
는 의도를 품은 것이며 또한 '봉우리'와 '산속'이라는 공간은 (a)공간 안에
서도 상/하 의 수직적 공간의 상방공간에 격리되어 있음을 의미하는 것
으로 이 처녀가 있는 공간에 신성함을 부여하고 있다. (d)는 내/외의 수평
적 공간의 안쪽에 격리되어 있음을 보여주는데, (a), (b), (c), (d)가 공간적
으로 격리된 폐쇄성을 드러낸다면 (e)의 폐쇄성은 신화적 상상력을 불러
일으키는 것이다.

오세영은 「윤사월」 분석[68]에서 시인의 퍼소나가 '눈 먼 처녀'라는 점
에 주목한다. '처녀'가 가지는 원형상상력으로서의 '영원한 여성(eternal
female)'의 순결하고 성스러운 이미지와, '장님'의 신화적 상상력으로서
초월적 이미지를 지적한 것은 이 시의 공간이 세속과는 동떨어진 관념공
간이라는 본고의 시각과 같은 맥락에 놓이는 것이다. 시각은 언제나 다
른 물체들이나 욕망들과 인접하고 중첩된 다중의 감각이며 때문에 가장
왜곡되기 쉬운 감각이다. 시각은 하나의 물체에 순수하게 접근하는 것을
방해한다.[69] 오세영의 글에서 시각이라는 육신의 눈을 포기하고 마음의
눈이 밝아지고자 하는 욕구로서의 '개안(開眼)'을 샤만 입사식이라는 '통
과의례'로 설명한 부분은 주목해야 한다. 눈 먼 처녀가 '문설주에 귀대이
고 엿듣고 있다'는 것은 개안에의 욕구이기 때문이다. 우리의 고전소설

---

68) 오세영, 앞의 글, 432~436쪽.
69) Jonathan Crary, 임동근 · 오성훈 外 譯, 「근대성과 관찰자의 문제」, 『관찰자의 기술―19
    세기의 시각과 근대성』, 문화과학사, 2001, 39~40쪽.

인 심청전에도 이런 개안모티프가 있으며 개안모티프는 보편적인 원형 상징이다. 개안은 통과의례의 문학적 상징이며 희생이나 고난을 수반한 일련의 과정을 거쳐야 한다.70)

인간의 신체를 집의 이미지로 볼 때 눈은 창71)이며 창은 공간을 내부와 외부로 나누는 벽에 대한 배반이다.72) 창은 내부와 외부의 매개항인데 눈이 먼 것은 집 이미지로 보면 폐쇄된 창에 상응한다.73) 창이 없는 집의 내부와 외부를 매개하는 유일한 공간인 문설주에 귀를 대고 외부 공간을 지향하는 것이다. 이는 외부공간을 지향한다는 점에서 개안에의 욕구라 하겠다.

『靑鹿集』에서 시인이 구축한 관념의 집은 폐쇄공간이며 시적자아는 그 안에서 유폐되어 있다. 시적자아가 이 유폐공간으로로부터 벗어나려는 의지가 '길' 이미지로 나타나 있다. 『靑鹿集』에서 박목월의 길은 '멀고 잘 보이지 않고 방해된 길'로 동경과 좌절을 주며 외로움의 정서를 불러일으킨다. 유폐적 상상력은 '장님'의 이미지로도 나타나며 개안에의 열망으로 이어진다. 『靑鹿集』의 시편들은 시적자아가 비호성을 위해 만들어 놓은 공간이 해방감과 친밀감을 상실한 공간으로서 집이 되지 못하고 있음을 보여주지만 그곳을 떠나지도 않는다. 자신에게 유폐감을 주는 공간을 떠나지 않고 다만 유폐감의 타개를 위한 열망을 지닐 뿐이다.

---

70) 박병동, 「심청전의 제의적 성격」, 충남대학교 석사학위논문, 1985 참조.
71) K. C. Bloomer & C. W. Moore, 이호진 · 김선수 역, 『신체 · 지각 그리고 건축』, 기문당, 1999, 13~15쪽.
72) 이어령, 『공간의 기호학』, 민음사, 2000, 404쪽.
73) K. C. Bloomer & C. W. Moore, 앞의 책, 71쪽.

2) 상상적 개안으로서의 보석 이미지

박목월은 초기시에서 자아의 안전감과 안정감을 위협하는 현실을 괄호 쳐내고 비호성을 위한 공간을 관념 속에 인위적으로 구축하였는데 이는 산으로 둘러싸인 폐쇄공간이다. 이 폐쇄공간은 자아가 친절하게 받아들여짐과 자유로움을 느끼게 하지 못하고 그 안에 유폐되어 있다는 감정을 느끼게 하는데 이런 유폐감은 초기시에서 멀고 잘 보이지 않거나 방해된 길의 이미지와 장님의 이미지로 나타난다. 자아는 이런 유폐감을 주는 공간을 떠나려고 하기보다는 그 안에 머물며 유폐감을 타개하고자 하는데 이는 유폐적 상상력의 하위 이미지인 장님의 이미지에서 파생된 개안에의 지향으로 나타난다. 유폐적 상상력으로서의 길 이미지와 장님 이미지 그리고 개안에의 지향은 「靑노루」와 「三月」에서 함께 나타난다.

머언 산 靑雲寺
낡은 기와집

山은 紫霞山
봄눈 녹으면

느름나무
속ㅅ잎 피어가는 열두구비를

靑노루
맑은 눈에

도는

구름

–「靑노루」 전문

芳草峰 한나절
고운 암노루

아래ㅅ마을 골작에
홀로 와서

흐르는 내ㅅ물에
목을 축이고

흐르는 구름에
눈을 씻고

열 두고개 넘어 가는
타는 아지랑이

–「三月」 전문

「靑노루」의 공간적 배경은 '紫霞山'에 있는 낡은 집인 '靑雲寺'인데 자하산과 청운사 역시 시인이 초기시에 만들어 놓은 관념공간을 이루는 부분이며 이 시에서는 유폐감의 해소를 통한 상상적 개안에의 지향이 잘 드러난다. 이 시의 시간적 배경은 눈(雪)이 녹는 봄이다. 눈이라는 것은 결정結晶되어 불투명해진 물이다. 눈이 녹는다는 것은 불투명한 것으로부터 투명한 것으로의 전환이며 이 역시 유폐적 상상력의 장님의 이미지가 개안의 상상력을 지향하고 있음을 보여주는 것이다. 봄이 되어 느릅나무의 속ㅅ잎이 새순으로 돋아나는 것 역시 상상적 개안의 방식이다.

잎을 통하여 식물은 햇빛을 받아들이기에 잎은 식물의 눈이라 할 수 있다. 겨우내 식물은 잎을 떨구고 죽음과 같은 상태에 진입하며 봄이 되면 새순을 통해 다시 피어난다. 이는 죽음과 삶 그리고 잠과 깨어남을 의미74)하며 봄이 되어 '느름나무 속ㅅ잎'이 피어가는 것은 식물이 눈을 감았다 뜨는 것과 같은 것으로 장님 이미지로부터 상상적 개안을 이루고 있다 하겠다. '열 두 구비'라는 방해된 길이 폐쇄공간 안에서의 유폐감을 강조하는 유폐적 상상력의 하위 이미지임을 앞에서 밝힌 바 있다. 그 열 두 구비에 늘어선 '느름나무'들이 눈을 떠가고 있음으로 인해 열 두 구비 길이 주는 유폐감이 소멸되고 있다. 그리하여 4연에서 靑노루의 눈은 맑은 눈이며 그 눈동자에는 '하늘이 비치'게 되는 것이다.

「三月」에서도 시간적 배경은 봄이며 얼어있던 물이 녹아 흐르고 있다. 암노루가 '아래ㅅ마을'로 온다고 하는 데, 이 '내려 옴'의 이미지는 중요한 단서가 된다. 「윤사월」에서 시적 화자로서의 '처녀'가 상/하의 상방공간과 내/외의 내부공간에 갇혀 있는 것으로 되어 있었고, 「靑노루」에서 靑노루가 靑雲寺라는 상방공간에 고립되어 있었던 반면, 「三月」에서 암노루는 하방공간인 '아래ㅅ마을 골짝'으로 '내려오'고 있는 것이다. 즉, 개안의 상상력으로 열려지고 있는 것이라 하겠는데 이는 3연에서 '흐르는 내ㅅ물에/목을 축이고'와 4연에서 '흐르는 구름에 눈을 씻고'로 더욱 구체화된다. 그러나 이 시에서 열 두 고개의 방해된 길은 '타는 아지랑이'에 의해서 더욱 잘 보이지 않는 길이 되며 탄다는 서술어는 3연에서 해소된 목마름을 다시 상기시켜주고 있다. 「靑노루」와 「三月」이 상상적 개안에의 지향을 조심스럽게 보여주고 있다면 박목월의 「임」에서는 유폐감을 주는 어둠의 타개와 개안에의 열망이 보다 직접적이고 강렬하게 드러난다.

---

74) Northrop Frye, 임철규 역, 『비평의 해부』, 한길사, 1982, 193~227쪽.

내ㅅ사 애달픈 꿈꾸는 사람
내ㅅ사 어리석은 꿈꾸는 사람

밤마다 홀로
눈물로 가는 바위가 있기로

기인 한밤을
눈물로 가는 바위가 있기로

어느날에사
어둡고 아득한 바위에
절로 임과 하늘이 비치리오

— 「임」 전문

1연에서 화자는 자신이 애달프고 어리석은 꿈을 꾸고 있다고 한다. 자신의 꿈이 애달프다는 것은 감정이며 어리석다는 것은 이성적인 판단이다. 자신의 꿈이 무엇인지 말하기 전에 스스로의 감정과 이성 판단으로도 그것이 힘들고 이룰 수 없는 부정적인 것임을 밝힌 것이다. 화자는 1연에서 자신의 꿈에 대한 부정적 판단을, 2연과 3연에서 그럼에도 그 꿈을 추구하는 자신의 의지를 쓰고 난 다음에야 마지막 연에서 그 꿈이 무엇이라는 것을 들어낸다. 이는 그 반대의 순서로 쓰여졌을 경우보다 화자의 열망이 강함을 드러내는 것이다. 즉, 좌절을 예감하지만 그래도 포기하지 않는다는 의지가 숨어있다.

2연과 3연은 '밤에/혼자/눈물을 흘리며/바위를 갈고 있다'는 내용이다. 2연에서 강조되는 것은 '밤마다'와 '홀로'이다. 다시 말해 눈물로 바위를 가는 것이 계속 반복되는 일이며 그 일은 '홀로'하는 일이라는 것이다. '밤마다'라는 것은 낮에는 하지 않는다는 의미이다. 밤은 세상의 모든 것을 어둠으로 덮어서 존재의 의식만이 홀로 있게 한다는 점에서 밤 역시 유폐적 상상력으로서의 장님 이미지로 볼 수 있다. 밤이 되면 유폐감이 더욱 강화되고 화자는 그런 유폐감을 타개하고자 '눈물로' 바위를 가는데 이는 슬픔을 느끼며 바위를 가는 것이고, 또한 바위를 가는데 눈물이 필요한 것이라고 볼 수도 있다. 바위를 가는 동작은 반복적인 것이며 제의적 성격을 지닌 것이다. 3연에서 화자는 그 밤이 '기인 한밤'이라고 하는데 이는 그 반복적 행동을 통해 통과해야 하는 과정이 길고 힘든 것임을 암시한다.

4연에서 아득하다는 것은 시간개념으로 멀어서 명확하지 않다는 것과 공간개념으로 멀어서 명확하지 않다는 의미가 있는데 여기서는 전자의 개념으로 사용된 것이다. 이 바위는 밤에 가는 바위이므로 밤의 속성을 가진 것이며 어둠의 결정체라 하겠다.[75] 화자의 꿈은 이 어둠의 결정체인 바위를 눈물로 갈아서 '절로 임과 하늘이 비치'는 날이 오게 하는 것이다. 이것은 눈물이 갖는 눈(眼)의 속성과 물이 갖는 거울의 속성을 바위를 가는 제의적 행동에 의해 스며들게 해서 눈동자의 수정체나 거울의 이미지로 변성시키려는 의지이다.

돌을 보석으로 제련하는 연금술적 상상력은 융에 의해 통과제의적 상상력으로 분류된다.[76] 유폐적 상상력으로서의 장님 이미지인 바위를 개안의 상상력으로서의 거울 이미지로 바꾸려는 화자의 의지는 희생이라는 대가를 필요로 하는 이니시에이션의 과정이다.

---

75) G. Bachelard, 민희식 역, 「대지와 의지의 몽상」, 『불의 정신분석/초의 불꽃 외』, 삼성출판사, 1997, 354~356쪽.
　　　스바르텐그렌(T. Hilding Svartengren)은 *Intensifying Simile in English* 에서 돌(stone)은 장님(blind), 벙어리(deaf), 견고(firm), 침묵(silent)의 의미라고 밝힌 바 있다(오재숙, 「한국 현대시에 나타난 '돌'의 상징성 연구」, 동국대 석사학위논문, 1999, 53쪽 참조).
76) C. G. Jung, op. cit., pp.290~354.

山은
九江山
보라빛 石山

山桃花
두어송이
송이 버는데

봄눈 녹아 흐르는
玉같은
물에

사슴은
암사슴
발을 씻는다77)

—「山桃花1」 전문

위의 시는 박목월의 두 번째 시집이자 그의 첫 번째 개인 시집인『山桃
花』(1955)에 수록된 것이다. 1연은『靑鹿集』에서 유폐적 상상력의 산물
이었던 어둠의 결정체로서의 바위가 연금술적 상상력에 의해 보석으로
변성되었음을 보여준다. 1연의 '보라빛 石山'은 紫水晶을 의미하는 것으
로 이는「牡丹餘情」에서도 仙桃山을 '水晶그늘 어려 보라빛'이라고 묘사
하는 점이나 후기시에서도 꾸준히 나타나는 시인의 보라색에 대한 집착
과 水晶 이미지에서도 뒷받침된다. 이런 보석 이미지는 어둠의 결정체로
서의 바위를 시인이 상상적 개안에 의해 변성시킨 것이다. 어둠의 결정

---

77) 이 마지막 연은 원본에서 '사슴은/내려 와/발을 씻는다'이지만 시인은 이 연이 서술적이
　　라 하여 인용문과 같이 개작하였다.

체로서의 바위(石)와 초기시의 공간을 에워싼 벽의 역할을 하는 산山의
두 가지 의미항이 되는 石山을 '보라빛 石山'과 같은 자수정의 이미지로
바꾸어 놓자 그 공간 안에서의 유폐감은 소멸되게 된다.『山桃花』에서
이루어진 보다 직접적인 상상적 개안은 「山桃花3」에서 '山桃花/두어송
이//늠름한/品을//山이 환하게/틔어뵈는데'로 나타나거나 「山色」에서 '산
빛은/제대로 풀리고//꾀꼬리 목청은/티는데'로 나타나기도 한다.

이 시의 시간적 배경 역시 山桃花가 피는 봄이며 눈이 녹고 있다. 눈이
녹는다는 것이 불투명한 것이 투명한 존재로 전환되는 것이고, 그것은
개안의 상상력에 의한 것임도 앞에서 언급한 바 있다. 위의 시에서 봄눈
이 녹은 물이 옥빛으로 흐른다는 것은 단순히 불투명에서 투명한 존재론
적 전환에서 나아가 물이 거울의 이미지로 바뀌었음을 의미한다. 물은
하늘을 비추고 있을 것인데 4연에서의 시인의 퍼소나인 암사슴은 그 물
에 '발을 씻는다'. 이것은『靑鹿集』의 화자들이 먼 길을 바라보거나, 靑노
루가 구름을 바라보고만 있었던 데 비하여, 새로운 태도를 보여준 것으
로 보인다.

『山桃花』의 시적공간도『靑鹿集』과 마찬가지로 시인이 마음에 그려
놓은 '관념의 집'이지만 개안의 상상력에 의해서 유폐감이 해소되었기에
더 이상 다른 공간으로 가려는 '길' 이미지는 나타나지 않으며 슬픔의 정
서도 그 길에 스며들어 함께 사라진다. 이세 관념의 집은 桃花가 피는 이
상향으로서의 공간이다. 박운용은 박목월의 초기시에 하늘과 구름 달 등
의 이미지가 다수 보인다[78]고 지적했는데 이는 폐쇄공간에서 유일하게
열려있는 외부공간이 하늘이기 때문이다. 폐쇄공간에서 유폐감을 느끼
면 느낄수록 하늘과 관련된 이미지가 두드러질 것임은 쉽사리 추측할 수

---

78) 박운용,「朴木月 詩의 自然空間 硏究」,『심상』1984.3.

있는데「山桃花1」에서 사슴은 더 이상 하늘을 바라볼 필요가 없다. 玉같
은 물에 하늘이 비친다는 것은「임」에서 '어둡고 아득한' 바위를 갈아 '절
로 임과 하늘이 비치'는 상태가 된 것이다. 폐쇄공간 내부의 가장 깊은 틈
에 흐르며 우묵히 고이는 옥 같은 물이 하늘이라는 외부공간을 담아내는
것은 대지가 눈을 뜨는 것과 같은 상상적 개안으로 유폐감을 소멸시킨다.
　『靑鹿集』이 폐쇄공간에서의 유폐감과 그것의 타개를 위한 개안에의
열망을 보여주었다면『山桃花』에서는 시인은 상상적 개안을 통해 유폐
감을 해소한다. 어둠의 결정체로서의 바위와 유폐감을 불러일으키는 벽
으로서의 산이라는 두 가지 의미항인 石山을 연금술적 상상력에 의해 자
수정의 이미지인 '보라빛 석산'으로 변성시킨 것이다. '어두운 바위'를 자
수정의 이미지로 바꾸는 등의 시인의 상상적 개안을 통해서 초기시의 관
념공간이 주던 유폐감은 해소된다.

3) 전원으로서의 집

　박목월의 첫 개인 창작시집이 되는『山桃花』는 1955년에 간행되었다.
이 시집에는『靑鹿集』에서 재수록한 9편의 시를 포함해 30편의 시가 실
려 있다. 개인시집『山桃花』와 사화집『靑鹿集』에 실린 박목월의 시들
은 그 동안 박목월의 초기시로 묶여서 분류되어 왔다. 중기시와의 확연
한 차이 때문이었다.
　그러나,『靑鹿集』과『山桃花』를 함께 묶어 같은 시세계로 보는 이런
분류는 소재주의적인 관점에서 이루어진 것으로 두 시집에 실린 시편들
간의 차이를 간과하고 있는 것으로 보인다.『靑鹿集』과『山桃花』는 9년
의 간격을 두고 간행되었다.『山桃花』의 서문에 '이 시집에 수록된 시들
은 모두『靑鹿集』에 수록된 시들과 같은 시기에 쓰여진 것들이다'라고

시인이 밝히고는 있지만 그 다음 시집인『蘭·其他』가 4년 뒤인 1959년에 간행된 것으로 보아『山桃花』시편들의 상당수는 오히려『蘭·其他』시편들에 가까울 수도 있는 게 아닌가 생각될 수 있다. 특히 시적자아가 시적공간을 어떻게 인식하고 있느냐의 본고의 시각으로 접근한다면 등단 후 16년 간에 쓰여진『靑鹿集』과『山桃花』시편들 사이에는 차이가 내재하는 것으로 보인다.

(A)밭을 갈아
(B)콩을 심고
(A)밭을 갈아
(B)콩을 심고
구구구 비들기야

(C)白楊잘라 집을 지어
(C)초가삼간 집을 지어
구구구 비들기야

대를 심어 바람 막고
대를 쪄서 퉁소 뚫고
구구구 비들기야

(D)장독 뒤에 더덕 심고
(D)장독 앞에 모란 심고
구구구 비들기야

(E)웃말 색시 모셔두고
반달색시 모셔 두고
구구구 비들기야

(F)해별나면 밭을 갈고
(F)달빛나면 퉁소 불고
구구구 비들기야

– 「밭을 갈아」 전문

산이 날 에워싸고
(B')씨나 뿌리며 살아라 한다
(A')밭이나 갈며 살아라 한다

(C')어느 짧은 山자락에 집을 모아
(E')아들 낳고 딸을 낳고
(D')흙담 안팎에 호박 심고
들찔레처럼 살아라 한다
쑥대밭처럼 살아라 한다

산이 날 에워싸고
그믐달처럼 사위어지는 목숨
(F')그믐달처럼 살아라 한다
(F')그믐달처럼 살아라 한다

– 「산이 날 에워싸고」 전문

「산이 날 에워싸고」의 (A'), (B'), (C'), (D'), (E'), (F')는 각각 「밭을 갈아」의 (A), (B), (C), (D), (E), (F)와 그대로 대응하며 같은 삶의 내용과 방식을 보여준다. 그러나 「밭을 갈아」에는 (A), (B), (C), (D), (E), (F)에서 진술된 삶에 대한 화자의 태도를 드러낼 서술형 종결어미가 생략되어 있고 그 대신 '구구구 비들기야'라는 시행이 각 연의 3행에 후렴구처럼 들어가 있다. 물론 이는 4 · 4조로 쓴 시에 후렴구를 단 민요시의 형식으로 볼 수도 있다. 박목월의 초기시의 세계는 민요시에 바탕을 두고 있기 때문이다.79) 그러나 시의 형식과 운율이 아닌 내용의 의미차원에서 접근한다면 '구구구 비들기야'라는 행의 의미가 궁금하지 않을 수 없는데, 이는 「구름 밭에서」의 '비들기 울 듯이/살가보아'라는 구절에서 짐작할 수 있다. 각 연의 마지막 행에 '구구구 비들기야'라고 붙인 것은 각 연의 앞의 두 행에서 언급한 것처럼 그렇게 '살가보아'라는 말의 다름이 아니라 할 수 있는 것이다. 이를 도표화하여 보면 다음과 같다.

「밭을 갈아」	「산이 날 에워싸고」
밭을 갈아(살가보아)	밭이나 갈며 살아라 한다
콩을 심고(살가보아)	씨나 뿌리며 살아라 한다
초가삼간 집을 지어(살가보아)	집을 모아(살아라 한다)
장독 뒤/앞에 더덕/모란 심고(살가보아)	흙담 안팎에 호박심고(살아라 한다)
웃말 색시 모셔두고 (살가보아)	아들 낳고 딸을 낳고(살아라 한다)
햇볕나면 밭을 갈고/ 달빛나면 퉁소 불고(살가보아)	그믐달처럼 살아라 한다

거의 같은 내용을 진술하고 있는 이 두 편의 시를 비교할 때 「산이 날 에워싸고」에 비해 「밭을 갈아」에 나타난 가장 큰 차이점은 시적자아가 자신이 놓인 시적공간에서 유폐감을 느끼지 않으면서, 그 안에서의 삶을 자신이 긍정하는 삶으로 받아들일 수 있게 된 것이다. 이런 태도의 차이가 가능한 것은 앞 절에서 살펴보았듯이 상상적 개안을 통해 유폐감이 소멸되었기 때문이다. 시적자아는 더 이상 유폐되어 있지 않으며 오히려

---

79) 김윤식, 앞의 글, 『심상』 1977.6.
　　오세영, 앞의 책, 일지사, 1984.

시적공간에서의 삶을 긍정하고 있다. 이제『山桃花』에서 시인은 자신이 구축해 놓은 관념의 집을 낮에는 밭을 갈고 밤에는 퉁소를 부는 이상적인 전원공간(pastoral space)[80]으로 인식한다. 시적자아는 개안의 상상력을 통해 폐쇄공간에서의 유폐감을 극복하고 그 공간을 안정감과 친밀감 그리고 해방감을 주는 집으로 받아들인다.

그러나 이니시에이션의 상징인 개안은 반드시 희생과 고난이라는 대가를 필요로 하는 과정이다.『靑鹿集』에서는 유폐적 상상력에서 개안의 상상력으로의 지향이『山桃花』에서는 유폐적 상상력에서 개안의 상상력으로의 전환이 나타나지만 그에 필수적인 희생과 고난의 과정이 생략되어 있는데 그 이유는 다음의 시에서 엿볼 수 있다.

꿈을 꾸네
꿈을 꾸네
대낮에도 구으는
흰 수레바퀴

스스로 사모하는
나의 자리에
가는 숨결 고운 시간 꿈의 자리에
나 홀로 열매지는 작은 풀열매

-「임에게3」전문

박목월은 자신의 집이 집의 기능을 하지 못함에도 길을 떠나지 않고 그 안에서 길을 바라보며 슬퍼하거나 가만히 앉아서 문설주에 귀를 대고

---

80) P. V. Marinelli, *Pastoral*, London : Methuen & Co. Ltd., 1971, p.2, p.13.

엿듣거나 바위를 갈아 '절로' 임과 하늘이 비치기를 기원한다. 이런 시인의 태도는 위의 시에서도 잘 나타나는데 화자는 자신이 '꿈을 꾸'고 있다고 한다. 그리고는 자신이 사모하고 동경하는 대상과의 직접적인 교섭이 아니라 그것을 꿈꾸고 간절히 동경하는 것만으로 스스로 열매가 지어진다고 한다. 이것이 박목월 초기시의 한계이기도 하며 가장 큰 특징이기도 하다. 박목월 초기시는 선명한 이미지와 어조사와 서술어마저도 생략하는 시어에 대한 엄격함 그리고 시의 운율을 고려하는 등 심미성과 시적 긴장감이 극도로 추구되고 있는 반면 현실에의 대결의식은 드러나지 않는다. 이는 박목월 초기시가 관념공간과 관념적 자아의식의 세계에 기반하고 있음을 보여주는 것이며 때문에 통과의례의 과정이 없이 이루어진 초기시의 개안은 진정한 개안으로 볼 수 없다. 이는 초기시의 한계인 시인의 관념성에서 기인한 것[81]으로 관념성은 관념의 집의 한계가 되어 시적자아에게 지속적인 삶의 근거가 되는 공간으로서 집의 기능을 하지 못하게 된다. 집은 안정감과 안전감 그리고 친밀감이라는 비호성을 가져야 한다는 것 외에도 지속적인 삶의 근거가 되어 거주 할 수 있어야 하고 자아에게 정체성을 부여해주는 공간이어야 한다. 관념의 집에 대한 반성은 현실의 집을 추구하게 되는 원동력이 된다.[82]

시집 『山桃花』에서 시적자아는 유폐되어 있다고 느끼지 않으며 자신이 놓인 시적공간에서의 삶을 긍정하고 있다. 현실에서 느끼는 결핍을 그가 상정한 이상공간에서 메꾸어 가고 있으며, 나아가 그 공간 속에서

---

81) 윤재근은 박목월의 초기시에서 나타나는 관념성에 대해 "「山桃花」까지의 시적 표현은 想像的體驗(irreal experience)로 팽배되어 있었다. 理想을 幻想하여 삶을 꿈꾸려던 소망 때문에 삶의 현실을 통하여 삶을 관찰한 다음 있어야 할 새로운 삶의 진실성에 대한 詩意識이 결여되어 있었다"고 비판한 바 있다(윤재근, 『현대문학』 1978.6, 270쪽).

82) M. Eliade, *Rites and Symbols of Initiation*, Connecticut: Spring Publications, 1995, pp.124~128.

그의 이상을 마음껏 펼쳐 보이고 있다. 시적자아는 상상적 개안을 통해 폐쇄공간에서의 유폐감을 극복하고 그 공간을 안정감과 친밀감 그리고 해방감을 주는 집으로 받아들이게 된다. 그러나 초기시에서 시인이 이룬 개안은 통과의례의 과정이 없이 이루어진 것으로 진정한 개안이라 볼 수 없다. 이는 박목월 초기시의 가장 큰 특징이며 한계인 시인의 관념성에서 기인한 것으로 초기시에서 시인이 만든 집 역시 관념성에 기반한 관념공간으로 지속적인 삶의 근거가 되는 집의 기능을 하지 못한다. 이런 관념성에 대한 반성과 관념의 집의 한계의 인식은 시인이 자신의 현실에 대한 관심과 그것에 기반한 집을 추구하는 방향으로 나아가게 하는 원동력이 된다.

3. 대립적 현실인식과 미완의 집

1) 대립적 현실인식과 경계적 자아의식

시집 『蘭·其他』(1959)와 『晴曇』(1964)에서 박목월은 일상적 현실 세계를 대상으로 한 시들을 보여준다. 초기시에서 보여준 자아의 안전감과 안정감을 위협하는 현실을 괄호 쳐낸 완전한 세계로서의 관념의 집의 추구가 그 관념성의 한계로 인하여 지속적인 삶의 근거가 되는 집의 기능을 하지 못하자 시인은 자신의 현실에 관심을 가지고 그것에 근거한 집을 지으려한다. 『靑鹿集』과 『山桃花』에서 보이던 폐쇄공간과 이상적 세계가 무잡하고 질박한 현실 세계로 바뀐 것이다. 지속적인 삶의 근거가 되는 장소에서 거주하며 자아는 소속감을 느끼게 되며 자아가 소속감을 가지고 있는 장소는 자아에게 정체성을 부여해 준다. 이 시기의 시인은 현실의 카오스 속에 시적자아를 정립해야하는 버거운 노고를 겪어야 하였다.

이 시기의 시에는 분리된 공간이 빈번히 나타난다. 또한 시인은 자신이 서 있는 곳에서 정체성을 찾지 못한 채 다른 세계를 지향한다. 어디에도 토대를 마련하지 못한 경계인으로서의 자아의식 속에서 상반되는 대립공간이 부각되는 것이다. 박목월의 중기 시세계를 보여주는 시집『蘭·其他』와『晴曇』은 안주할 수 없는 시적자아의 노고가 노래되고 있다.

나는 우리 신규가
젤 예뻐.
아암, 문규도 예쁘지.
밥 많이 먹는 애가
아버진 젤 예뻐.
낼은 아빠 돈 벌어가지고
이만큼 선물을
사갖고 오마.
이만큼 벌린 팔에 한 아름
비가 변한 눈 오는 공간

무슨 짓으로 돈을 벌까.
그것은 내일에 걱정할 일.
이만큼 벌린 팔에 한 아름
그것은 아버지의 사랑의 하늘.
아빠, 참말이지.
이만큼 선물을
사갖고 온다는데.
이만큼 벌린 팔에 한 아름
바람이 설레는 빈 공간

어린 것을 내가 키우나.
하느님께서 키워 주시지.
가난한 자에게 베푸시는
당신의 뜻을
내야 알지만.
床위에 찬은 순식물성.
숟갈은 한죽에 다 차는데
많이 먹는 애가 젤 예뻐.
언제부터 측은한 정으로
인간은 얽매어 살아왔던가.
이만큼 넬은 선물을 사오게.
이만큼 벌린 팔을 들고
신이여 당신 앞에
육신을 벗는 날,
내가 서리다.

—「밥床 앞에서」 전문

　이 시에서는 경계인으로서의 아버지의 모습이 보인다. 자신이 아버지로서의 정체성을 부여받는 가정이라는 공간에서 채워지지 않는 물질적 부족을 신에게 물을 수밖에 없는 것이다. 위의 시 1연에서 화자가 들어올린 한 아름 팔의 공간은 '비가 변한 눈'이 오는 공간인데 '비가 변한 눈'이란 눈도 비도 아닌 그 경계에 있는 것이다. 비는 남루한 화자의 생활을 젖게 하고 무겁게 하며 더 적나라하게 그것을 드러내는 역할을 하지만 눈은 세계를 가볍게 하고 덮어주는 역할을 한다. 비가 하강을 지향하는 것이며 지상에 속하는 것이라면 눈은 바람에 날리며 상승을 지향하는 것이고 천상에 속하는 것이다. 시인은 시적 공간에 내리는 '비'를 '눈'으로 변하게 하는데 바로 '비를 눈으로 변하게 하는 힘'은 '아버지의 사랑'이며 시인의 창조력이다. 그러나 그것은 '인간적 한계'의 자장 안에 있는 것이므로 '눈'이 되지 못하고 '비가 변한 눈' 즉 '진눈깨비'가 된다. '진눈깨비'는 화자가 아버지라는 정체성을 가지고 있지만 그 역할을 제대로 하지 못하고 있다는 자의식의 산물로서 경계적 자의식을 드러내는 객관적 상관물이다.

아버지로서의 정체성과 그 역할을 제대로 하지 못하고 있다는 자의식은 '이만큼 선물을 사갖고 오마'고 말을 하면서 '무슨 짓으로 돈을 벌까'를 생각하게 한다. 풍성함을 의미하는 이만큼 팔을 벌린 동작은 그 만큼의 물질적 결핍을 의미하며 그가 두 팔로 만들어 보인 공간은 풍요로운 돈과 선물 대신 빈 바람만이 부는 공간이다. 풍요로움을 약속하는 동작이 오히려 물질적 결핍을 인식하고 걱정하게 하는 촉매가 되지만 화자는 '그것은 내일에 걱정할 일'이라면서 자신이 두 팔을 벌려 한 아름 만든 것이 '아버지의 사랑의 하늘'이라고 한다. 아버지의 사랑은 두 팔을 벌린 동작에서 결핍에 대한 자의식을 지우고 그것을 자신과 가족들의 남루한 삶을 감싸 안으려는 동작으로 의미 전환한다.

1연의 '이만큼 벌린 팔'이 처음에 빈곤한 생활과 물질적 결핍의 공간을 의미하는 동작이었고 2연의 화자는 그것을 자신의 남루한 삶과 사랑하는 가정을 감싸안기 위한 동작으로 의미 전환하였다면 3연에서 그것의 의미는 다시 비약적으로 전환된다. 같은 동작을 신 앞에서 구원을 갈망하는 자의 동작으로 의미전환하고 있는 것이다. 그러나 화자는 '이만큼 벌린 팔을 들고/신이여 당신 앞에/육신을 벗는 날,/내가 서리다'라고 말함으로써 '육신을 벗는 날'까지는 신에게 구원을 갈구하지 않겠다는 자의식을 드러낸다. 죽음을 맞는 날 까지 그의 팔을 벌린 동작은 신에게 구원을 바라는 동작이 아닌 물질적 결핍과 그 결핍을 감싸 안으려는 아버지의 사랑을 의미하는 동작에서 멈추는 것이다.

<詩人>이라는 말은
내 姓名위에 늘 붙는 冠詞.
이 낡은 帽子를 쓰고
나는
비오는 거리로 헤매었다.
이것은 全身을 가리기에는
너무나 어처구니 없는 것.
허나, 人間이
평생 마른옷만 입을까부냐.
다만 頭髮이 젖지않는
그것만으로
나는 고맙고 눈물겹다.

―「某日」 전문

　이름이 한 개인에게 정체성을 부여하는 가장 기본적인 命名이라면 그 위에 늘 붙는 <詩人>이라는 冠詞는 화자에게 2차적인 정체성을 부여하는 것이다. <시인>이라는 자신의 정체성이 낡은 모자라는 것은 자신이 시인으로 규정된 지 오래되었다는 것을 의미한다. 시인으로서의 화자는 낮동안 '糊口策을 위해 서성거'려야 하는 곤곤한 자신을 인식하기도 하는데(「回歸心」) 이런 인식은 이 시의 4행에서 '헤매이는' 것과 같은 것이다. 헤매인다는 것은 자신의 자리를 갖지 못했음을 의미한다. 자신의 자리가 없다는 것은 중심이 없는 것으로 준거가 되는 중심의 부재는 방향성의 부재를 의미하기에 화자의 길은 미로라 할 수 있으며 그 위에서 헤매이는 것이다.

　비는 화자를 젖게 하고 무겁게 하는 부정적인 것으로 그가 감당해야 하는 생활에서 자기 자리가 없이 초라한 존재임을 상기시킨다. 그 비를 가릴 것이라고는 그가 머리에 쓴 <시인>이라는 낡은 모자로 그것으로 전신을 가리기엔 '어처구니 없'다고 인식하는 것으로 시인으로서 현실의 험난한 일상을 살아가는 일의 어려움을 토로하고 있다. 이런 인식은 「家庭」에서 그는 스스로 모습을 '아버지라는 어설픈 것'으로 지칭하는 데서도 나타나는데 '전신을 가리기엔 어처구니없는' '시인이라는 낡은 모자'나 '아버지라는 어설픈 것'이라는 표현은 화자가 이런 두 개의 정체성에 대해 어느 것에도 제대로 그 역할을 하고 있지 못하고 있다는 자의식을 드러내는 것이다. 그래서 중기시에는 이편/저편, 상/하 등의 두 개의 분리된 공간이 빈번히 나타나는데, 한 편에서 다른 편을 지향하거나 어느 한 편에도 온전히 속하지 못하는 경계적 자아의식(self consciousness of in-between -ness)[83]이 드러난다.

가을빗줄기에 비쳐오는 江 건너 불빛.

—이 蕭瑟한 境地의 對句를 마련하지 못한 채, 年五十. 半白의 年齒에 市井을 徘徊하며 衣食에 급급하다. 다만 江건너에서 멀리 어려오는 불빛을 對岸에서 흘러오는 한오리 應答이냥.

어둠 속에서 이마를 적시는 가을 나무.

—「對岸」 전문

---

83) 경계에는 여러 가지 의미가 있다. 다른 곳과 닿게 마련인 주변(Margin)은 중심의 대립개념으로서의 경계이며, 문턱(Limen)을 의미하는 경계(liminality)는 하나의 집단에서 다른 집단으로 혹은 어떠한 상태에서 다른 상태로 전이되어 가는 중간과정으로서의 경계이다(김옥성 앞의 논문 참고, V. Turner, *Ritual process : Structure and Anti-structure*, London : Routledge & Kegan Paul, 1969, pp.106~113). 본고에서 사용하는 경계의 개념은 공간적으로 사이에 있음(in between)을 의미한다.

강을 사이로 하여 '건너쪽'과 '이쪽'이 상호 대립하는 공간으로 제시되어 있다. '이쪽'의 시적화자는 '소슬한 경지의 댓귀'를 마련하지 못한 채 빗줄기 속의 강 건너 불빛을 바라볼 뿐이다. 이 시의 화자가 그럴 수밖에 없는 것은 화자가 발 딛고 선 '이쪽'의 현실이 무잡스런 것이 되어 있기 때문이며 나이 50, 반백의 육신으로 아직도 시정을 배회하며 의식에 급급할 수밖에 없기 때문이다. 이 시의 화자는 '이쪽'에 속해 있지만 정체성을 찾을 수가 없다. 그래서, 그는 또 다른 공간인 강 건너 공간을 향하고 있는 것이다. 즉, 경계인으로서의 자아를 확인하고 강 건너에서 어려 오는 불빛을 '응답'처럼 받아들이고 있는 것이다.

이성선은 박목월의 시 전편에 '半'이라는 말이 산재한다면서 이 '半'에 주목하여 박목월의 의식구조가 全意識과정이 아닌 半意識이며 그가 항상 상/하, 내/외, 명/암의 이항 대립구조에서 어느 한쪽에 존재했다고 본다.84) 그러나 시인이 자주 사용한 '半'이라는 말을 단서로 박목월의 시를 이항대립의 구조로 파악한 것은 타당하지만 시적자아가 이항대립의 구조 한 쪽에 존재했다고는 볼 수 없다. 박목월은 어느 쪽도 아닌 경계 공간에 있거나 어느 한 쪽에 있더라도 그 곳에 소속감을 느끼지 못한 채 다른 쪽을 지향하는 경계적 자아의식을 보여주기 때문이다. 초기시에서 유폐감을 주는 공간을 떠나 다른 공간으로 가지 않고 그 자리에서 자아의 제련에 의해 유폐감을 타개하려고 했듯이, 중기시에서도 시인은 자신의 어깨를 무겁게 하는 한 쪽을 버리고 다른 쪽으로 가지 않는다. 그는 한 쪽에 서서 다른 쪽을 간절히 지향한다. 박목월은 이항대립적 인식을 보여주지만 하나를 버리고 선택하지 않는다. 버리고 선택할 수 있는 사람에게는 이항대립적 인식이 부재할 것이다. 이것은 박목월의 특징이라 할 것인데

---

84) 이성선, 「박목월 시의 공간의식과 심상체계」, 고려대학교 석사학위논문, 1988, 21~22쪽.

이를 소극적 삶의 태도라거나 우유부단함으로 폄하하기만 할 수는 없다. 그는 자신의 주장을 물건을 많이 팔려는 상인처럼 외쳐대거나, 필요에 따라 버리고 선택하는 소비적 인간군상들 속으로 뛰어들지 않았을 뿐이다. 박목월은 자신이 가진 것을 소중히 품고 닦을 줄 아는 사람이었고 그것이 부족하면 버리기보다는 오히려 자신을 탓하며 바위를 갈 듯이 고쳐나가는 사람이었던 것이다. 이런 태도는 기질적인 것으로 박목월의 한계로 지적될 수 있지만 동시에 그의 특징이기도 하며 자신의 현실을 담아내려고 노력하는 중기시에서 경계적 자아의식으로 나타난다.

중기시에서 박목월은 현실의 카오스 속에 시적자아를 정립해야하는 버거운 노고를 시도하였다. 이편/저편, 상/하 등 이항대립 공간의 경계에서 번민하는 시적자아의 모습이 빈번히 나타나고 있는 것이다. 시와 생활, 직장과 가정과 같은 경계에 정체성을 확립하고자 노력하고 있는 것이다. 그의 시적화자들이 이처럼, 경계적 자아의식을 지니게 된 것은 무잡한 현실 속에서 자아를 구현해야하는 책무와 소명 때문이다. 초기시에서 자신의 이상을 사모하고 동경하며 자책하는 것만으로 얻으려는 순결성과 관념성을 보여주었다면 현실을 노래하는 중기시에서 시인은 경계적 자아의식을 뚜렷이 보여주는데 이를 공간화하여 시도하고 있다는 점은 주목할 만하다.

2) 자아의 길과 여행과정으로서의 집

박목월은 한 가정의 아버지라는 것과 시인이라는 자신의 현실을 대립적으로 인식하고 있다. 그는 그 두 가지 역할 중 어느 것도 제대로 하지 못하고 있으며 또한 그 두 가지가 서로 역기능하고 있다는 인식은 현실

공간을 그가 이항대립적으로 인식하는 것으로 나타난다. 그리고 그는 그 사이에 존재하는데 그 사이—공간으로서의 경계는 길이 된다.

> 내일 모레가 六十인데
> 나는 너무 무겁다.
> 나는 너무 느리다.
> 나는 外道가 지나쳤다.
> 가도
> 가도
> 바람이 입을 막는 往十里
>
> —「往十里」 전문

이 시에서 화자는 왕십리를 자신이 걷고 있는 길로 받아들인다. 六十은 耳順의 나이이다. 자연의 섭리에 순명하는 나이인 것이다. 그 六十나이를 바라보는 나이에 화자는 아직도 가야할 길이 막막함을 느끼고 있다. 이제는 도착해서 안도해야 할 길이지만 '外道가 지나쳤'기에 아직도 무겁고 느리게 갈 수밖에 없는 것이다. 외도가 지나쳤다는 것은 시적자아의 반성적 사유이다. 시적자아는 생활과 시 사이에 어정쩡하게 선 경계적 자아를 깨닫고 있으며, 그런 자신을 자책하고 있다. 시에 철저하지 못했던 자신을 돌아보면서, 그런 자신을 질책하는 바람을 혼자서 맞으며 그 길을 계속 가야하는 것이다. 그러나 화자가 걷는 공간이 往十里라는 명칭이라는 점이 내포를 심화시킨다. 왕십리는 시인의 생활이 영위되는 공간이면서 그것이 '往 + 十里'로 읽을 수도 있는데 이는 '가도 가도'라는 두 행에서 뒷받침된다. 즉, 화자의 공간은 가도 가도 십리를 더 가야 하는 도로徒勞의 길인 것이다. 화자는 자신이 인생의 막바지에 이르러도 집 없이 길 위에서 서성이고 있을 뿐임을 자탄하고 있다.

시인은 이런 길을 '서서 돌아다님의 세계'로, 그와 대립되는 '앉음의 세계'를 집으로 인식하는데 서서 돌아다님의 세계가 '달리는 버스(「作品五首5」)'로 나타난다면 앉음의 세계는 '종점' 이미지로 나타난다.

어딜가나,
나는 元曉路行 버스를 기다린다.
어디서나 나는
元曉路行 버스를 타고
돌아온다.
릴케의 詩句를 빌리면,
깊은 밤
별이 찬란하게 빛나는 누리안에서
孤獨한 空間으로
혼자 떨어져가는
그 땅덩이에서
나는
糊口策을 마련하기 위해 서성거렸고
때로는 사람을 訪問하고
외로운 친구와 더불어
盞을 나누고
밤이 되면
어디서나 나는
元曉路行 버스를 기다린다.

이 갸륵하고 측은한 回歸心.
元曉路에는
終點 가까이

家族이 있다.
서로 등을 붙이고
하룻밤을 지내는 측은한 和睦들.
어둑한 버스 안에서
나는 늘 마음이 가라앉았다.
릴케의 詩句를 빌리면,
이처럼 떨어지는 모든 것을
소중하게 받아주시는
끝없는 부드러운 그 손을
내가 느끼기 때문이다.

－「回歸心」전문

　위의 시의 '종점'은 앉음의 세계이며 집이다. 1연에는 '낮/밤'이라는 시간적인 대립과 '어디서나/원효로'라는 공간적인 대립이 나타난다. 화자는 낮동안 원효로 아닌 공간들을 '糊口策을 마련하기 위해 서성거렸'다고 하는데 서성인다는 것은 단순히 돌아다니는 것 외에도 자리 없음을 의미한다. 자기자리가 없다는 것은 중심이 없다는 것이며 기준으로 할 중심이 없으면 그가 돌아다니는 곳에 당연히 방향성이 있을 수 없다. '서성인다'나 '헤매인다'는 방향성이 없는 운동으로 이때 서성이거나 헤매이는 길은 사실상 미로의 이미지이다. 반면 '정도(定道)를 간다'는 말이 있듯이 '길을 가는 것'은 출발점과 도착점이 있는 방향성이 있는 운동이다. 때문에 낮 동안 화자는 길 위에서 서성이거나 헤매이다가 밤이 되어 집으로 돌아갈 때에야 길을 간다고 할 수 있다.

　낮 동안 서성이던 화자는 밤이 되면 '길'을 가는데 '元曉路行' 버스를 타고 '돌아오'는 것이 그것이다. 중심이 되는 자기자리가 없기에 낮 동안은 어디를 가나 누구를 만나나 서성일 수밖에 없는 화자는 밤이 되면 차라리 편안해짐을 느낀다. 어둠은 모든 경계를 지워버리며 모든 존재들을 덮어 어둠의 세계로 동화시킨다. 때문에 밤이 되면 인간은 자신의 경계를 넘어 우주를 인식할 수 있게 되고 자신의 존재조차 소멸되고 우주에 동화되어 안식을 느낄 수 있다. 1연에서도 화자는 밤이 되자 지상이 '별이 찬란하게 빛나는 누리안에서/孤獨한 空間으로/혼자 떨어져가는/그 땅덩이'임을 인식하게 된다. 이는 낮 동안 화자가 중심이 없는 지상을 수평적으로 헤매인 것과 달리 밤이 되면 고독한, 혼자 떨어져 나가는 공간 이외의 모든 공간이 소멸되어 헤매일 필요가 없어진다. 그 자신이 하나의 출발점이 된 화자는 밤이 되면 '원효로'라는 도착점을 목표로 한 元曉路行 버스를 기다린다.

　기존의 논의에서 박목월의 종점 이미지를 지적한 글이 있으나 종점을 막다른 골목으로 분석한다는 점에서 본고와 의견을 달리한다.[85] 본고는 시적자아가 종점을 집과 동일시하고 있는 점에 주목한다. 2연에서 화자는 그 원효로가 종점이며 가족이 있는 곳이라고 밝히는데 종점 이미지를 통해 원효로가 물리적인 휴식이 있는 곳으로 서서 돌아다님의 세계에 대립하는 앉음의 세계임을 나타낸다. 이는 시적자아가 낮의 세계가 생활을 위해 지상에서 '달려도 달려도 끝인 없는 백열경주(「上下」)'를 해야 했던 것을 생각하면 쉽게 생각할 수 있다. 또한 이 종점 이미지를 집 이미지와 동일시하면서 가족들이 서로 등을 붙이고 하룻밤을 지내는 측은한 화목이 있는 곳이라고 묘사하는 것은 이 집이 물리적인 휴식 외에도 정서적인 집임을 의미하는 것이다. 화자는 집으로 돌아가는 버스 안에서 '늘 마음이 가라앉았다'고 하는데 이는 마음이 편안해짐을 의미하는 것이며 시적자아가 떨어져도 자신을 받아주는 '손' 이미지로 집을 인식하는 것이

---

85) 이성선, 앞의 논문, 30쪽.

다. 종점 이미지를 끝이 아닌 집으로 인식하는 것은 후기시에서 죽음에 대한 시인의 독특한 인식을 발전한다.

　시적자아는 자신이 평생 찾아 헤맨 것이 집이었음을 토로하고 그가 바라는 집을 '종점' 이미지로 나타낸다. 이는 자신이 기반하고 있는 두 개의 현실을 대립적으로 인식함으로써 자신이 선 곳이 집이 아닌 그 경계에 있는 '길'임을 인식한 데서 연유한 것이다. 현실이 자신을 집 없는 존재가 되게 한다는 의식은 현실적 삶을 담아내며 소속감과 정체성을 주고 삶의 근거가 되는 현실의 집을 가지려는 시인에게 커다란 좌절이며 이런 좌절감은 고독감이나 허무감으로 이어진다.

적막하구나.
적막하구나.
百里 二百里를 달려도
四方은 산으로 에워싸고
눈이 덮인 俗離山.
등을 붙이고
하루를 살 한 치의 땅이
어딜까.
부연 落葉松.
산 모롱이를 돌면
해도 있는 듯 없는 듯
殘雪만 얼어서 으스스한 산 모롱이
모롱이를 돌면
오늘은
報恩장 부옇게 추운 얼굴들이
마른 미역오리 명태마리
본목필을 교환하는

가난한 그들의 交易.
얼어서 애처로운 닭벼슬
적막하구나.
적막하구나.
二百里 三百里를 달려도
팔방은 눈으로 덮이고
등 붙일 한 치의 땅이 없는
俗離山
저무는 골짜기의 보라빛 눈, 벌판의 퍼런 눈
들 끝에 먼 불빛.

—「殘雪」 전문

　화자는 백리 이백리를 달려도 사방이 산으로 에워싸인 곳에서 갇혀있음을 느끼고 있다. 시적자아는 초기시의 관념적 폐쇄공간에서 현실로 나왔으나 역시 유폐감을 느끼고 있는 것이다. 이 시의 화자를 에워싼 산은 눈 덮인 산으로 초기시의 공간과 비교해 볼 만 한데, 초기시의 산을 에워싸인 공간이 봄눈이 녹는 산이었으며 화자는 길을 떠나기보다는 그곳에서 다른 곳을 동경하고 바라보기만 했던 것에 비해 이 시의 화자는 이백리 삼백리를 달려도 팔방이 눈으로 덮여있다고 한다. 초기시의 공간이 주던 유폐감과는 사뭇 다른 정서를 불러일으키는 폐쇄공간은 더욱 춥고 더욱 절망적이다. 초기시가 봄눈이 녹으닌 봄이 올 것이 당연히 전제되는 화사하고 밝은 공간이라면 이 시는 잔설殘雪이라는 제목으로 눈이 녹아도 남아있으며 더욱 추운 겨울이 계속될 것을 암시하기에 그 풍경의 황량함과 더불어 적막하고 막막한 정서를 환기시키고 있다. 시인은 초기시의 산으로 에워싸인 정제되고 순수한 관념공간을 벗어나 현실로 나왔는데 현실공간은 초기시의 공간보다 현실적 규모로 확장된 것으로 그가 집을 찾아 여행을 해야 하는 공간이다. 화자는 백리 이백리를 달려도 등을 붙이고 살 한 치의 땅이 없다는 것에 좌절하고 있는데 이는 동경하고 사모하기만 하던 소년시절을 지나 자신의 현실에서 힘껏 노력하고 살아왔지만 자신이 평생 찾아 헤맨 집은 없고 길 위에서 헤매고 있음을 말하는 것이다.

이런 좌절감은 고독과 허무로 나타난다. 이 시에서 고독과 허무는 적막하다는 말로 표현되고 있으며 메마름의 이미지와 포개진다.86) '부연 落葉松', '殘雪', '마른 미역오리 명태마리'로 나타나는 메마름은 단단해진 건조함이 아니라 부서지기 쉬운 건조함이다. 여기서 눈(雪)은 물기가 소거된 결정체를 말하는데 잔설은 눈이 녹고 남은 눈이므로 더욱 물기 없음의 이미지를 가지게 된다. 바다에서 부드럽게 일렁여야 할 미역과 힘차게 퍼덕이며 물살을 헤엄쳐야 할 물고기도 마르고 건조되어 있다. 부연 낙엽송은 이 시가 보여주는 메마름의 이미지를 가장 잘 보여주는 것이다. 이 시가 수록된『경상도의 가랑잎』에서 보듯 시인은 자신을 경상도에서 떨어져 나온 하나의 가랑잎으로 보고 있는데 근원이 되는 가지에서 떨어져 나온 것은 메마를 수밖에 없다. 이 시의 화자도 자신이 집이 없는 존재라는 인식에서 부연 낙엽송에 자신을 투사하고 있는 것이다.

이런 집이 없다는 인식은 길과 여행의 이미지로 나타나는데 이는 길에서 돌아온 집이 길로 벽을 짜올린 공간이라는 인식으로 나타난다.

　　地上에는
　　아홉 켤레의 신발.

---

86) 생리적인 신체의 요구와 관련된 박목월의 목마름의 감각은 목이나 혀의 메마름의 미각에서 시작하여 촉감으로 이어지는 피부의 건조함을 거쳐 마침내 생의 추상적인 건조함으로 확대된다…건조한 것은 죽음으로 변용되며 운명적인 엄숙성을 지니게 된다. 박목월의 부드러운 것을 향한 갈증의 감각은 갖가지 맛을 예민하게 느끼는 미각에까지 무미한 것을 갈망하는 것으로 연결되고 있다(김현자, 앞의 책, 19~20쪽).

아니 玄關에는 아니 들깐에는
아니 어느 詩人의 家庭에는
알 電燈이 켜질 무렵을
文數가 다른 아홉 켤레의 신발을.

내 신발은
十九文半.
눈과 얼음의 길을 걸어,
그들 옆에 벗으면
六文三의 코가 납작한
귀염둥아 귀염둥아
우리 막내둥아

微笑하는
내 얼굴을 보아라
얼음과 눈으로 壁을 짜올린
여기는
地上.
憐憫한 삶의 길이여.
내 신발은 十九文半.

아랫목에 모인
아홉 마리의 강아지야
강아지 같은 것들아.
屈辱과 굶주림과 추운 길을 걸어
내가 왔다.
아버지가 왔다.
아니 十九文半의 신발이 왔다.
아니 地上에는

> 아버지라는 어설픈 것이
> 存在한다.
> 미소하는
> 내 얼굴을 보아라.

- 「家庭」 전문

　화자가 가족과 자신을 '신발'로 표현하는 것은 그들이 길을 걸어야 하는 존재들이라는 것에 대한 자의식 때문이다. 그 신발이 걸어야 하는 길은 '地上-玄關-들깐-어느 詩人의 家庭'으로 표현되는데 이는 외부공간-경계공간-외부공간-내부공간이라 할 수 있다. 현관이라는 것은 집의 안과 밖을 나누는 벽과 달리 일종의 개구부開口部이다. 외부공간을 내부공간으로 연결해주는 기능을 하는 이 공간은 집의 내부에 있으나 내부가 아니고 그렇다고 외부도 아닌 유예공간이며 경계공간이다.[87]

　地上이라는 개방된 외부공간에서 현관을 들어서면 내부공간으로 가야 한다. 집과 비-집 사이의 경계가 현관인 것이다.[88] 그러나 현관 다음에 화자가 언급하는 공간은 들깐이다. 地上이라는 공간의 하위개념인 현관, 들깐, 어느 시인의 가정이 '아니'라는 말로 연결되어 있다는 점에서 화자에게 현관이나 들깐이나 시인의 가정은 모두 상호 교환이 가능한 대등한 개념임을 알 수 있다. 경계를 두고 내부와 외부로 나누어지지 않는 이 공간은 모두 신발을 신고 걷는 공간이라는 점에서 화자에게는 '길'에 지나지 않는 것이다.

　2연의 화자는 집안에 있다. 가정(home)이라는 것은 주택(house)과 가

---

87) 保坂陽一郎 著, 이진민 역, 「유보의 공간」, 『경계의 형태 그 건축적 구조』, 한국산업훈련연구소, 1999, 96~102쪽.
88) Y. M. Lotman, 유재천 역, 「경계의 개념」, 『문화기호학』, 문예출판사, 1998, 211~212쪽.

족(family)을 포함하는 정서적 유대감의 결합이다. 화자는 가족과 그들 사이의 정서적 유대감에도 불구하고 외부공간과 구별되는 내부공간을 획득하지 못하는데 이는 화자의 집이 외부공간의 연속으로서의 길일뿐임을 보여준다. 화자의 집이 집의 기능을 못하고 있는 것은 바로 '詩人의 家庭'이기 때문에 다시 말해 시적인 아버지와 가정의 아버지라는 두 개의 정체성이 서로 역기능을 하고 있기 때문이다.

2연에서 눈과 얼음의 길을 걸어 온 화자는 3연에서 '얼음과 눈으로 壁을 짜올린/여기는/地上'이라고 한다. '여기는'이라는 말에서 화자는 자신이 있는 공간을 묘사하고 있음을 알 수 있는데 그가 있는 곳은 길에서 돌아온 장소 즉 집의 내부이다. 그러나 그 내부공간은 '얼음과 눈으로 벽으로 짜올린 地上'이라고 인식되는데 화자는 눈과 얼음의 길을 걸어 집에 돌아왔음은 앞에서 살핀 바와 같다. 집은 눈과 얼음으로 지상이 덮인 겨울에 가장 집의 기능을 하는 것처럼 보이는데 외부공간의 세상이 추우면 추울수록 그것에 대결하는 듯이 보이기 때문이다. 그러나 집을 지상의 다른 공간과 대결하여 자아를 보호하는 공간으로 인식하지 않고 외부공간을 상징하는 눈과 얼음으로 벽을 짜올린 지상이라고 인식하는 것은 그 집이 '외부공간-길'에 침투당한 공간으로 사실상 집이 아님을 드러내고 있다. 화자는 자신의 집을 '憐憫한 삶의 길'이라고 말하며 다시 그 길을 걸어야 하는 자신의 신발을 바라본다.

4연에서 화자의 가정엔 조그마한 아랫목이 존재하며, 아홉 마리 강아지의 아랫목은 가족과 그들 사이의 사랑이라는 유대감으로 짜낸 조그만 공간이다. '屈辱과 굶주림과 추운 길을 걸어/내가 왔다'는 것은 가족들을 향한 대화체의 말이다. 그는 그들에겐 시인이 아닌 '아버지'이며 그런 자신의 '어설픈 것'으로서의 모습을 보라고 하는데 이 시는 시인과 아버지라는 두 개의 정체성에 대한 고민이 드러나 있다.

시인이 자신의 정체성과 삶의 근거가 되는 현실에 대한 탐구에서 대립적으로 현실을 인식하는 것이 이편/저편, 상/하 등의 두 개의 분리된 공간이 빈번히 나타났다면 그 어느 한쪽을 버리고 선택하지 않는 경계적 자아의식과 현실에 집을 가지려는 추구는 자아의 길과 여행 이미지로 나타난다. 시인이 길을 가는 것과 여행을 하는 것은 모두 집을 찾는 과정이다. 그러나 길의 끝에 시인이 돌아온 집 역시 길로 벽을 짜올린 지상이며 외부공간에 침투당한 내부공간으로 내부도 외부도 아닌 경계적 상태의 공간이 된다. 호구책을 위해 낮 동안 서성이던 외부공간에 의한 내부공간의 침범은 시인이 자신의 현실로 온전한 집을 짓지 못하고 있음을 보여준다.

3) 집안에서의 헤매임과 목마름의 상상력

중기시에서 집을 추구하는 시인의 노력은 자아의 길과 여행의 이미지로 나타난다. 무잡한 현실 속에서 자신의 정체성을 확립하려는 노력과 그것의 좌절은 그런 길과 여행의 끝에서 돌아온 집이 외부공간에 의해 침범되어 내부도 외부도 아닌 경계상태의 공간이며 집의 기능을 하지 못하고 있는 것으로 공간화되어 시에 나타난다. 이런 시인의 인식은 외부공간에 의해 침범된 내부공간이라는 형태 외에도 집 내부의 구조로도 공간화된다. 박목월은 좌절된 자아의 모습을 '이층집'으로 형상화한다.

　1
詩를 쓰는,
이 아래층에서는 아낙네들이
契를 모은다.

목이 마려워
물을 마시러 내려가는
층층대는 아홉칸.
열에 하나가 不足한,
발바닥으로
地上에 下降한다.

2

열에 하나가 不足한,
발바닥으로
生活을 疾走한다.
달려도 달려도 열에
하나가 不足한
그것은
끝인 없는 白熱競走.

3
열에 하나가 不足한
계단을 오르면
上層은
공기가 희박했다.

−「上下」 전문

　이층은 화자가 시를 쓰는 곳이고 아래층은 생활의 공간이다. 화자는
이층과 아래층을 대립적으로 인식하고 있는데 그것은 이 시의 제목처럼
화자가 이층을 '상층'으로 일층을 '아래층'이라고 지칭하는 데서도 나타
난다. 공간은 전·후·좌·우의 네 방향과 상·중·하로 나뉘어 인식된
다. 전·후·좌·우란 서 있는 주체가 방향을 바꾸면 언제든지 바뀔 수

있는 상대적인 방향임에 비해서 상하라는 것은 중력에 의해 결정된 절대적인 방향이다. 그것은 또한, 윤리적으로도 가치가 지워져 있다.[89] 화자는 상층을 시를 쓰는 공간으로 상정하고 있으므로 시인으로서의 정체성에 더 큰 가치를 두고서 상층을 지향하고 있는 것이다. 그러나 1연에서 화자는 상층에서 갈증을 느끼고 물을 마시기 위해서 아래층에 내려간다고 한다. 화자는 상층에서만 지낼 수는 없으며 윗방향을 지향해야 하는 만큼 지상에도 굳건히 서있어야 한다. 이층과 아래층 어느 한 곳이 아니라 양쪽 모두에서 건실하게 뿌리를 내리고 있어야 하는 것이다.

그러나 아래층에 가기 위한 층계는 '아홉 칸'인데 화자는 아래층에 가기 위해 내려가는 아홉 칸의 계단을 '열에 하나가 모자란 아홉'[90]으로 인식하고 있다. 그의 이런 인식은 그가 온전히 아래층의 세계에 속할 수 없음을 말하는 것이다. 이런 '속할 수 없음'은 地上에서 '열에 하나가 不足한' 발바닥으로 형상화된다. 1연에서 상층의 부족함을 메우기 위해 아래층으로 내려오지만 '열에 하나가 부족한 아홉 칸'의 계단을 통해 아래층에 완전히 내려올 수 없음을 인식하였다면 2연에서 화자는 이 결핍의 상상력을 수평적으로 전환한다. 지상에서 '열에 하나가 不足한 발바닥'으로 생활을 '질주'해보지만 그것은 '달려도 달려도' '꼴인'이 없이 계속되는 경기이다.

---

89) Y. M. Lotman, 「상징적 공간」, 앞의 책, 261~269쪽.
90) '아홉 마리 강아지, 십구문수 반(「가정」)', '9할은 잡음(「전화」)', '9시 55분에서 10시 사이를(「수요일의 사과」)', '정각 9시(「강변사로」)', '9월의 마지막 층계 위에', '99…98…97…96(「연속」)', '윗길을 따라가면/동으로 구만리(「갈림길에서」)' 등의 시구를 지적하며 김혜니는 박목월의 시에서 아홉(9)이라는 숫자가 빈번히 등장함을 지적한 바 있다(김혜니, 앞의 논문, 53~54쪽). 박목월의 시에서 9라는 숫자가 빈번히 드러나는 것은 주목할 만한 일이지만 모두 같은 의미로 해석될 수는 없다. 「전화」, 「강변사로」 등등의 9와 '구만리 길' 등의 9는 결핍의 숫자라기보다는 '대부분' 또는 '매우 많은' 등의 의미로 읽어야 한다.

3연은 4행의 짧은 연이지만 두 가지의 결핍을 2가지의 공간으로 보여준다. 이는 박목월의 독특한 공간구조를 살피는데 가장 중요한 부분이다. 첫 행이 쉼표로 끝남으로써 '...不足한'이 연(stanza)전체를 수식했던 2연과 달리 3연의 '...不足한'이 꾸미는 것은 2행의 '계단'에 한정된다. 즉 3연은 '열에 하나가 부족한 계단'과 '공기가 희박한 상층'이라는 두 부분으로 나누어지는 것이다. 화자는 상층을 지향하지만 상층에서는 갈증을 느끼고 공기가 희박함을 느낌으로써 아래층으로 내려올 수밖에 없다. 즉 상층에서의 결핍은 화자가 계단을 내려오게 하는 원동력이 되는 것이다. 그러나 아래층에서도 결핍을 느끼는데 이런 결핍은 어느 곳에도 속할 수 없는 경계적 자의식을 공간화한 것으로 화자는 상층보다도 한 계단 부족하고 아래층보다도 한 계단 부족한 '사이−공간'91)에 머물고 있음을 드러내는 것이다. 화자는 이 집에서 아무리 오르내린들 완전한 상층과 완전한 아래층에 도달할 수 없다. 시인이 지어놓은 현실의 집은 그가 설정해 놓은 이상적인 상층과 아래층이 있지만 막상 시적자아는 '사이−공간'으로서의 계단에서만 살고 있으므로 이 집은 사실상 계단만이 존재하는 미완의 집이다.

敵産家屋 구석에 짤막한 층층계......
그 二層에서
나는 밤이 깊도록 글을 쓴다.
써도써도 가랑잎처럼 쌓이는
空虛感.
이것은 來日이면

---

91) 김혜니는 박목월 시를 이항대립구조와 그 매개항으로 나누어 분석한 논문에서 수직공간의 매개항으로서 층층계, 사다리, 밧줄, 기둥, 비행기 등을 지적하고 그 중에 가장 빈번한 매개기호로서의 층층계에 주목한다(김혜니, 위의 논문, 45~74쪽).

紙幣가 된다.
어느것은 어린 것의 공납금.
어느것은 가난한 柴糧代
어느것은 늘 가벼운 나의 用錢.
밤 한시, 혹은
두시, 用便을 하려고
아래층으로 내려가면
아래층은 單間房.
온家族은 잠이 깊다.
서글픈 것의 저 無心한 평안함.
아아 나는 다시
二層으로 올라간다.
(사닥다리를 밟고 원고지 위에서
곡예사들은 지쳐 내려오는데......)
나는 날마다
생활의 막다른 골목 끝에 놓인
이 짤막한 층층계를 올라와서
샛까만 유리창에
수척한 얼굴을 만난다.
그것은 너무나 어처구니 없는
<아버지>라는 것이다.

―「층층계」 부분

　「층층계」에서는 '짤막한 층층계'가 등장한다. 여기서 짧다는 것은 아래층과 위층을 잇는 계단이 많지 않음을 의미할 수도 있지만 또한 9개의 계단과 마찬가지로 '부족하다'는 의미를 갖는다고 볼 수 있다. 그는 '밤이 깊도록' 글을 쓰고 있는데 써도 써도 '가랑잎'처럼 메마른 공허감만 쌓인다고 한다. 시인의 이상적 자아상自我像은 식물적 상상력으로 발현되는데 아래층의 생활에 굳건히 뿌리를 내리고 싱싱한 물과 양분을 끌어올리며 이층의 시를 쓰는 공간으로 뻗은 가지로는 신성한 빛과 산소를 호흡하는 나무 이미지가 그것이다. 가지를 벌린 만큼 뿌리를 내린, 아래층과 윗층의 세계 그 양 방향으로 뿌리를 내린 식물의 이미지는 화자가 염두에 두고 있는 집의 형태이다. 그러나 화자는 상층과 지상의 '사이-공간'에서 생활을 감당하기 위해 글을 써야하는 것이다. 그는 어느 곳으로도 뿌리내리지 못한 자신이 써내는 글이 생명력을 잃고 자신으로부터 떨어져 나간 가랑잎으로 보이는 것이다.

시의 세계인 이층은 '원고지'로 변형되고 그 원고지의 칸에서 그는 '사닥다리'를 보며 그것이 곧 자신이 오르내리는 '계단'이 된다. 그는 날마다 생활을 '질주'하고 그 '막다른 골목의 끝'에 오게 되면 '층층계'를 오른다. 그러나 그것은 '짤막한' 층층계이며 그 층층계를 오르면 샛까만 유리창을 맞닥뜨리게 된다. '막다른 골목의 끝'은 '도착'이나 즉 '꼴인(「上下」)'의 의미가 아닌 불연속적 '차단'의 이미지이다. 그는 수평적 상상력의 모든 여행의 끝에서 '막혀있음'을 보고 수직적 계단을 올라가지만 그곳에선 상층의 세계를 보여주는 유리가 아닌 '거울'의 역할만을 하고 있는 '샛까만 유리창'을 만난다. 때문에 이층은 목이 마른 곳이며 공기가 희박한 곳인데, 이런 '결핍'은 시적 주체를 윗층과 아래층 사이에서 오르내리게 하는 동력이 된다.

블로흐는 '결핍'을 '살고있는 순간의 어두움'이라고 표현하면서 '결핍'은 '없음'과 동의어가 아님을 강조한다. '없음'이 규정적인 것이고 폐쇄적인 의미인 반면 '결핍'은 '아직-이루어지지-않은 것'이며 출발로서 놓여있는 것이기 때문이다. '결핍'은 '무언가의 없음'으로부터 '거기 있음'으로 나아가려는 '충동력'이 된다.[92] 박목월 역시 시의 세계에서 자신의 '살고 있는 순간의 어두움'을 길어 올려 미학적 '선현'의 세계로 감싸고 있다. '목이 마른 곳'이며 '공기가 희박한 곳'인 이층과 일층 사이에 있는 화자의 '계단'은 시지프스적 계단이다. 그는 그 계단을 끊임없이 오르내리지만 그 '계단'이라는 틀 안에 있는 한 그는 '결핍'된 존재이며 이 결핍은 '집'의 결핍을 의미한다. 시인은 집'안'에 있으나 '집이 없다'는 인식을 갖는 것이다.

'열에 하나가 부족한 아홉칸의 계단'이나 '짤막한 계단'은 시적자아의 두 개의 정체성이 서로 화해할 수 없을 뿐 아니라 서로 역기능을 하고 있음에도 어느 하나를 선택할 수도 없는 것이라는 의식을 보여주는데 그 계단을 끊임없이 오르내리는 것은 그럼에도 화자가 그 사이에서 어느 한쪽도 포기하지 않고 양방향을 모두 지향하고 있음을 말하는 것이다.

시적자아는 상층의 세계에서 '큰 안방' 같은 시를 열망한다. 자신이 쓰는 시가 '무심하고 넉넉하고/담담하면서 크낙한 세계……'가 되기를 기대하는 것이다(「無題1」). 그러나 그는 자신이 상정한 이런 상층의 세계에 도달하지 못하기에 결핍을 느끼고 자신의 집안에서 끊임없이 위층과 아래층을 오르내려야 한다. 이런 수직적 결핍의 상하운동 외에도 이 집이 집의 기능을 하지 못하는 것은 수평적인 문의 펄럭거림으로도 나타난다.

> 書齋 하나가 남편에게
> 소원이듯 아내는
> 커어튼을 내리고
> 조용히 쉴 수 있는 네모 반듯한
> 마루방 하나가 소원이다.

---

92) E. Bloch, 박설호 역, 『희망의 원리1－더 나은 삶에 관한 꿈』, 솔출판사, 1995, 140~143쪽, 160~164쪽.

문을 잠그고
홀로 사색을 즐길 수 있는
남편의 고독한 書齋.
두터운 커어튼을 내리고
잠시 휴식을 가질 수 있는
아내는 나즈막한 소파.
하지만 아내는
서서 종일
일을 하며 찬송가를 부르며
해를 보내고,
거리를 거닐며 남편은 詩를 생각한다.
잠시도 조용히 쉴
자리가 없는 內外의
생활 속에서
하루 종일 펄럭거리는 문.
이런 것도 詩가 되느냐
따지지 말라.
인간의 소원은
작은 것일수록 간절하고, 아내의 體重은
十一貫에서 三百이 부족한
弱質이다.

— 「無題」 전문

　'집'은 벽과 창과 문으로 이루어져 있으며 그것은 근본적으로 안과 밖을 분할하기 위한 것이다. 인간은 벽을 쌓아서 집을 만들고 방을 구분한다. 그리고 그 벽을 뚫어서 '창'과 '문'을 만든다. 즉 '창'과 '문'은 '벽'에 대한 배반이다. 창과 문은 이쪽과 저쪽을 차단하면서 동시에 연결해 주는 경계의 의미를 지닌다. '집'이 가족 구성원 모두의 공동 공간이라면 방은 보다 사적인 공간이다. 집이 소속감이나 정체성을 부여하는 공간이라면 방은 안전감과 안정감을 주는 비호성의 공간이다. 방안에서 두꺼운 커튼을 내리는 것은 외부로부터 차단된 완전한 개인적인 공간에서의 휴식을 원하기 때문이다. 화자와 그의 아내는 각자의 방을 원하지만 그들은 '서서 돌아다님의 세계'에서 살고 있다.

'문'은 집의 외부와 내부의 경계에 있는 문이 있는가 하면 집 내부의 공간을 나누는 경계로서의 문도 있다. 그러나 이 시에서 보다 주목해야 할 것은 집'안'에서 열리고 닫히는 문이다. 집'안'에 있는 '문'은 방과 방을 구별 짓고 연결하는 '경계'이다. 문이란 원래 길을 향하여 열리는 것인데 집안에 있는 화자가 '하루종일 등뒤에서 문이 펄럭펄럭 열린다(「門」)'는 것은 집의 내부가 내부공간의 안온함을 얻지 못하고 있다는 것이다. 집은 벽에 의해서 방과 방이 분명히 나뉘어져 있어야 그 기능을 할 수 있다.[93] '등뒤에서'라는 것은 방안에 있는 사람의 허락이나 의사와 상관없다는 의미를 내포하고 있으며 '펄럭펄럭'이라는 말에서 그 문이 견고히 닫히는 문으로서의 기능을 잃고 열리는 문으로서의 기능만이 강조되어 있음을 알 수 있다. 이렇듯 문이 하루종일 불안하게 열림으로써 화자는 심리적으로 항상 개방된 공간[94]에 있으며 방이 그 기능을 잃고 '길'이 되는 것이다.

'길'은 수직적인 길과 수평적인 길이 있겠는데 수평적 상상력에서는 수직적 상상력과 달리 '윤리적 가치'의 개념이 사라진다. 수직적인 단테의 여행이 윤리적 가치를 따라 끊임없이 상승을 지향하는 여행이라는 점에서 '순례'라고 한다면 율리시즈의 여행은 윤리적 가치와는 상관이 없

---

93) 집의 기능은 '비호성(庇護性)'이며 '방'은 개인의 아이덴티티를 강화한다(K. C. Bloomer & C. W. Moore, 앞의 책, 74쪽; C. Norberg-Schulz, 앞의 책, 37~39쪽).
94) C. Norberg-Schulz, 위의 책, 50~52쪽.

는 지도 위에서의 여행이며 어느 방향도 지리상의 발견의 대상이지 지향의 대상이 아니다.95) 수평의 상상력에서 절대적인 방향이란 없기 때문이다. 수평적 상상력에서 '결핍'은 지향해야 하는 지점이 없는 '헤매임'으로 변용 된다. 이런 '헤매임'은 '방'으로 상징되는 휴식의 세계와 대척점에 있는 '서서 돌아다님의 세계'로 나타난다. '平生을 나는 서서 살았다. 앉을 날이 없는 나의 슬픈 遍歷을.//……닳을수록 두터워지는 발바닥의 愚鈍한 생활을 버스는 달린다.(「作品五首」)'고 노래하는 것이다. 박목월의 시에서 종종 등장하는 '終點' 이미지는 '헤매이는' 주체가 바라는 '앉음의 세계'의 상징이다.

출발과 도착의 지점이 되는 '방'이 없어지자 집'안'은 시작도 끝도 없는 '뫼비우스의 띠' 같은 '길의 세계'가 되고 '迷路'로 이루어진 '迷宮'이 된다. 수평적 상상력에서 '결핍'은 '헤매임'으로 변용되고 '迷路'의 이미지로 나타나는 것이다.

갈밭 속을 간다.
젊은 詩人과 함께
가노라면
나는 혼자였다.
누구나
갈밭 속에서는 일쑤
동행을 놓치기 마련이었다.
成兄
成兄
아무리 그를 불러도
나의 音聲

---

95) Y. M. Lotman, 앞의 책, 270~282쪽.

內面으로 되돌아오고
이미 나는
갈대 안에 있었다.
바람이 부는 것도 아닌데
갈밭은
어석어석 흔들린다.
갈잎에는 갈잎의 바람
白髮에는 白髮의 바람
젊은 詩人은
저 편 기슭에서 나를 부른다.
하지만 이미 나는
應答할 수 없었다.
나의 음성은
內面으로 되돌아오고
어쩔 수 없이 나도
흔들리고 있었다.

―「同行」 전문

　위의 시의 수평적 '미로' 이미지는 시인의 경계적 자아의식이 공간화
된 것이다. 길의 동행을 잃고 혼자 갈밭을 헤매는 미로의 상황 속에 던져
져 있는 화자는 결국 혼자일 수밖에 없다는 단독자적 존재로서 실존적
자각을 하고 있다. 젊은 시인을 부르기 위해 밖으로 부르는 화자의 음성
이 그의 내면으로 되돌아온다는 데에서 이 갈밭의 상황이 외면적인 상황
에서 화자 내면의 상황으로 돌변함을 알 수 있다. 이는 뫼비우스의 띠처
럼 안이 밖이고 밖이 안인 상황으로써 화자는 갈밭이라는 '迷路' 속을 거
닐고 있지만 그 자신이 하나의 갈밭이며 '迷路'를 내면에 지닌 존재가 되
는 것이다.96) 바람이 부는 것도 아닌데 갈밭이 '어석어석 흔들린다'는 것

은 그의 고독하고 허허로운 마음이 동요하고 있기 때문이다. 그는 메마른 갈잎과 자신의 윤기 없는 백발을 동일시하면서 자신을 갈대로 인식한다. 저 편 기슭에서도 화자를 부르지만 그는 응답할 수 없다고 하는데 그것은 화자의 의식이 '뫼비우스의 띠' 같은 독특한 수평적 공간구조에 투사되어 있기 때문이다. 그의 허막감은 아무리 응답을 하려해도 자신의 내면으로 되돌아오는 음성 즉 타인과의 관계가 구조적으로 단절되어 있다는 데서 비롯된 것이며, 메마르고 가벼운 갈대의 이미지로 제시되고 있다.

갈밭은 시인의 경계적 자아의식이 공간화된 집의 변주이며, 자신의 집이 미완의 집임을 보여준다. 이는 시인의 자신의 현실에서 그릴 수 있는 자아의 완성으로서의 집이 미완의 공간임을 확인하는 것이다. 이처럼 시인이 자신의 현실을 기반으로 지은 현실의 집이 다시 비호성이 부재한 곳으로 정체성을 부여해 주는 공간이 아닌 두 개의 정체성 사이에서의 경계적 자아의식만을 확인하게 되는 공간이 되자 그는 자신이 지은 집안에서 다시 집이 없음을 느낀다. 그는 자신이 '평생을 서서 살았다(「作品五首5」)'고 토로하고 자신이 찾아 헤맨 것이 '背後'라고 토로한다(「나의 背後」). 그는 등을 기대고 쉴 배후를 찾아 다녔으나 '진실로/신앙조차 등을 기댈 기둥이기보다/발등을 밟히는/희미한 불빛'이었노라며 '등을 기댈/배후'없이 모두가 자기의 길에서 '혼자일 뿐'이라고 고독히 읊조린다. 배후가 없다는 것은 집이 없다는 것이며 '그러브로 모든 身元調査는 過誤이다'라는 인식은 배후로 표현된 집이 없는 개인은 정체성이 없는 자로 아무도 아니라는 것이다.

평생을 찾아 헤맨 집에 있으면서도 집이 없이 헤매인다는 것은 시인에게 큰 좌절이며 이런 좌절은 고독과 허무감을 불러일으키고 이런 허무감

---

96) G. Bachelard, 「안과 밖의 변증법」, 『공간의 시학』 참조.

은 메마름의 이미지와 포개진다. 이런 건조와 메마름의 이미지들은 자신이 집 없이 헤매이는 나그네라는 인식에서 오는 목마름의 상상력이기도 하며 시인의 이상적 자아상으로서의 식물적 상상력에서 파생된 것이기도 하다. 박목월에게 나무 같은 식물 이미지는 수직적으로 상하의 양방향에 뿌리내린 것이며 수평적으로 정착을 의미하는 그 자신이 완벽한 하나의 집인 긍정적 의미이다. 박목월의 시집『경상도의 가랑잎』이라는 표제 역시 스스로를 고향 경상도로부터 떨어져 나온 하나의 가랑잎으로 인식하고 있음을 드러내는 것으로 이런 식물적 상상력의 뿌리를 볼 수 있다. 그러나 줄기로부터 떨어져 나온 것은 메마를 것이고 이는 본질적인 목마름으로 나타나는데 집이 없다는 인식에서 오는 허무감은 때문에 본질적인 목마름에서 파생된 메마름의 이미지로 나타나는 것이다.「同行」에서도 '갈잎에는 갈잎의 바람/白髮에는 白髮의 바람'처럼 메마른 갈잎과 자신의 윤기없는 백발을 동일시하며 '갈밭은/어석어석 흔들린다'는 청각 이미지를 통해서 허허로움을 표현하고 있다.

마른 잠자리의
날개.
혹은 나비의 標本.
섬세하게 乾燥한
어제의 꿈.

—「晩年의 꿈」 부분

그는 자신이 꾸었던 꿈이 건조되었음을 말한다. 박목월의 건조함이란 단단해진 건조함이 아니라 '마른 잠자리의 날개'처럼 곧 부서질 듯한 섬세한 건조함이다. 화자는 메마름으로써 단단해지기보다는 부서질 듯이 섬약해지고 가벼워진 존재이다. 이제 시적자아에게는 '눈'도 마른 빵부스러기 같은 물기가 소거된 건조하고 가벼워진 '싸락눈'으로 인식되는데(「마른 빵부스러기」) 싸락눈이란 모래처럼 서로 뭉쳐지지 않는 성질을 갖는다.

> 모래의
> 물로써 엉키지 않는
> 목마른 乾燥性을
> 어릴 때부터 나는 알고 있다.
> 무엇이나
> 頹落하는 것은
> 팍팍해진다.
> 무릎 아래는 마비되고
> 나의 詩는
> 모래가 된다.
> 엉켜지지 않는 本質的 乾燥性
>
> － 「落書」 부분

　모래는 뭉쳐지지 않으며 마른 흙과는 달리 물을 부어도 엉키지 않는다. 화자는 모래를 통해서 자신의 문제를 해결될 수 없는 본질적인 것으로 인식하고 있는 것이다. 모든 존재는 둥글며 모든 집은 공간의 상상력에서 둥글다.97) 흙 속에 뿌리를 굳건히 박고 서서 가지들을 활짝 하늘을 향해 벌린 나무들은 나이테를 둥글게 그리며 안으로부터 살아낸다. 자신을 응집시키고 내밀하게 살아내는 존재는 가득 차있으며 둥글 수밖에 없

---

97) G. Bachelard, 「원의 현상학」, 앞의 책, 401~404쪽.
　　C. Norberg-Schulz, 앞의 책, 38~39쪽.

다. 그러나 파편화되고 원소화된 둥금인 모래에 투사된 시인이 살고 있
는 현실의 집은 '결핍 구조의 공간'이며 원소화된 집이다. 따라서 그의
'본질적 건조성'은 시적자아가 오르내리고 헤매고 있는 현실의 집의 구
조 안에서는 해결될 수 없는 것이다.

> 하루를
> 龍舌蘭처럼 살고 싶다.
> 육중한 잎새는
> 침묵의 무게로 휘어지고
> 內面에의 침잠으로
> 줄무늬지는 龍舌蘭.
> 하루를
> 龍舌蘭처럼 살고 싶다.
> 안으로
> 은주머니를 차고
> 뿌리를 암흑 속에 가늘게 뻗은
> 섬세하게 투명한 葉脈.
> 하루를
> 龍舌蘭처럼 살고 싶다.
> 自己忘却의
> 총총한 時間의 分散.
> 분주한 발걸음.
> 空轉하는 言語의
> 소용돌이 속에서
> 寂寞한 입을 다물고
> 하루를
> 龍舌蘭처럼 살고 싶다.
> 천연스럽게 앉아

메마르지 않게 또한 화사하지 않게
자기를 보듬는
생각하는 하루의 沈黙
생각하는 하루의 瞑想.
삶의 指針을 地心으로 돌리는
나의 깊이
나의 年齡.
은주머니를 안으로 차고
하루를
龍舌蘭처럼 살고 싶다.

ㅡ「龍舌蘭」 전문

　화자는 둥글게 휘어진 龍舌蘭의 잎새를 바라보며 '용설란'처럼 살고
싶다고 한다. 龍舌蘭의 잎새는 육중하고 침묵의 무게로 휘어진 것이다.
이는 화자의 고독과 허무의 이미지인 메마름과 가벼움의 이미지와 대립
되는 것이다. 화자는 부서지기 쉽게 메마르고 가벼워진 고독을 침묵과
'內面에의 침잠'으로 육중하게 하고 싶은 것이다. 龍舌蘭의 잎새가 휘어
진 모양을 겉은 육중하게 휘어져 있다고 인식하는 것이 고독을 육중하게
하는 것이라면 잎새가 '안으로/은주머니를 차'고 있다고 인식하는 것은
허무간을 '內明'한 존재에의 탐구로 바꾸려는 화자의 의지라 하겠다.

　그는 '뿌리를 암흑 속에 가늘게 뻗은' 용설란의 둥글게 휘어신 잎새를
노래하는데, 蘭을 지탱하는 토양을 암흑이라고 한 것은 '땅 속/지상'의 이
분법적인 공간인식에서 지하의 세계를 부정적으로 인식하고 있는 것이
며 뿌리를 '가늘게' 뻗었다는 것은 '결핍'의 상상력으로 아래층으로 가기
에 한 계단 모자란 공간에 시적자아가 살고있음을 대응시킨 것이다. 화
자는 蘭의 둥글게 휘어진 잎새가 '안으로 은주머니를 차고'있는 것이라고

말하고 있는데, 은주머니란 묵직한 '돈주머니'에 동화적 색을 입힌 것인데, '결핍의 공간'을 시적 상상력으로 맑고 풍요로운 그리고 환한 빛이 쏟아져나오는 공간으로 복원한 것이라 하겠다. 그는 빈 것의 가득함을 노래하고 있는 것이다. 화자는 '메마르지 않게 또한 화사하지 않게' 명상과 침묵으로 자신을 보듬으며 '삶의 지침을 地心'으로 돌리는 자신의 깊이를 상상한다. 이는 메마르지도 화사하지도 않은 적당히 육중한 안쪽에 적당히 內明한 공간을 가지기 위해 암흑의 흙 속에 뿌리를 내려야 함을 의미한다. 이외에도 「純紙」에서는 '純紙로/안을 바른/은근하게 內明한/사람'이나 「문고리」에서 '묵직한 문고리를 달고,/입을 쭈욱 다문 채/늘 닫혀 있는 문은/과묵하고/무표정하고/다만 안으로만 환하게 열리는 門'을 통해서 內明한 존재에의 탐구를 보여준다.

시인은 중기시에서 지속적인 삶의 근거가 되는 현실의 집을 짓고 정체성을 탐구하지만 경계적 자아의식을 확인하는데 그칠 뿐이다. 그는 자신의 집이 길로 벽을 짜올린 공간으로 외부공간에 의해 침범당한 공간이며 그 내부공간 역시 수직적인 길과 수평적 미로로 이루어진 미완의 집임을 인식하게 된다. 집안에서도 길을 헤매어야 하는 한계를 자각은 고독과 허무감으로 이어지는데 시인의 이상적 자아상으로서의 '식물―집'의 상상력은 그 좌절로 인해 목마름의 상상력과 포개진다. 그러나 이런 한계의 자각에도 불구하고 시인은 현실의 이중성을 극복하거나 통합하려고 하는 대신 경계에 머물면서 현실의 틈새에 기억공간을 불러온다.

4. 기억공간의 복원과 우주의 집

1) 감각기억과 신체의 집

박목월의 시 · 산문집『어머니』(1967)와 시집『慶尙道의 가랑잎』(1968),
『無順』(1976)은 박목월의 후기시를 보여준다. 이 시기의 박목월은 존재
의 근원에 대한 관심을 지속적으로 보여주었다. 특히, 시 · 산문집『어머
니』는 후각, 미각, 촉각, 청각, 시각, 근육감각 등 감각의 직접성에 의해
기억된 어머니와 유년의 고향마을과 집을 복원하려 한다.

집의 개념을 인간에게 가치를 부여해주고 육신을 자라도록 양육하고
정서적 지지를 주는 곳으로 폭넓게 정의한다면 어머니는 어린이가 머물
고자 하는 기본적인 장소이며 집이 된다. 순식간에 지나가는 인상들 속
에서 어머니는 최초의 지속적이고 독립적인 대상인 것이다. 이후로도 어
머니는 인간에게 물리적 심리적 지지를 주는 근원이며 피난과 안식처로
서 인식된다. 인간은 세상을 탐구하기 위해 그의 집과 고향을 떠나는데
장소들은 제자리에 머물며 지속성과 항구성의 이미지가 된다. 어머니는
움직일 수 있음에도 어린이에게 지속성과 항구성을 상징한다.[98] 어머니
는 아이에게 기본적인 장소이고 집이며 아이는 낯선 장소라도 어머니와
함께 있으면 두려움을 느끼지 않는다. 어린이가 어머니에게서 집으로,
집에서 고향으로 공간 감각을 확장시켜가며 집이나 고향과 같은 공간에
유대감(tie)를 가지는 것은 그곳에 어머니가 있기 때문이다. 즉 유년의 집
은 어머니와 동일시되거나 어머니가 있음으로써 완성되는 것이다.

인간은 타인의 굳건함 속에서 휴식을 취하며 타인의 사랑 속에서 삶을

---

98) Yi-fu Tuan,「공간, 장소와 어린이」, 위의 책, 38쪽.

살아간다. 가정(home)은 그 구성원들이 서로에게 정서적으로 깃들어(nest) 휴식할 수 있는 곳으로 단순한 건물을 의미하는 가옥(house)와 다르다.99) 이런 정서들은 유년의 구체적인 감각과 함께 기억된다. 기억의 문을 열고 의식화되지 않은 유년의 내밀한 바닥으로 들어가려면 구체적인 구체적 감각 이미지(mental image)의 도움을 받아야만 한다.100) 박목월은 자신의 집으로서의 어머니 또는 집과 고향을 완성하는 존재로서의 어머니를 신체 감각(sensation)으로 기억된 감각 이미지를 통해 불러내고 있다.

박목월의 시집 『어머니』에서 가장 많이 사용된 것은 후각 이미지이다. 박목월은 후각 이미지를 통하여 '어머니'와 '유년의 집'을 복원한다. 향취는 물체들과 장소들에 독자적이고 기억되기 쉬운 독립적인 특성을 부여한다. 좋아하는 냄새는 내밀한 내면성의 중심이며 이 내면성에는 충실한 기억들이 빼곡히 들어있다. 유년시절의 기억은 가장 섬세하고 번역해 내기 어려운 후각 이미지와 결합되어 가장 깊은 우리 기억의 밑바닥에서 길어 올려지는 것이다.101)

> 한밤에 어머니가
> 조용히 흔들어 깨웠다.
> 눈을 비비고 일어나면
> 아아
> 촛불 휘황한 祭祀床
> 祝文은 아버지가 읽으셨다.

---

99) Yi-fu Tuan, 「장소의 친근한 경험」, 위의 책, 170~171쪽.
100) G. Bachelard, 김현 역, 「유년시절을 향한 몽상」, 『몽상의 시학』, 홍성사, 1978, 155~162쪽.
101) G. Bachelard, 위의 책, 155~162쪽.

느릿하게
唯歲次 丙寅 六月……

이마를 조아리면
아른한 향내

─「어머니가 조용히 흔들어 깨웠다」 부분

온 집안에
칠국 냄새
미역국냄새
산모 방의
비릿하고 훈훈한 향기
그것은 가장 그리운
어머니의 냄새다.

─「아기를 낳는 새벽에」 부분

어머니 옷깃에
더덕냄새
두럽, 휘휘초, 범버궁이, 돌미나리
산나물 바구니 마주 받아 내리면
생솔가지 싱그러운
三月 해질 무렵에
어머니 옷깃에
더덕냄새.

─「어머니 옷깃에」 부분

어머니에게서는
어린 날 코에 스민 아른한` 비누냄새가 난다.

박목월 시에 나타난 집의 상상력 연구 195

보리대궁이로 비눗방울을 불어 올리던 저녁 노을 냄새가 난다.

여름 아침나절에
햇빛 끓는 향기가 풍긴다.

겨울밤 풍성하게 내리는
눈발 냄새가 난다.

그런 밤에
처마 끝에 조는 종이초롱의
그 서러운 석유 냄새

구수하고도 찌릿한
白紙 냄새

그리고
그 향긋한 어린 날의 젖내가 풍긴다.

―「어머니의 香氣」 부분

「어머니가 조용히 흔들어 깨웠다」에서 시적 화자는 제삿날의 기억 속에서 후각 이미지를 통해 어머니를 환기해낸다. 유년시절 제사를 기다리다 잠든 밤 어머니는 화자를 흔들어 깨운다. 졸리운 눈으로 제사의 절차를 바라보던 화자는 '아른한 香내'를 맡는다. 그는 이 기억으로 인해서 이 '아른한 향내'를 어머니를 환기시켜주는 후각 이미지로 갖게 된다. 「아기를 낳는 새벽에」에서는 '칠국냄새/ 미역국 냄새' 같은 후각 이미지들이 어머니를 환기시켜준다. 이들은 모두 병을 낫게 하게나 원기를 돋우어 주는 것의 후각 인상과 연계되어 있다. 또한 '산모방의/ 비릿하고 훈훈한 향기'에서 어머니는 생명을 탄생시키는 경이로운 존재로서 후각 이미지에 의해 구체화되어 있다. 「어머니 옷깃에」에서는 '더덕 냄새'를 통해 어머니를 환기해내고 있다. 알싸하면서도 짙게 퍼지는 '더덕 냄새'와 '코에 확 풍기는 석유 냄새'가 어머니에 대한 그리움을 진하게 불러일으키고 있는 것이다. 이들 후각 이미지 역시 특정한 경험에 의해서 어머니와 결합된 것이다. 「어머니의 香氣」에서 '어머니'는 세상의 다양한 향기를 두루 지닌 신비로운 존재로 노래된다. '어머니'는 '비누 냄새'이며 '저녁 노을 냄새'이다. 그리고 '햇빛 끓는 향기'이며 '눈발 냄새'이다 '종이 초롱의 석유 냄새' 이며 '백지 냄새'이고 '향긋한 어린 날의 젖내'를 풍겨준다. 화자는 계절을 순환해가며 유년 기억의 곳곳에서 어머니의 향기를 맡아내고 있는 것이다.

소리 그 자체는 공간적 인상들을 상기시킬 수 있다. 또한 모든 인간들은 대화의 행위에서 소리를 공간적 심리적 거리감과 연관시킨다. 타인들과의 물리적 사회적 거리에 따라서 어조를 부드러운 것에서 큰 것으로 친밀한 것에서 공적인 것으로 바꾼다.[102] 소리는 항상 근접(proximity)과 거리를 상기시켜 주는 것이며 그것이 특정한 기억과 결합된 소리일 때는 물리적 거리 뿐 아니라 심리적 거리를 상기시킨다. 청각 이미지는 두 가지 차원으로 니타나는데 하나는 어머니의 소리이고 다른 하나는 어머니와 연관된 소리이다.

추운 밤이었다.
외양간에
밤내 쩌렁쩌렁 소방울 소리

---

[102] Yi-fu Tuan, 「경험적 견해」, 앞의 책, 20~21쪽.

좀처럼
산수문제는 안 풀렸다.
지우고 풀고 지우고 풀고
아랫목에
주무시는 어머니의
고르고 편안한 숨소리
먼 마을의
개 짖는 소리가 들렸다.

―「겨울밤」 부분

오늘, 또 하루가 저무는 해질 무렵
하숙집 부엌에서 자그락거리는
그릇부딪는, 숟갈부딪는소리
문득, 눈물겨운 마음으로 책상 위에
어머니. 손가락으로 써보는
오늘, 또 하루가 저무는 해질무렵.

―「他鄕에서」 부분

찬장에는
가분한
찻잔과
빼닫이에 가득한 숟갈.
곱게 그을린
남비는 부엌에
푸푸 소리 부는
뜸지는 밥솥.

―「집에는」 부분

「겨울밤」에 어머니는 편안함과 안도의 의미로 구체화되어 있다. 「겨울밤」에는 시의 전면에 드러나 있지는 않지만 지금은 성인이 된 화자의 고뇌가 평행하게 깔려있다. 현실에 낙망하여 고뇌하고 있는 화자가 유년 시절 산수 문제로 홀로 밤에 고민하던 기억을 지금의 자신의 처지와 나란히 놓고 있는 것이다. 그 때 들렸던 심장박동처럼 고른 어머니의 숨소리는 그 장면과 동시에 자동적으로 떠오른다. 이는 고뇌하는 화자에게 한없는 위안과 평안을 주는 소리이다. 어려운 산수문제를 '지우고 풀고 지우고 푸'는 것은 혼자이지만 그는 혼자가 아니다. 어머니가 내는 숨소리가 그가 혼자 춥고 어두운 밤 방안에 있는 것이 아니라는 것을 규칙적으로 확인 시켜주고 있기 때문이다. 또한 어머니는 잠들어 있다. 잠들어 있다는 것은 어머니가 거기에 있으면서도 없음을 나타내는 것이다. 즉, 어머니는 실제로 화자와 함께 있다거나 또 실제로 어떤 도움이 된다는 점에서 중요한 것이 아니며, 화자에게 혼자가 아니라는 위안을 주고 있다는 점에서 중요한 것이다. 어머니의 고른 숨소리는 밤내 쩌렁쩌렁 소방울 소리가 울리도록 바람이 어지러운 바깥 세상에 대항해 화자와 화자가 머물고 있는 집안에 질서와 위로를 주는(cosmicizing)소리이다. 또한 이 시를 원형적 이미지로 볼 수도 있는데 즉, 어둡고 춥다는 것은 '물'의 이미지이다. 화자는 추운 밤에 혼자(깨어) 있으며 심장박동 같은 고른 어머니의 숨소리를 듣고 편안함을 느낀다. 이는 태아기 어머니의 자궁에서 느끼는 것을 이미지화 한 것으로 볼 수도 있는 것이다.

　「겨울밤」이 직접 어머니의 음성을 노래해 보여주고 있다면 「타향에서」의 시편들은 어머니와 연계된 청각 현상을 통해 어머니에 닿으려 한다. 「타향에서」 속에는 어머니를 섬세하게 환기 시켜주는 청각 이미지가 제시된다. 타향의 하숙집에서 '자그락거리는/그릇부딪는, 숟갈부딪는 소리..'를 들으면서 어머니를 되뇌어 보는 것은 그 소리가 어머니를 환기시켜주는 소리이기 때문이다. 「집에는」에서는 '푸푸 소리부는/뜸지는 밥솥' 밥솥의 뜸드는 소리 이미지로 어머니를 떠올리는데 이들은 모두 인접성에 의해 연결된 이미지이다. 유사성에 의한 기억은 이성적 판단에 의한 것이며 의도적인 것이다. 그것은 쉽게 기억되지만 또한 쉽게 변형되고 왜곡되며 유사성이라는 개념에 의해 계속적으로 그 위에 새로운 이미지들이 포개짐으로써 기억이 흐려지기 마련이다. 그러나 구체적인 경험에 함께 연계된 인접성에 의한 감각 기억은 자의적인 것이며 무의식적인 것으로 언제든 그것의 실오리가 건져지면 손상되지 않은 채 자동 연상되는 것이다.

박목월의 『어머니』 시편 속에 나타나는 청각 이미지들은 시적화자의 위난을 지켜주는 든든하고 안온한 음성이다. 어머니를 환기시켜주는 청각 이미지들은 혼란한 바깥세상과 달리 안정되고 안락한 코스모스의 공간으로서의 유년의 집103)을 기억해낸다.

어머니와 유년의 집에 대한 기억은 촉각 이미지를 통해 구체화되기도 한다. 『어머니』 시편 속의 촉각 이미지들을 살펴보면 다음과 같다.

> 엄마 등에서 잠이 든게지.
> 다만
> 항라적삼의 까슬하고 미끈한 감각만
> 아직도 새롭다.
>
> — 「달빛이 하얀 숲길」 부분

---

103) G. Bachelard, 『공간의 시학』, 157~160쪽.

어머니는 내의를 갈아 입혀 주셨다. 새하얀 런닝셔츠와 정결한 팬츠.
그날 밤 소년은 세례 문답을 받게 되었다.

—「水曜日의 밤하늘」 부분

열이 오른 이마를 짚어 주시던
그
부드러운 손.
두 손으로
나의 양손을 꼭 잡고
잘못을 타일러 주시던
그
굳센 손.

방학에 돌아 온 아들의
등어리를 어루만져 주시던
그
인자로운 손

—「어머니의 손」 부분

「달빛이 하얀 숲길」에서는 어머니 등에 업혀 오던 날의 촉감 이미지
가 어머니에 대한 인식으로 되어있다. 그리고 그 인식은 '항라 적삼의 까
슬하고 미끈한 감각'으로 형상화되어 있다. 「水曜日의 밤하늘」에서도 어
머니를 환기시켜주는 촉감 이미지들이 제시되어 있다. 「外家로 가는 길」
에서 화자는, 유년시절 어머니와 함께 걸었던 밤길에 불던 부드러운 바
람을 '명주수건 한 자락'의 감촉으로 기억하고 있으며 이는 곧바로 어머
니의 이미지가 되고 또 어머니에 대한 그리움의 이미지가 된다. 명주수
건의 보드라운 감촉이 그리움의 치환물인 것이다. 「水曜日의 밤하늘」에

서는 '새하얀 런닝셔츠와 정결한 팬츠'의 감촉이 어머니의 이미지가 되어 있다.

「어머니의 손」에서 어머니는 촉각 이미지로 인식된다. 때론 부드럽고 때론 굳센 어머니의 '손'이 닿으면 모든 어려움이 깨끗이 사라져 버린다. 열이 오른 이마를 짚어주시고 잘못을 타일러주시기도 하신 어머니의 손을 통해 시인은 전능하신 어머니를 인식한다. 이제는 어머니가 늙고 약해지셔서 자신이 어머니를 잡아드리지만 아직도 아들인 자신의 마음속과 영혼을 잡아주는 것은 어머니의 손길이다. 어머니의 손길이 주는 촉감 이미지는 그만큼 위대하고 영원한 것인 셈이다.

어머니와 유년의 집의 기억은 근육 감각적 이미지를 통해 구체화되기도 한다.『어머니』시편 속의 근육 감각적 이미지를 살펴보면 다음과 같다.

> 앓는 밤.
> 열에 뜬 앓는 밤.
> 벌겋게 열이 오른 눈.
> 달아 오른 뺨.
> 어머니는
> 나를 꼭 품어 주셨다.
> 영원히 자기 품안에서
> 날아가버릴 새를 움켜 안 듯이
> 높은 허공에 흔들리는 남폿불
> 출렁거리는 빛과 어둠.
>
> ― 「앓는 밤」 부분

> 와락 울며
> 어머니께 용서를 빌면

꼭 껴안으시던
가슴이 으스러지도록
너무나 힘찬 당신의 포옹

―「어머니의 눈물」부분

　「앓는 밤」에서 시적 화자는 어머니의 전폭적인 사랑의 품에 안겨져 있다. 이 경우 자식을 끌어안는 어머니의 품안은 맹목적이면서도 전폭적인 것이다. 이런 포옹은 강렬한 것이며 체중이 느껴지는 것으로 단순한 촉감의 감각을 훨씬 뛰어넘는 근육 감각적 이미지이다. 화자의 몸이 기억하고 있는 근육 감각적 이미지는 헌신적이고 맹목적인 사랑을 주는 어머니와 연결되어 있다. 「어머니의 눈물」 울며 용서를 비는 자식을 가슴이 으스러지도록 안아주시던 어머니의 눈물이 노래되고 있다. 전폭적인 용서와 포용의 포용이 어머니에 대한 그리움의 환기물이 되어 있는 것이다. 박목월의 시집 『어머니』에 나타나는 근육 감각적 이미지들은 전폭적인 포용과 용납의 환기물이다.

　이상에서 박목월 시집 『어머니』에 나타나는 대표적인 '어머니' 이미지들을 살펴보았다. 박목월 시집 『어머니』에 나타나는 대표적인 정신 이미지들은 청각 이미지, 후각 이미지, 촉각 이미지, 근육감각 이미지들인데 이외에도 '어머니'는 '찬밥에 서걱서걱 무김치(「부륵쇠」)'나 '꿀보다 달고 맛나는 장맛(「肖像」)'의 미각 이미지와 결합하기도 하고, '오줌이 마려운 밤에는 엄마하고 뒷간에 갔었다.(「어머니의 옆모습」)'와 같이 기관 이미지104)와 결합하기도 한다.

　『어머니』(1967)와 비슷한 시기에 간행된 『慶尙道의 가랑잎』(1968)에는

---

104) 정신 이미지의 하나로 심장의 고동과 맥박, 호흡, 소화 등의 신체 내 기관의 감각을 제시한 이미지를 말한다(김준오, 『시론』, 삼지원, 1999, 168쪽 참조).

사투리로 쓰여진 11편의 시105)가 수록되어 있는데 시어의 사용에 특히 엄
격했던 시인이 갑자기 사투리로 여러 편의 시를 쓴 것은 주목할 만하다.

아베요 아베요
내 눈이 티눈인 걸
아베도 알지러요.
등잔불도 없는 제상에
축문 당한기요.
눌러 눌러
소금에 밥이나마 많이 묵고 가이소.
윤사월 보릿고개
아베도 알지러요.
간고등어 한손이믄
아베 소원 풀어드리련만
저승길 배고플라요
소금에 밥이나마 많이 묵고 묵고 가이소.

여보게 萬述 아비
니 정성이 엄첩다.
이승 저승 다 다녀도 인정보다 귀한 것 있을락꼬,
亡靈도 應感하여, 되돌아가는 저승길에
니 정성 느껴느껴 세상에는 굵은 밤이슬이 온다.
—「萬述아비의 祝文」 전문

---

105) 『경상도의 가랑잎』에 수록된 전체 72편의 시중에 11편이 사투리 시편이다. 그 전에 『난·
기타』에도 사투리가 부분적으로 사용된 것은 4편(「적막한 식욕」, 「사투리」, 「치모」,
「눌담」)이 있는데 사투리나 고향에 대한 시에서 한두 마디를 인용하는 수준이다.

　『경상도의 가랑잎』에 수록된 사투리 시편들은 주로 그 내용적인 면에서 체념적 순응적 삶의 태도를 드러낸다는 점에서 평가되어 왔으며106) 그 대화체 형식에 주목되어 왔다. 김용희는 인용시를 분석하면서 제삿날 한을 풀어주려는 主祭者와 망자의 대화형식이라는 점에서 무가적 요소가 있다고 본다. 그에 따르면 이 시는 희곡무가에서의 굿놀이의 성격을 잘 반영한다. 그 중에서도 죽은 사람의 영혼을 저승으로 잘 인도한다는 의미에서 행해지는 '진오귀굿'에 그 연관성을 찾아볼 수 있다. '간고등어 한손이믄 아베소원 풀어 드리련만 저승길 배고플라요 소금에 밥이나마 많이 묵고 가이소'의 표현은 '진오귀굿'에서의 해원解寃과 천도遷道의 의미를 잘 나타낸다. 이 때 극적 청자와 화자는 양극적 대립이 아니라 화해의 일정한 거리를 보여준다. 이는 이승과 저승의 불연속성을 뛰어넘어 죽음과 삶을 수평적 연장선상에 두는 것이다. 극적 화해가 이루어진다는 것이다.107)

　이런 김용희의 분석은 현실의 이중성을 통합하거나 한 쪽을 선택하지 못한 시인이 사투리의 대화체를 통해 고향으로 상징되는 근원의식과 화해하고 있다는 본고의 시각과도 나란한 것이다. 그러나 실제 시인과는 전혀 다른 늙은 촌부의 모습으로 재현된 시의 화자는 시인이 고향마을 어디서나 볼 수 있는 사람들 중에서 선택한 것이다. 본고는 사투리 시편들의 내용을 분석하는 작업보다는 그 시편들이 쓰여진 시기를 고려하여 그것들이 고향 '사투리'로 쓰여졌다는 것 자체에 의미를 부여하고자 한다. 이런 시편들은 시인이 유년의 집을 대상으로 쓴 시들로 한 권의 시집

---

106) 금동철, 「박목월 시에 나타난 근원의식」, 『한국 현대시의 수사학』, 국학자료원, 2001, 227~233쪽.

107) 김용희, 「박목월 시의 미적 거리의식」, 『현대시의 어법과 이미지 연구』, 하문사, 1996, 247~249쪽.

을 묶고 사투리로 된 시들을 연달아 쓴 시기가 자신은 집이 없는 존재라는 좌절을 보여주는 중기시들을 발표한 다음이었던 것이다.

박목월은 『경상도의 가랑잎』에서 사투리가 지배적인 인상으로 남거나(「離別歌」, 「皮紙」, 「무내마을 과수댁」) 사투리로만 이루어진 대화형식의 시들(「對座相面五百生」, 「萬述 아비의 祝文」, 「杞溪 장날」, 「恨嘆調」, 「天水畓」, 「道袍 한자락」, 「귓밥」, 「노래」)로 강렬한 세계를 구축한다. 화자는 사투리를 들으면 '앞이 칵 막히도록 좋았다'고 하는데 이는 사투리 역시 몸으로 기억된 유년의 집의 일부임을 나타내는 것이며 본고는 시인이 사투리 시편들을 통해 기억공간을 재현하려는 했다고 본다.

박목월의 후기시에서 구체적인 경험과 감각으로 된 '집'을 이루려 하였다. 현실공간에는 집이 없으므로 몸으로 기억된 유년의 집인 어머니와 고향을 현실의 틈새에 불러와 재현하려 했던 것이다. 근원으로서의 '어머니'와 '고향'을 발견하게 된 것도 그 때문이었다. 그는 신체에 감각 기억으로 저장된 감각 이미지들을 통해 그 자신의 어딘가에 선명히 새겨져 있는 근원을 불러내려 하였으며, 고향의 언어인 사투리를 통해 그것을 현실의 틈에 발화하고자 하였다. 이것은 근원적인 집은 어떤 것이라고 형상화하는 방식이 아닌 그런 작업과정을 통해서 자신의 신체에 기억된 집의 감각을 찾아내는 방식으로 이루어진다. 시인이 찾아낼 수 있는 모든 구체적인 경험과 감각으로 기억된 유년의 집은 시인에게 '질서 있게 균형 잡힌 모든 것'이며, 자아에게 안정감과 안전감을 주고 자아의 근거가 되는 정체성을 부여하는 집이다. 그러나 기억공간이란 경험적인 시간이 침투하면 사라지는 공간이며 '지금—여기'에 지속될 수 없는 공간으로 시인은 다른 방식의 집짓기로 나아가야 한다.

2) 총체적 우주의 씨앗으로서의 자아상(自我像)인 '돌-집'

'돌' 이미지는 후기시에서 압도적인 이미지임에도 불구하고 이 문제에 대한 연구가 별로 없었다. 특히 '砂礫質' 연작은 박목월이 후기에 시도해 본 실험시 정도로 평가받으며 그의 다른 시세계와는 이질적인 부분으로 다루어져 온 것이다. 그러나 후기시의 '돌' 이미지는 「砂礫質」 연작에서 뿐 아니라 『慶尙道의 가랑잎』과 『無順』에서도 가장 강렬하고 빈번한 이미지이며, 생경한 것이 아니라 '집 없음'의 인식으로부터 '집'을 추구해온 시인의 일관된 상상력의 소산이다. 집의 상상력이 후기시의 압도적 이미지인 '돌' 이미지를 통해 어떤 방식으로 발현되는지 살펴보겠다.

> 모든 것은
> 제나름의 限界에 이르면
> 싸늘하게 체념한다.
> 그 나름의 둘레에
> 圓을 그리고
> 안으로 눈을 돌린다.
> 참으로 체념을 모르는 자는
> 미련하다.
> 지금
> 숙연한 나의 손.
> 그리고
> 알라스카로 迂廻하는
> 에어라인의 그 方向으로
> 一百萬 光年의 저편에서
> 玄玄한
> 大熊座의 星雲.

— 「限界」 전문

　'모든 것은/제나름의 限界에 이르면/싸늘하게 체념한다'는 것은 에고의 범위를 확장시켜 공간을 영토화하려는 노력의 중단을 의미한다. 싸늘하다는 것은 石化(petrification)되는 과정을 의미한다. '그 나름의 둘레에/圓을 그리고/안으로 눈을 돌린다'는 것은 응축된 최소자아(minimal self)[108]로서의 '돌' 이미지이다. 바슐라르는 존재는 안으로부터 살아질 때 둥글 수밖에 없으며 둥글다는 것은 '가득찬 둥긂'의 이미지로서의 '응집'을 언급한 바 있다.[109] 체념이나 한계라는 말 때문에 이 시를 체념적 삶의 태도나 허무감을 나타낸 것으로만 이해할 수는 없다. '돌'은 응축된 최소자아와 안으로부터 살아낸 존재로서의 '가득찬 둥긂'의 이미지이기 때문이다.

　화자는 알라스카로 둥근선을 그리며 迂廻하는 비행기의 방향으로 一百萬 光年의 저편을 보는 것이다. 一百萬 光年이란 공간을 시간화한 단위이며 그것은 인간의 단위가 아닌 우주적 단위이다. 화자가 다다르거나 이해할 수 없는 추상적이고 우주적 거리의 개념은 화자의 한계를 강조한다. 그러나 一百萬 光年의 거리 저편에 玄玄한 큰곰자리의 星雲을 바라보게 되는 것은 화자가 자신의 한계에 이르러 그 안으로만 눈을 돌렸기에 가능한 일이다. 멀리 보기의 중단과 내부로 향하는 시선은 「바위 안에서」에 잘 나타나며 이는 시인의 개안의 상상력을 드러내는 것이다.

　　모든 겉치레를 벗고
　　저 안으로
　　뿌리를 내릴 때다.
　　참음으로

---

108) A. Giddens, 앞의 책, 282쪽.
109) G. Bachelard, 「원의 현상학」, 『공간의 시학』, 407~411쪽.

고독을
별나라까지 이르게
하여
고독 안에서
맑고 투명한 영혼의
눈동자를 얻어야 할 때다.

ㅡ「바위 안에서」 부분

　石化는 눈이 머는 장님의 상상력인데 외부공간에 대해서 눈을 감고 내부로 눈을 돌리는 화자의 의지는 신화적 상상력에서 개안(initiation)으로 볼 수 있다. 「바위 안에서」의 화자는 '열려 있는 귀를 막고/입을 봉하고/눈을 감'는 石化의 상상력을 통해 '별나라'에 이르는 '맑고 투명한 영혼의 눈동자'를 얻는다. 초기시에서 이루어진 상상적 개안이 아무런 대가 없이 이루어진 관념적인 개안이었다면 후기시의 돌 이미지는 시인이 꾸준하고 집요하게 추구해온 집에 대한 집착의 포기를 대가로 그 자신의 내부로 시선을 돌림으로써 이루어진 개안이다. 안으로 눈을 돌리자 그 자신의 안에서 '무한으로 넓혀'진 '새로운 질서의 밤과 별자리와 한밤중에서도 환하게 빛나는 빛'을 얻는다. 집의 추구를 포기하고 최소자아상(minimal self image)인 '돌' 안으로 눈을 돌리자 그 안에서 하나의 우주를 발견하는 것이다.

저편으로
혹은 이편으로
그것은 落下한다.
어디서 어디까지라거나
무엇 때문이라거나

그런 제한과 물음을 벗어버린

그것의 無限落下.

별이어

타오르는 돌,

그

중심에서

바람의 날카로운 휘파람의

洞窟의 중심에서

속도의 가속도의 하늘의 旋盤에

갈리며 깎이며 말려드는

螺旋狀 合金의

듀랄루민의 渴症.

왜라거나

무엇 때문이라거나

그런 물음을 벗어버린

그것의 無限落下

오늘의

브라운管 속에서.

* 듀랄루민(Duralumin): 알루미늄을 주성분으로 한 輕合金. 비행
  기, 자동차 등의 제작 재료로 쓰임.

―「無限落下」 전문

화자는 '운석' 이미지를 통해 별과 돌을 동일시한다. 하늘에서 無限落
下하는 별은 이유 없이 던져진 존재로서의 '돌' 이미지이다. '저편으로/혹
은 이편으로/그것은 落下한다'고 하는데 저편이든 이편이든 상관없다는
이런 인식은 더 이상 '집'에 집착하지 않는다는 것의 반영이다. 그는 여기
서 나아가 '어디서 어디까지'라거나 '무엇 때문이라거나'하는 '제한과 물

음'까지도 벗어버린 채 낙하하는데, 이는 '집'에 집착하지 않으므로 '집'
을 복원하기 위해서 자신의 근원을 찾는다든지 '집'을 얻기 위해 '질주'한
다든지 하는 일이 이젠 의미 없어 졌음을 말하는 것이다. 이미 자신의 한
계를 접하고 그 안으로 응축한 둥근 돌은 그 자신이 하나의 집이며 하나
의 중심이다. 자신의 안에서 중심을 찾은 화자는 그저 던져졌으니 '속도
에 가속도'를 붙여가며 '갈리고 깎이면서' 낙하하는 자신이 던져진 상황
이 '왜' 발생된 것인지, '언제까지' 그래야 하는지의 물음도 더 이상 중요
하게 느끼지 않는다.

　그는 연작시 「砂礫質」에서 이런 인식을 더욱 극명히 드러낸다. 사력질
이란 '돌멩이가 섞인 모래'를 의미하는데 이는 시적자아가 자신을 사막
같은 모래의 세계로 던져진 하나의 돌멩이로 인식하고 있음을 보여주는
것이다. 시적자아는 자신의 상황을 숙명적으로 받아들이는데 이를 허무
주의적인 태도로만 볼 수는 없다. 집을 소유하려 하는 대신 그 자신이 하
나의 집이라는 인식이기 나타나기 때문이다.

앉으면
그것이 그의 자리다.
널려있는 星座를 이고
비람에 씻기운다.
내 것이 없는 있음 속에서
옮아가는 별자리의
스치는 옷자락 소리가
조심스럽다.
꽃이 핀다.
도라지는 도라지빛으로
구름은 구름의 빛깔로

하지만 흐르는 물은
제자리로 돌아갈 뿐
앉으면
그것이 그의 座向이다.
널려 있는 星座를 이고
뿌리를 내리는 돌의 깊이
옮아가는 별자리의 스치는
옷자락 소리가 조심스럽다.

— 「座向(돌의 詩②)」 전문

화자는 '돌' 이미지를 통해 공간에 대한 소유의식이나 장소에 대한 집착에서 완전히 벗어나 있다. '앉으면 그것이/그의 자리'라는 선언적 명제는 돌을 그 안에 자아가 온전히 담길 수 있는 안전하고 단단한 집110)으로 인식하고 있음을 드러내는 것이다. 밤하늘의 성좌들이 '널려 있다'는 것은 별들 역시 그들의 座席이 있는 것이 아니라 아무 곳이라도 앉으면 그곳이 그들의 星座가 된다는 인식의 반영이다. 또한 '내 것이 없는 있음'이란 우주의 어느 곳에도 자신의 몸을 쉴 집은 없지만 그 자신이 집이기에 우주의 어느 곳도 집이 될 수 있다는 의미이다.

박목월의 시에서 '눕는' 상상력이 없는 것은 주목할 만하다. 그의 수평적 상상력은 서서 돌아다니거나 '앉는'다. '앉는' 것은 '눕는' 것에 비해 한시적인 동작이며 곧 일어서서 그 자리를 떠날 것임을 함축하고 있는 동작으로 박목월의 시가 수평적 상상력과 수직적 상상력 모두에서 경계적 자아의식에 깊이 연관되어 있음을 보여주는 것이다. 박목월의 집은 눕기

---

110) 엘리아데는 "돌은 존재하며 항상 그 자신으로 머물러 있고 변화하지 않는 불변성과 견고함 영속성, 절대성이라는 종교적 가치들"을 가지고 있다고 한다(엘리아데, 『성과 속』, 139쪽).

위한 집이 아니라 앉기 위한 집이다. 시인이 그토록 바라는 앉음의 세계
는 그 자체로 일어섬을 전제한 세계이며 눕는 것과 서는 것 사이에 있는
경계적인 세계이다. 시인은 이편과 저편이라는 이항대립적 현실인식에
서 어느 편에 더 가치를 두었을지언정 한 쪽을 버리고 다른 쪽을 선택하
지 않았다. 그는 늘 그 경계에서 헤매고 살았다. 그는 그 두 곳에 모두 뿌
리내린 행복한 균형을 이룬 자아상을 이상적 자아의 완성으로 보았으며
그것이 그가 원하는 이상적 집의 추구로 나타났던 것이다. 그가 바라는
집은 때문에 눕기 위한 집이 아닌 '앉음의 세계'였고 그것이 후기시에서
'돌─집'의 이미지로 나타난 것이다.

> 세상의 모든 자리는
> 떠 버리면 흔적 없다.
> 풀꽃도 자취없이 사라지고
>
> ─「無題」,『砂礫質』

'세상의 모든 것은/앉는 자리가 그의 자리'이지만 '떠 버리면' '흔적이
없'다(「無題」,『砂礫質』,『無順』)는 것은 죽음에 대한 인식이다. 시인은
죽음의 인식을 통해 역설적으로 세계와의 동일성에 도달하는 것이다.
'떠 버리면' '흔적이 없'는 세계에 대한 자의식이 시인에게 앉으면 그것이
그의 자리라는 인식을 가능하게 해 주기 때문이다. 이제 하나의 돌멩이
인 그 자신이 하나의 '집'이며 우주宇宙[111]도 '집'이므로 이제 그 안에서
그는 완벽한 동일성에 이르게 된다. 이제 그는 앉으면 그것이 그의 座向

---

111) 宇宙와 國家는 언어 그 자체에도 '집'의 개념이 들어가 있다. 宇宙의 훈은 모두 집이며
    宇(집의 처마)는 공간성을 宙(배나 수레의 왕래)는 시간성을 나타낸다(김창수, 앞의 논
    문, 16쪽).

이며 자리가 되는 세계에 존재한다. '一白萬 光年(「한계」)'이라는 우주적 거리만큼 떨어져 있던 성좌들은 이제 성큼 다가서고 화자는 우주적 거리와 시간을 자신의 단위로 인식한다. 이제 그는 그 성좌들이 우주적 시간이 걸려서 움직이는 움직임을 그저 옮겨 다니는 것으로 보게 되며 별들이 서로 움직일 때 스치는 순간의 옷자락 소리를 들을 만큼 가까이 있게 된다.

시인은 평생을 집요하게 추구해온 집에 대한 집착을 포기하고 시선을 내부로 돌리자 그 안에서 우주를 발견하는 개안을 이루게 된다. 이런 개안을 통해 그는 최소자아상(minial self image)인 돌이 그 자체 하나의 안전하고 단단한 집이라는 '돌―집'의 이미지를 만들어 낸다. '돌―집'의 이미지는 이항대립적 현실인식에서 어느 한 쪽을 버리고 선택하기보다는 그 경계에 머물며 집을 갖고자 했던 시인의 이상적 집인 '앉음의 세계'로서의 집 이미지이다. 그는 이제 '앉으면 그것이 그의 자리'인 세계에서 살며 '새로운 우주와 질서'를 대면하는데 이런 공간의식은 '뒤돌아보면 우주의 반이 회전하고 길을 건너면 방향이 달라진다(「路上」)'고 표현되기도 한다. 이는 중기시에서 집요하게 보여주던 이항 대립적 공간인식이 더 이상 무의미함을 의미하는데 시인이 이항대립의 틈새에서 행복하게 존재하며 하나의 우주를 발견했음을 나타내는 것이다.

3) 비석 이미지와 꽃 이미지를 통한 우주로의 확산

시인은 돌을 '돌―집'으로 인식하면서 그 안쪽에서 하나의 투명한 우주를 발견하는데 이는 돌이 그 안에 모든 것을 품고 있는 집이라는 인식에서 비롯한 것이며 이런 인식은 돌을 '씨앗'이나 '알'의 이미지로 바꾸어 놓는다. 총체적 우주를 품고 있는 씨앗(cosmic egg)으로서의 돌은 '돌―집'의

상상력에서 멈추지 않고 그것이 우주로 확산되는 상상력을 예비한다. 그는 죽음을 생각하게 되면서 죽음 후의 영원한 집을 기리는 돌인 '묘비석'에의 탐구를 보여주는데 이는 시간적으로 총체적 우주宇宙에 접근하는 것이다.

돌을 갈아라 한다
나의 年齡이 內面의 渴求가
나의 墓碑를 위하여.
石工은 남의 碑石을 갈지만
나는 나를 위하여.
詩人이든 農夫이든
돌을 가는 자는 슬기롭다
그 자신의 墓碑를 위하여.
결국 우리는 돌 안에 잠든다.
그 정결한 청산과 망각.
저녁놀에 물든 碑石을
바람이 어루만진다.

—「平日詩抄2」전문

화자는 자신의 묘비를 위하여 돌을 간다. 그것은 자신의 연령과 내면의 갈구가 시키는 일이다. '가을비에/碑石. 젖는/돌의 묵묵한 그것은/우리들 본연의 모습이다.(「간밤의 페가사스」)'에서처럼 또는 '결을 갈아낸 半坪쯤의 大理石'을 '때로는 구름이 어리는 거울./때로는 바람이 쓰담아주는 碑石(「돌」)'에서처럼 시인은 묘비석을 제련된 자아의 모습으로 보고 있다.

화자는 자신의 비석을 가는 사람이 슬기롭다고 하는데 그것은 결국 사람이 돌 안에 잠들기 때문이라고 한다. 성리학에서는 우주와 인간은 동일한 구조와 원리로 이루어져있다고 보고 있는데 퇴계의 「천명도설후서(天命圖說後敍)」에 나타난 우주와 인간의 형상에 대한 도상이 대표적 사례이다.[112] '천명도'에 나타나는 인형人形의 도상은 위가 둥글고 아래는 모가 난 모양(∩)이다. 이는 둥근 머리와 납작한 발을 특징화한 것이며 사람이 둥근 하늘과 모난 땅의 두 가지 성질을 아우르고 있음을 상징하는 것이다. 이 형상은 집의 모양이나 망자의 표상인 비석, 지방紙榜의 형태와 동일하며 죽은 자의 무덤의 형태와도 일치한다. 비석은 죽음 후에 육신과 영혼이 쉴 수 있는 집[113]으로 비석을 가는 것은 자아의 제련을 통해 시간적 유한성을 극복하려는 영원에의 추구라 할 수 있다. 이런 시간적 유한성의 극복은 죽음에 대한 시인의 독특한 인식으로 이어진다.

　　　너를 보듬어 안고
　　　구김살없는 잠자리에서
　　　몸을 섞고
　　　너를 보듬어 안고
　　　안개로 둘린
　　　푸짐한 잠자리에서
　　　산머리여
　　　너를 보듬어안고
　　　홍건하게
　　　적셔적혀 흐르는 강물줄기에
　　　해도 달도 태어나고

---

112) 『退溪先生文集』 卷四十一, 한국정신문화연구원(영인본), 1980, 10a,b(김창수 앞의 논문에서 재인용).

113) 모리스 렌하르트는 『뉴칼레도니아 민족지』에서 "돌은 선조의 석화된 정령이다."라고 기록하였는데 이것을 글자 그대로 생각할 수는 없다. 돌은 '석화된 정령'이 아니라 그 정령의 구체적인 표상, 임시적 혹은 상징적인 '서식처'이다(M. Eliade, 이은봉 역, 「장례거석비」, 『종교형태론』, 한길사, 1997, 299~302쪽).

東도 西도 없는
잠자리에
너를 보듬어안고
적셔적셔 흐르는 강물줄기여
너에게로
돌아간다.

―「同寢」 전문

위의 시에서 시적자아는 인간으로의 유한성을 극복하고 우주 공간과 완전한 합일에 이르고 있음을 나타내 보여준다. 박목월이 도달한 완전한 합일은 '너'와의 '동침'을 통해 완결된다. 이 경우 '너'는 인간의 한계를 벗어난 원초적 섭리의 세계이며 우주 궁극의 세계일 것이다. 우주 궁극의 세계와의 동침을 통해 '해도 달도 태어나고/ 동도 서도 없는' 근원 세계가 새롭게 열린다. 그러므로, 한 인간의 죽음은 우주 궁극의 세계와의 동침이며 새로운 시작을 뜻하는 것이고 절대 세계인 너에게로 돌아가는 일이기도 할 것이다. 박목월은 이제 든든하고 안전한 집에 도달한 것이며, 섭리의 세계와의 동침을 통해 무한히 넓고 큰 집을 찾고 있는 것이다.

모든 집은 위상학적인 위치와 상관없이 개인에게 세계의 중심으로 인식되는데 중심은 지구표면의 특별한 점이 아니다. 그것은 독특한 사건들과 장소(locality)들에 묶인 가치라기보다 신화직 사고의 개념이다.[114] 시적자아는 자신이 돌이며 어디건 앉는 곳이 그의 자리가 되어 '돌-집'이 된다는 상상력을 펼치는데 이 돌-집은 중심의 집으로서의 속성을 지닌다.

---

114) Yi-fu Tuan, 「고국에 대한 애착」, 앞의 책, 186쪽.

구름이 날개를 적시는
따끝에서
바다가 얼어붙는
不毛地의
이편 따끝까지
그 중심에서
나의 발길이 채이는
한 덩이의 돌.
거품으로 이는 垂直의 연꽃
꼭지에서
硫黃과 불의 바닥까지
그 중심에서
나의 발길에 채이는
한 덩이의 돌.
바람과
고래의 길에서
水脈으로 사라지는
水菊의 오늘의 줄기에
또는 해와 달의
그 중심에서
나의 발길에 채이는
한 덩이의 돌.
사랑이여
사랑이여
사랑이여
한 가닥의 핏발로 뻗치는
억겁의 순간
순간.
나의 발길에

툭 채이는
한 덩이의 돌.

— 「中心에서 — 돌의 詩①」

이 시는 중심을 노래하고 있다. 때문에 중심을 사이에 두고 이항 대립적인 구도가 나타난다. '구름이 날개를 적시다/바다가 얼어붙다'는 각기 다른 따끝의 풍경이며 그 수평적 공간의 중심이 첫 번째 중심이다. '垂直의 연꽃의 꼭지'에서 '유황과 불의 바닥까지'라는 것은 천상과 지옥을 의미하고 그 수직공간의 중심이 두 번째 중심이다. 세 번째 중심은 바람과 고래의 길의 중심으로 이는 대기와 바다의 중심이며, 마지막으로 해와 달의 중심은 낮과 밤이라는 시간의 중심이다. 다시 말해 물(바다), 불(유황과 불), 흙(따끝), 공기(바람)라는 우주의 4원소의 중심과 수직적 공간과 수평적 공간의 중심, 그리고 낮(해)과 밤(달)이라는 시간의 중심을 설정한 것인데 화자는 그 중심에서 매번 발길에 채이는 한 덩이 돌을 발견하게 된다. 발길에 채인다는 것은 돌에 걸린다는 것이며 그럼으로써 그 돌을 바라보게 되고 인식하게 되는 과정을 의미한다. 무한의 시공간의 중심에서 대지의 배꼽[115]인 돌을 발견하고 인식하게된 화자가 '사랑이여'라고 세 번 부름으로써 화자는 그 돌의 무한 세계로 이끌려 들어가는 것이다.

박목월의 시에서 '사랑'이라는 말은 금기시 되어 있다고 할 만한 단어이다. 그는 사랑을 주제로도 소재로도 사용한바 거의 없으며 의식적으로 사랑이라는 말 대신에 동경을 나타내는 '생각'이나 '그리움'이라는 말을 사용하였다. 시인이 사랑이라는 말을 사용할 때는 부모자식간의 사랑이

---

115) M. Eliade, 「성스러운 돌, 옴팔로스, '세계의 중심'」, 『종교형태론』, 316~318쪽.

나 신의 사랑을 이야기 할 때뿐이었다. 때문에 이 시에서 사용된 영탄조의 '사랑이여'라는 말은 세 번 반복되면서 주문과 같은 역할을 하게 되는데 그 돌에 의해 무한의 세계로 이끌려 들어간 화자는 우주의 중심에 있는 돌이 '한 가닥의 핏발로 뻗'쳐 우주의 중심축이 되는 '억겁의 순간'을 맞이하는 것이다. 이 중심축은 9행의 '수직의 연꽃'과 같은 것인데 연꽃은 생명을 싹트게 하는 힘을 가진 우주의 파동으로116) 물에서 연꽃이 나오는 것이 우주의 창조과정을 의미하는 인도의 신화에서도 같은 상상력을 찾아볼 수 있다.117)

박목월에게 식물 이미지는 이상적 자아상이다. 식물은 수직적으로 상방공간을 지향하면서도 상방공간에 팔을 벌린 만큼 하방공간에도 뿌리를 굳게 내린다. 지상과 지하라는 이항 대립공간의 경계에 있지만 그 양쪽에 모두 굳게 뿌리내린 양방향 지향적인 존재인 것이다. 또한 식물은 수평적으로 고정되어 있는데 이는 박목월에게 '집을 갖은 자의 삶'으로서의 '정착'이라는 긍정적 의미항이 된다. 때문에 박목월은 식물이나 나무를 자아와 동일시하는 경우가 많다. 이런 식물적 자아상은 후기시의 돌 이미지와 겹쳐진다. 「간밤의 페가사스」에서 '가을비에 碑石……제자신의 內面으로 침잠하여 안으로 물드는 단풍. 人間의 心性은 섬유질이다. 가늘게 올이 뻗쳐 죽음을 자각하는 자만이 참된 삶을 깨닫는다.'라고 하는 것이나 「座向－돌의 시②」에서 '뿌리를 내리는 돌의 깊이'라고 하는 것, 그리고 「轉身」에서 '나는 씨앗이 된다, 과실 안에 박힌. 信仰에 싹튼, 未來의 約束과 安堵를 나는 안다……나는 돌이 된다. 河床에 딩구는 신의

---

116) Georges Nataf, 김정란 역, 『상징 · 기호 · 표지』, 열화당미술신서, 1987, 94쪽.
117) 인도의 신화에서 태초의 물 위에 나라야나(Nārāyana) 떠 있고 그 배꼽에서 우주나무가 자라는데 푸라나 전통에서는 우주나무 대신에 연꽃의 중심에서 신들이 태어나는 우주 창조의 신화를 표현하고 있다(M. Eliade, 「물에 의한 우주창조」, 『종교형태론』, 267쪽).

攝理와 役事를 나는 안다.'고 하는 것은 모두 돌을 식물적 상상력으로 변성시킨 것이다. 박목월의 시에서 돌에 식물적 상상력이 스며들 수 있는 것은 시인이 돌을 자아가 담기는 집으로 인식하기 때문이다.

'돌－집'은 그 안에 모든 것을 가지고 있는 충만한 집의 상상력이라는 점에서 그리고 둥글다는 점에서 씨나 알이 될 수 있는데 박목월은 돌을 식물적 상상력인 씨앗으로 인식한다.118) '아아 一屋의 領土를. 愛憐에 물결치는 나의 나날과 나의 존재를 芥子씨의 存在를'이라는 「作品五首1」의 구절은 집을 하나 가지고 싶다는 열망과 화자가 자신을 겨자씨로 생각하고 있음을 보여준다. 다시 말해 '자아⇔씨⇔돌⇔집'의 관계가 성립하는 것이다. 이런 상상력의 과정을 통해 중심에서 하방공간으로 '뿌리를 내리는' 돌 이미지나 중심에서 상방공간으로 '한 가닥의 핏발로 뻗치'며 확산하는 돌 이미지가 가능한 것이다. 꽃은 언제나 씨앗의 안에 있는 것이다.119) 돌이 '돌－꽃'으로 변성되는 데는 '돌－집'이 된 자아의 확산 의지가 담겨있다. '돌－꽃'을 통해 우주로 확산되는 상상력은 곧 시적자아가 그 자체로 하나의 집이면서 동시에 우주로 확산되어 우주의 집과 합일을 이룸을 보여주는 것이다. 이제 '자아⇔씨⇔돌⇔집⇔우주'의 관계가 성립되며 공간적 유한성을 극복한다. 이러한 자아의 우주화는 「無題」에서는 자아가 하늘로 상승할 수 있는 통로를 마련하여 주는 신의 손으로서의 '줄'의 이미지로 형상화되며, 「겨우살이」에서는 육체를 표상하는 중량감이 모두 제거되어 공기처럼 가벼워진 자아를 받아주는 '크고 부드러운 손'의 이미지로 형상화되기도 한다.

---

118) 박목월의 원환의 상상력으로서의 '알, 씨앗, 열매'와 '돌'과의 상관성에 대해서는 김용희의 글 참조(김용희, 「이미지와 거리의 변화구조」, 앞의 책, 250~265쪽).
119) G. Bachelard, 「집」, 『공간의 시학』, 143쪽.

크고 부드러운 손이
내게로 뻗쳐온다.
다섯 손가락을
활짝 펴고
그득한 바다가
내게로 밀려온다.
인간의 종말이
이처럼 충만한 것임을
나는 미처 몰랐다.
허무의 저편에서
살아나는 팔.
치렁치렁한
星座가 빛난다.
목언저리쯤
가슴 언저리쯤
손가락 마디 마디마다
그것은 寶石
그것은
눈짓의 信號
그것은 復活의 조짐
하얗게 삭은
뼈들이 살아나서
바람과 빛 속에서
풀잎처럼 수런거린다.
다섯 손가락마다
하얗게 떼를 지어서
맴도는 새.
날개와 울음.
치렁치렁한

— 「크고 부드러운 손」 전문

　박목월은 그의 전 시작과정에서 집을 갖기 위한 오랜 방황과 번민의 과정을 보여주다 응축된 집으로서의 자아를 발견하며 그 자신이 우주로 부풀어올라 우주의 집과 합일을 이루게 되는 상상력을 보여준다. 이는 시인이 끊임없이 추구했던 '집'에 도달한 것으로 상상적으로 전일적인 자아에 도달한 것이다. 상상적 총체성의 세계 안에서 시인은 우주의 '크고 부드러운 손'을 발견하고 그 손이 자신을 향해 다가오는 것을 보게 된다. '인간의 종말이/ 이처럼 충만한 것임을/ 나는 미처 몰랐다.'고 토로하게 된 것은 그 '손'이 어떤 결핍도 능히 극복할 수 있는 것으로 자신이 그 총체성의 세계 어느 곳으로 떨어져도 부드럽게 받아주고 잡아줄 것임을 인식하기 때문이다. 허무의 저편에서조차 시인을 잡아줄 팔이 살아나고 있으므로 알 수 없는 세계를 의미하는 검고 거대한 바다는 자아의 한계를 상기시키며 허무감을 주거나 두려움을 주는 바다가 아닌 '그득한 바다'로 인식된다.

　박목월은 '집에만 돌아오면 미지근한 물에 발을 담그듯 머리를 감듯 우리를 싸안아 주시는 어머니의 음성(「어머니의 음성」)'에서처럼 자신이 바라는 집의 이미지를 모성화된 따뜻한 물로 형상화하기도 하였는데 '그득한 바다'는 그것의 확장된 이미지이다. 그 곳엔 치렁치렁한 성좌가 빛나고 있으며, 손가락 마디마다 별이 보석으로 들어와 박혀 빛나고 있다. 그것은 또한 부활의 조짐으로 이미 죽어서 '하이얗게 삭은/ 뼈들이 살아나서/ 바람과 빛 속에서/ 풀잎처럼 수런거리'고 있다. 박목월은 오랜 방황과 번민의 과정을 거쳐 우주의 섭리 속으로 귀환한다. '크고 부드러운 손'을 발견하게 되었으며 그 손이 자신을 향해 다가오는 것을 보게 된 것이다. 그는 하늘에서 '줄이 한 가닥/어디서 어디쯤이랄 것도 없이/느리게 흔들'리는 것을 보기도 하는데(「無題」, 『無順』), 이 줄은 바로 모태와 태아가 연결되어 있듯이 어머니와 화자가 연결되어 있음을 보여주던 '손' 이미지의 우주로의 확장을 보여준다. 박목월은 그의 시작과정의 마지막에 이르러 모성적 우주가 크고 부드러운 손을 뻗어오는 장관을 목격하는 것이다.

박목월은 후기시에서 대립적 현실인식에 의한 이항대립적 공간의 경계에 행복하게 자리 잡은 집을 발견하는데 응축된 최소자아상인 '돌―집'이 그것이다. 그 안에 자아가 온전히 담길 수 있으며 그 안에 모든 것을 가진 충만한 집이라는 상상력에서 돌은 총체적 우주의 씨앗으로 인식된다. 또한 돌이 '씨앗'으로 인식되는 것은 시인의 이상적 자아상인 식물 이미지와 둥글다는 원환의 상상력과도 관계가 있다. 이런 총체적 우주의 씨앗으로서의 돌은 우주로의 확산을 이미 함축하고 있다. 시인은 제련된 자아상으로서의 묘비석에의 탐구를 통해 죽음이라는 시간적 유한성을 극복하며, '돌―꽃'의 이미지를 통해 공간적 유한성을 넘어서 우주로의 확산을 보여준다. 우주와 합일을 이룬 시인은 거대한 모성적 우주가 자신에게 크고 부드러운 손을 뻗어오는 것을 느끼며 상상적 총체성의 세계를 대면하게 된다.

5. 결론

지금까지 박목월 시의 공간상상력은 '집'의 상상력으로부터 풀려나오며 '집의 추구'를 시인이 자아의 완성과정과 동일시하고 있다는 것이 그의 시의 변모를 유도하는 원동력임을 살펴보았다. 기왕의 박목월 시 연구에서 '집' 이미지는 공간 체계 안의 소품이나 중기 생활시의 세속적인 생활고의 부산물 정도로만 취급되어 왔는데 사실 박목월의 수필과 시에서 '집-없음'의 인식과 '집'의 추구는 매우 집요하고도 지속적으로 나타남에도 '집' 이미지에 대한 연구는 진지하게 이루어지지 못했다. 본고는 그런 점에 착안하여 박목월 시에 나타난 '집'의 상상력의 특성으로서의 '집'에 대한 시인의 인식이 공간체계를 형성하는 핵심원리로서 어떠한 의미를 가지는가를 밝히려는 의도에서 시작되었다.

본고에서 집은 첫째, 인간의 영혼과 육체가 거주할 수 있는 공간이다. 거주는 자아가 지속적인 삶의 근거를 발견한 공간에 소속감을 느끼며 머무는 것인데 이런 공간은 자아에게 정체성을 부여해준다. 둘째, 집은 외부세계로부터 자아를 보호하는 비호성을 가진 공간이지만 그 벽이 두터워 억압적 공간이 되어서는 안된다는 점에서 자아에게 친밀감과 해방감을 주는 공간이어야 한다. 그리고 집은 자아가 도달하고자 하는 근원이며 중심이라는 점에서 집을 갖고자 추구하는 과정은 개체화과정(individuation process)으로서의 자아완성을 추구하는 과정으로 볼 수 있다. 이러한 집은 건축학적인 개념이 아니라 인간의 몸으로 축소될 수도 있고 우주로 확장될 수 있는 상상적인 공간이며 집의 개념과 범주는 대상에 대면하는 주체의 자아의식에 의하여 결정되는 것이다.

2장은 박목월이 초기시에서 시적자아의 안전감과 안정감을 위협하는 현실을 괄호 쳐내고(bracket out) 비호성을 지닌 집으로서의 공간을 의도하였지만 시적자아의 의식은 그곳을 이상향으로서의 자연이나 유토피아적 공간으로 느끼고 있지 않다는 문제의식에서 출발한다. 박목월의 초기시는 산으로 둘러싸인 인적이 없는 폐쇄공간인 시인의 '마음의 지도' 안에서 쓰여진다. 그러나 시인이 구축한 관념공간은 유폐감을 주기에 시적 자아는 그 공간을 벗어나고 싶어 하는데 그것이 '길' 이미지로 형상화된다. 그 길은 동경과 좌절을 모두 주는 대상이며 오히려 유폐감을 더욱 강조하여 슬픔을 주는 대상이 된다. 이런 유폐감은 장님의 이미지로 변주되기도 한다. 시적자아는 유폐감을 주는 공간을 떠나려고 하기보다는 그 안에 머물며 유폐감을 타개하고자 하며 이는 유폐적 상상력의 하위 이미지인 장님의 이미지에서 파생된 개안에의 지향으로 나타난다.

『靑鹿集』이 폐쇄공간에서의 유폐감과 그것의 타개를 위한 개안에의 열망을 보여주었다면『山桃花』에서 시인은 상상적 개안을 통해 유폐감을 해소한다. 어둠의 결정체로서의 바위와 유폐감의 불러일으키는 벽으로서의 산이라는 두 가지 의미항인 '石山'을 연금술적 상상력에 의해 자수정의 이미지인 '보라빛 石山'으로 변성시킨 것이다. 어두운 바위를 보석 이미지로 바꾸는 시인의 상상적 개안을 통해서 초기시의 관념공간이 주던 유폐감은 해소되며 그 공간을 안정감과 친밀감 그리고 해방감을 주는 집으로 받아들이게 된다. 이제 시인은 자신이 만들어놓은 관념의 집을 전원공간으로서의 집으로 형상화하며 그 안에서의 안빈자족적 삶을 노래한다. 그러나 초기시에서 시인의 개안은 통과의례의 과정이 없이 이루어진 것으로 진정한 개안이라 볼 수 없다. 이는 박목월 초기시의 가장 큰 특징이며 한계인 시인의 관념성에서 기인한 것이다. 관념성에 기반한 관념공간은 지속적인 삶의 근거가 되는 집의 기능은 하지 못한다. 이런 관념성에 대한 반성과 한계의 인식은 시인이 자신의 현실에 대한 관심과 그것에 기반한 집을 추구하는 방향으로 나아가게 하는 원동력이 된다.

3장에서는 중기시에서 시인이 자신의 현실에 관심을 가지고 그것에 근거한 집을 추구하는 과정을 살펴보았다. 지속적인 삶의 근거가 되는 장소에서 거주하며 소속감을 느끼고 그곳에서 정체성을 부여받으려 하는 것이다. 박목월은 중기시에서 현실 공간을 '이편/저편', '상/하' 등 이항 대립적으로 인식하는데 이는 그가 한 가정의 아버지와 시인이라는 자신의 두 가지의 현실을 대립적으로 인식하고 있음을 드러내는 것이다. 시인은 이항대립적 공간의 '사이'에 있거나 한 쪽에서 다른 쪽을 지향하는 '경계적 자아의식'을 드러내는데, 그 두 가지 정체성이 서로 역기능을 하고 있다는 인식이 갈등을 고조시킴에도 그는 어느 한 쪽을 버리고 다른 쪽을 선택하지 않는다. 경계적 자아의식과 집의 추구는 자아의 길과 여행 이미지로 나타난다. 무잡한 현실 속에서 자신의 정체성을 확립하려는 노력과 그것의 좌절은 길과 여행의 끝에서 돌아온 집이 '길로 벽을 짜올린 집'이라는 인식에서 정점을 보여준다. 현실에 지은 집이 외부공간에 의해 침범되어 더 이상 내부도 외부도 아닌 경계상태의 공간으로 집의 기능을 하지 못하는 것이다. 집의 내부공간 역시 수직적 길인 계단과 수평적 미로로만 이루어져 있는 공간으로 이 집은 미완의 집이 된다. 집안에서도 길을 헤매어야 하는 한계의 자각은 고독과 허무감으로 이어지는데 시인의 이상적 자아상으로서의 '식물―집'의 상상력은 그 좌절로 인해목마름의 상상력과 포개진다. 시인은 지속적인 삶의 근거가 되는 현실의 집을 짓고 정체성을 탐구하지만 경계적 자아의식을 확인하는데 그치며 미완의 집의 한계를 인식하게 된다. 이러한 한세의 지각에도 시인은 현실의 이중성을 극복하거나 어느 하나를 선택하는 대신 경계에 머물면서 현실의 틈새에 기억공간을 불러오게 된다.

4장 1절에서는 시인이 구체적인 경험과 감각으로 기억된 유년의 집인어머니와 고향을 현실의 틈새에 불러와 재현하려 했음을 살펴보았다. 그는 신체에 기억으로 저장된 감각 이미지들을 통해 자신에게 새겨져 있는 근원을 불러내려 하였으며, 고향의 언어인 사투리를 통해 그것을 현실의 틈새에다 발화하고자 하였다. 이런 작업과정은 근원적인 집을 형상화하는 방식이 아닌 신체에 기억된 집의 감각을 찾아내는 방식으로서의 집의 추구이다. 시인에게 기억된 유년의 집은 '질서 있게 균형 잡힌 모든 것'이며, 안정감과 안전감을 주고 자아의 근거가 되는 정체성을 부여하는 근원적인 집이다. 그러나 이것은 경험적인 시간이 침투하면 사라지는 공간이며 '지금―여기'에 지속될 수 없는 집으로 시인은 다른 방식의 집짓기로 나아가야 한다.

4장 2절에서는 후기시에서 시인이 발견한 안전하고 단단한 '돌―집'의 이미지가 죽음에 대한 성찰과 조우하면서 시간적 공간적 한계를 극복하고 영원의 집인 우주宇宙로 확산되어 가는 과정을 살펴보았다.

'돌―집'의 이미지는 시인이 이항대립의 틈새에 행복히 존재하며 하나의 우주를 발견했음을 보여준다. 외부에서 집을 구하려던 시선을 거두어 안으로 돌리자 그 안쪽에서 하나의 투명한 우주를 발견하는데 이는 집이라는 상상력에서 그 안에 모든 것을 품고 있다는 인식으로 나아간 것이다. 이런 '모든 것을 품고 있음'이라는 집의 상상력은 돌을 '씨앗'이나 '알'의 이미지로 바꾸어 놓는다. 총체적 우주를 품고 있는 씨앗(cosmic egg)으로서의 돌은 그것이 우주로 확산되는 상상력을 함축하고 있다. 그는 죽음 후의 영원한 집을 기리는 돌인 '묘비석' 이미지에의 탐구를 보여주는데 이는 죽음이라는 시간적 유한성을 극복하며 총체적 우주에 접근하는 것이다.

또한 돌이 씨앗으로 인식되는 것은 시인의 이상적 자아상인 식물 이미지와 둥글다는 원환의 상상력과도 깊이 연관되어 있다. 박목월에게 식물은 수직적 상하의 양방향에 뿌리내리고 성장하는 행복한 경계적 삶을 보여주며 수평적으로 고정되어 있는 것은 정착이라는 긍정적 의미항이다. 식물적 상상력이 돌에 스며들어 '돌−집'이 '돌−꽃'으로 변주되는데 씨앗이 꽃으로 피어나는 이미지는 공간적 유한성을 극복하며 宇宙로 확산하려는 의지를 보여준다. 우주와 합일을 이룬 시인은 상상적 총체성의 세계에서 거대한 모성적 우주가 크고 부드러운 손을 뻗어오는 것을 목격한다. 박목월은 오랜 번민을 거쳐 상상적으로 전일적인 자아에 도달한 것이다.

■ 참고문헌

<기본자료>
시집
『靑鹿集』, 乙酉文化社, 1946.
『山桃花』, 英雄出版社, 1955.
『蘭 · 其他』, 新丘文化社, 1959.
『晴曇』, 一潮閣, 1964.
『어머니』, 三中堂, 1967.
『慶尙道의 가랑잎』, 民衆書館, 1968.
『無順』, 三中堂, 1976.
『크고 부드러운 손』, 靈山出版社, 1979.
『朴木月詩全集』, 서문당, 1993.
『강나루 건너서 밀밭길을』, 心象社, 1998.

산문집
『보라빛 素描』, 新興出版社, 1958.
『久遠의 戀歌』, 歐文社, 1960.
『구름에 달 가듯이』, 三中堂, 1977.
『내 영혼의 숲에 내리는 별빛』, 文學世界社, 1979.
『밤에 쓴 人生論』, 三中堂, 1979.
『M으로 시작되는 이름에게』, 문학과 비평사, 1988.

기타자료
미수록 시 30편.

<국내논저>

학위논문

권명옥, 「박목월시연구」, 한양대학교 박사학위논문, 1990.

금동철, 「박목월 詩의 텍스트 생산 硏究」, 서울대학교 석사학위논문, 1994.

김옥성, 「김현승 시에 나타난 전이적 상상력 연구」, 서울대학교 석사학위논문, 2001.

김창수, 「한국 근대시에 나타난 집 이미지 연구」, 고려대학교 박사학위논문, 2001.

김혜니, 「박목월 詩 空間의 記號論的 硏究」, 이화여자대학교 박사학위논문, 1990.

남용우, 「박목월 문학에 나타난 회귀의식 연구」, 단국대학교 석사학위논문, 2001.

박병동, 「심청전의 제의적 성격」, 충남대학교 석사학위논문, 1985.

박상숙, 「박목월 시에 나타난 기독교적 세계관」, 숙명여자대학교 석사학위논문, 1999.

박종대, 「윤동주 시의 '길찾기'에 관한 연구」, 연세대학교 석사학위논문, 2000.

양성훈, 「木月 詩 變貌過程에 관한 연구」, 연세대학교 석사학위논문, 2001.

엄경희, 「박목월 시의 공간의식 연구-'길' 이미지를 중심으로」, 이화여대 석사학위논문, 1989.

오재숙, 「한국 현대시에 나타난 '돌'의 상징성 연구」, 동국대학교 석사학위논문, 1999.

이명찬, 「1930년대 후반 한국시의 고향의식 연구」, 서울대학교 박사학위논문, 1999.

이성선, 「박목월 시의 공간의식과 심상체계」, 고려대학교 석사학위논문, 1988.

이재분, 「박목월의 시에 나타난 길의 이미지 연구」, 숙명여자대학교 석사학위논문, 1990.

이정자, 「박목월 시 연구」, 한양대학교 석사학위논문, 1988.

이충강, 「목월시의 변모양상」, 한국외국어대학교 석사학위논문, 1994.

이희중, 「박목월 시연구」, 고려대학교 석사학위논문, 1985.

연구논문 및 평문

금동철, 「박목월 시의 '어머니' 이미지와 근원의식」, 『한국시학연구』 제3호.

김관식, 「청록파에 있어서 자연의 해석」, 『현대문학』 1971.10.

김동리, 「木月 詩의 秘密과 强點」, 『현대문학』 1976.6.

______, 「自然의 發見」, 『文學과 人間』, 민음사, 1997.

김열규, 「정서적 인식과 종교적 위탁」, 『심상』 1980.3.

김윤식, 「박목월론」, 『심상』 1977.6.

______, 「도라지빛 하늘꼭지에 이른 길」, 『심상』 1979.3.

김재홍, 「목월 시의 성격과 시사적 의미」, 『현대문학』 1988.5.

김종길, 「鄕愁의 美學」, 『진실과 언어』, 일지사, 1974.

박운용, 「朴木月 詩의 自然空間 硏究」, 『심상』 1984.3, 1984.5, 1984.6.

신동욱, 「박목월의 시와 외로움의 의식」, 『우리시의 역사적 연구』, 새문사,
        1981.

신범순, 「현대시에서 전통적 정신의 존재형식과 그 의미 : 김소월과 백석을
        중심으로」, 『국어교육 96』 1998.12.

오세영, 「박목월의 변모」, 『현대시학』 1971.6.

______, 「박목월론」, 『현대시와 실천비평』, 이우출판사, 1983.

______, 「형식적 기교미와 자연의 인식」, 『문학사상』 1984.8.

______, 「韓國文學의 本質과 空間化 指向」, 『문학사상』 1986.4.

이성교, 「크고 부드러운 손」, 『심상』 1979.3.

이숭원, 「朴木月과 自然」, 『한국현대시사연구』, 일지사, 1983.

이종은 · 윤석산 · 정민 · 정재서 · 박영호 · 김응환, 「韓國文學에 나타난 유토

피아 意識 硏究」,『道敎의 韓國的 變容』, 아세아문화사, 1996.

임종찬, 「木月詩에 나타난 Aura의 세계」,『현대문학』1985.11.

정한모, 「청록파의 시사적 의의」,『현대시론』, 민중서관, 1974.

최승호, 「『청록집』에 나타난 생명시학과 근대성 비판」,『한국시학연구』제2
　　　호, 1999.

______, 「박목월론 : 근원에의 향수와 반근대 의식」,『국어국문학』제124호,
　　　2000.4.

최창록, 「청록파에 있어서 자연의 해석」,『현대문학』1971.10.

한계전, 「1930년대 시에 나타난 '고향' 이미지에 관한 연구」,『한국문화』, 서
　　　울대 한국문화 연구소, 1995.

<단행본>

금동철,『한국 현대시의 수사학』, 국학자료원, 2001.

김석하,『韓國文學의 樂園思想硏究』, 일신사, 1973.

김용범,『목월문학탐구』, 민족문화사, 1983.

김용희,『현대시의 어법과 이미지 연구』, 하문사, 1996.

김은자,『現代詩의 空間과 構造』, 문학과 비평사, 1988.

김재홍,『한국현대시인연구』, 일지사, 1986.

김현 · 김윤식,『한국문학사』, 민음사, 1973.

김현자,『시와 상상력의 구조』, 문학과 지성사, 1982.

______,『한국시의 감각과 미적거리』, 문학과 지성사, 1997.

김형필,『박목월 시연구』, 이우출판사, 1988.

______,『박목월 : 청노루의 꿈, 목마름의 시』, 건국대학교출판부, 1997.

김화영,『문학 상상력의 연구』, 문학동네, 1998.

박태일,『한국 근대시의 공간과 장소』, 소명출판, 1999.

신범순,『한국 현대시사의 매듭과 혼』, 민지사, 1992.

______,『한국현대시의 퇴폐와 작은 주체』, 신구문화사, 1998.

염창권,『집 없는 시대의 길가기 : 일제강점기 한국 현대시의 空間構造』, 한
　　　국문화사, 1999.

오세영,『한국 낭만주의시 연구』, 일지사, 1982.

______,『문학연구방법론』, 시와시학사, 1993.

______,『한국 근대문학론과 근대시』, 민음사, 1996.

______,『한국현대시 분석적 읽기』, 고려대학교 출판부, 1998.

이건청,『韓國田園詩 연구』, 문학세계사, 1986.

이부영,『분석심리학』, 일조각, 1993.

이어령,『공간의 기호학』, 민음사, 2000.

이진경,『근대적 주거공간의 탄생』, 소명출판, 2000.

______,『근대적 시공간의 탄생』, 푸른숲, 2001.

이형기,『자하산 청노루』, 문학세계사, 1986.

임철규,『왜 유토피아인가』, 민음사, 1997.

정한모,『현대시론』, 민중서관, 1974.

최진원,『國文學과 自然』, 성균관대학교 출판부, 1981.

한광구,『목월시의 시간과 공간』, 시와시학사, 1993.

한양문학회 편,『목월 문학 탐구』, 민족 문화사, 1983.

<국외논저>

保坂陽一郎 著, 이진민 역,『경계의 형태 그 건축적 구조』, 한국산업훈련연구
　　　소, 1999.

Attali, Jacques, 이인철 역,『미로－지혜에 이르는 길』, 영림카디널, 1997.

Bachelard, G., 김현 역,『몽상의 시학』, 홍성사 , 1978.

__________, 곽광수 역,『공간의 시학』, 민음사, 1989.

__________, 민희식 역,「대지와 의지의 몽상」,『불의 정신분석/초의 불꽃

외』, 삼성출판사, 1997.

Béguin, A., 이상해 역, 「밤의 탐구」, 『낭만적 영혼과 꿈』, 문학동네, 2001.

Bergson, H., 홍경실 역, 『물질과 기억』, 교보문고, 1991.

Blanchot. M., 박혜영 역, 『문학의 공간』, 책세상, 1998.

Bloch, E., 박설호 역, 『희망의 원리1 — 더 나은 삶에 관한 꿈』, 솔출판사, 1995.

Bloomer, K. C. & Moore, C. W., 이호진 · 김선수 역, 『신체 · 지각 그리고 건축』, 기문당, 1999.

Boia, Lucian, 김웅권 역, 『상상력의 세계사』, 동문선, 2000.

Bollnow, O. F., 이규호 역, 『실존과 허무』, 태극출판사, 1976.

Brosse, J., 주향은 역, 『나무의 신화』, 이학사, 2000.

Crary, J., 임동근 · 오성훈 外 譯, 『관찰자의 기술 — 19세기의 시각과 근대성』, 문화과학사, 2001.

Davies, M. & Wallbridge. D., 이재훈 역, 『울타리와 공간』, 한국심리치료연구소, 1997.

Eliade, M., 이은봉 역, 『종교형태론』, 한길사, 1997.

————, 이재실 역, 『이미지와 상징』, 까치, 2000.

————, 이동하 역, 『聖과 俗 종교의 본질』, 학민사, 2001.

Frye, Northrop, 임철규 역, 『비평의 해부』, 한길사, 1982.

Giddens, A., 권기돈 역, 『현대성과 자아정체성』, 새물결, 1997.

Hall, E. T., 김광문 · 박종평 역, 『보이지 않는 차원 : 空間의 知覺』, 세진사, 1991.

Heidegger, M., 소광희 역, 『시와 철학』, 박영사, 1975.

Lotman, Y. M., 유재천 역, 『문화기호학』, 문예출판사, 1998.

Norberg-Schulz, C., 김광현 역, 『實存 · 空間 · 建築』, 태림문화사, 1997.

Richard, J. P., 윤영애 역, 『시와 깊이』, 민음사, 1995.

Tuan, Yi-fu, 정영철 역, 『공간과 장소』, 태림문화사, 1999.

Vierne, Simone, 이재실 역, 『통과제의와 문학』, 문학동네, 1996.

Carter. E, Donald. J. & Squires. J. ed., *Space and Place-Theories of Identity and Location*, London : Lawrence & Wishart, 1993.

Eliade, M., *Rites and Symbols of Initiation*, Connecticut : Spring Publications, 1995.

Hartog, J, Audy, J. R. & Cohen, Y. A., *The Anatomy of Loneliness*, New York : International Universities Press, 1981.

Hirsch, Eli, *The Concept of Identity*, New York : Oxford University Press, 1982.

Jung. C. G., *The Archetype and the Collective Unconscious-The Collective Works of C. G. Jung, volume 9, Part 1*, trans. R. F. C. Hull, Princeton University Press, 1980.

Malpas, J. E., *Place and Experience-A Philosophical Topography*, Cambridge : Cambridge University Press, 1999.

Marinelli, P. V., *Pastoral*, London : Methuen & Co. Ltd., 1971.

Turner, V., *Ritual process : Structure and Anti-structure*, London : Routledge & Kegan Paul, 1969.

White, W. R., *The Abnormal Personality*, New York : The Ronald Press Company, 1964.

Wiggins, David, *Identity and Spatio-Temporal Continuity*, Oxford : Basil Blackwell, 1967.

동인지 『韓國詩』와 『詩法』에 대하여

1. 『韓國詩』와 『詩法』의 약사(略史)[1]

한국 현대시사는 동인지의 역사로 이루어져 있다고 보아도 될 것이다. 처음 이 땅에 현대시를 창조한 『창조』를 시작으로 동인지는 1920~1930년대의 전성기 이후, 1960년대와 1970년대에 제2의 전성기를 맞는다. 신춘문예 외에 『현대문학』 등의 잡지가 추천제도를 도입하면서 갑자기 신인들이 대거 등장했던 것이다. 이 시기의 동인지들은 대부분 발표지면을 얻기 위해 또는 문단에 세력을 만들기 위해 지역별, 출신지별, 학교별 등으로 뭉쳐 우후죽순 격으로 생겨났으며 이합집산하고 있었다는 평가를 받는다. 이 시기의 동인지들은 대부분 '뚜렷한 지향경향'을 갖지 못했기 때문에 가치 있는 연구대상으로 인정받지 못했다. 반면 뚜렷한 경향을 지속적으로 펼친 몇 개의 대표적 동인지들을 십 년 단위로 나누어 문단을 정리하는 것이 일반적인 분류법으로 자리 잡았다. 1960년대의 현대시동인/신춘시동인, 1970년대의 1970년대 동인, 자유시동

---

1) 홍신선, 박제천 시인과의 인터뷰를 중심으로 하여 재구성하였다.

인/반시동인, 1980년대의 시운동동인/오월시, 시와경제동인 등으로 나누는 것이 그것이다.2) 일반적으로 전자는 '순수'시 계열이며 후자는 '참여'시 계열로 평가된다.

이 글은 이런 편리한 이분법에 의해 가려진 것들에 대한 몇 가지 의문에서 출발한다. 과연 한국시는 '순수/참여'로 재단될 만큼 풍요롭지 못한가라는 것이 첫 번째 의문이고, 순수시의 개념은 무엇인가라는 것이 두 번째 의문이다. 이런 의문점들을 따라가 보면, 참여시로 분류된 동인지들이 공유하는 시적사유나 지향점이 비교적 비슷한 반면, 순수시로 분류된 동인지들 사이의 지향경향은 하나로 묶기 힘든 커다란 편차들을 가지고 있음에도 순수시로 뭉뚱그려져 있다는 문제점이 발견된다. 그리고 '순수시'라는 용어가 시의 특성을 가리키는 문학용어가 아니라는 점도 문제적이다. 이는 '순수시'라는 용어가 가리키는 실체가 없고, 다만 십 년을 단위로 당대의 '참여시'가 아닌 주류의 시적 경향을 모두 일컬은 것에 불과하다는 데서 생겨나는 문제들이다. 그렇다면 '순수/참여'라는 이분법으로 현대시사를 요약하는 것은 우리시의 입체적이고 풍요로운 모습을 납작하게 만들어 버리는 일이 될 것이다. 이 글은 참여시에 대한 편견을 가지고 있지 않다. 다만 현대시를 정리하고 평가해온 사람들이 생산해낸 담론에 의해 가려진 부분에 의문을 가질 뿐이다. '순수시'가 실체를 가지고 있지 않으며 다만 당대의 참여시가 아닌 주류를 일컫는 것이었다면, 현대시사를 '순수/참여'의 이분법으로 나누고 동인지사를 '순수시계열/참여시계열'로 나누는 것은 현대시 자체를 연구할 때 의미 없는 일이 아닐까? '참여시'에 대응할 만한 지속적이고 뚜렷한 경향이나 문단세력을 이루지 못하면 가치가 없다는 식의 주장은 곤란하다. 문학담론을 생

---

2) 문흥술, 「해방 후 50년 시 동인지의 역사」, 『시와시학』 1995.10, 176쪽.

산하는 집단이 만들어낸 문학권력의 계보가 아니라 문학의 계보 그 자체에 대한 연구가 한국의 현대 문학을 더욱 풍요롭게 하는 작업이며 더욱 본질적인 작업일 것이다. 그런 작업들은 좀 더 개별적인 대상들의 특성을 연구하고 그것들의 의미를 밝히는 것으로 가능할 것이다.

동인지 『한국시』와 『시법』은 1960년대 말과 1970년대 초에 동국대학 국문과 출신들을 주축으로 하여 결성되었던 동인지'라는 정도 이상의 관심을 받지 못했다. 그러나 『한국시』와 『시법』은 가장 활발하게 활동하고 있으며, 나름의 시세계를 꾸준히 완성해가고 있는 한국의 중견시인들인 홍신선, 박제천, 오규원, 유윤식(유승우) 등을 배출한 동인지이다. 이것은 당대에 주목받을 만한 경향을 추구하거나 문단적 세력을 이루지 못했지만, 현재 한국시단을 이끌어 가는 중견시인들이 자신만의 시적 세계로 나아가려고 떠나온 역과도 같다. 이 글은 간략하나마 『한국시』와 『시법』의 창간배경과 분리과정, 수록 내용과 경향에 대해 알아보고 그 의미를 찾아보고자 한다.

1968년 김현승과 문덕수 등을 중심으로 20여 명의 시인들이 모여 '한국시학회'[3]라는 모임을 결성하였는데 공식적인 느낌의 명칭과 달리 '한국시학회'는 시인들 몇몇이 모여 만든 연구회였다. '한국시학회'가 남긴 가시적 성과물은 회지 성격으로 간행된 『韓國詩』뿐, 그 밖의 활동은 활발하지 못하였다. 창간호 표지에 주성윤을 대표라고 했는데, 그가 편집 실무를 담당하며 『한국시』를 2호(1969.1)까지 발행한다. 1호에는 문덕수, 박재릉, 김광회, 이상일, 이석, 노영수, 권영진, 주성윤이 참가했고, 2호에는 1호에 작품을 발표했던 사람들 중에 이석이 빠지고 새로이 김현

---

3) '한국시학회'는 한국시인협회와 같은 문인단체적 성격의 단체는 아니었으며, 현재 김현 자가 회장으로 있는 학술단체 '한국시학회'와도 상관없는, 시인들 몇몇이 모여 결성한 자그마한 연구회였다.

승, 최승범, 유안진이 작품을 수록했으며, 젊은 축에서 홍신선과 박제천이 작품을 실었다. 그러나『한국시』의 성격이 모호하고 활동이 활발하지 못하자 젊은 시인들 중심의 동인지로 바꾸자는 의견이 나오게 되었고, 제3호부터 제호는 그대로 하되 동인지로 완전히 바뀌게 된다.4)

홍신선에 의하면 동인구성은『시문학』출신인 자신과 양왕용, 그 즈음 『현대문학』으로 등단한 오규원, 유윤식, 정의홍이 참가했으며, '한국시학회'회원 중에서 몇 명이 모여 구성되었다고 한다. 홍신선은 김현승의 추천으로『시문학』을 통해 등단했으며 '한국시학회'의 회원으로『한국시』 2집에 참가했다. 그는 동국대 국문과 출신으로 절친했던 박제천에게 '『한국시』라는 잡지를 내니까 시를 보내라'고 연락을 취했고 당시 군복무 중이던 박제천은 작품을 보낸다. 오규원은 김현승의 추천으로 등단한 인연이 있었으며, 정의홍은 동국대학 국문과 출신이라는 인연이 있었다.

오규원은「작은 所望-동인지「韓國詩」를 내면서」라는 발문 비슷한 성격의 글을『현대시학』(1969.8)에 발표한다.5) 그는 현대시에 대한 비판과 자신들이 야심을 밝히고,『한국시』동인 명단을 공개하면서 글을 맺고 있는데,『시문학』출신의 홍신선, 양왕용, 현대문학으로 그 즈음 등단한 오규원, 임웅수, 정의홍, 홍희표, 김규화, 박제천 외에 송유하(『월간문학』), 양채영(『문학춘추』)이 그들이다. 그러나 임웅수와 홍희표는 단 한 번도 참여하지 않았으며 양왕용은 창간호에, 김규화는 6호(동인지 4집)에만 참가했고, 유윤식 등 동인으로 참가했으나 누락된 사람도 있어서

---

4) 오규원,「작은 所望-동인지「韓國詩」를 내면서」,『현대시학』1969.8.
5) 박제천에 따르면 자신은 선배들이 물려준『한국시』동인을 할 생각이 없었기 때문에 자신이 제대한 1969년 8월 즈음, 전봉건 선생이『현대시학』에 '동인지에 대한 글을 쓰라'고 권했을 때 고사하고 오규원을 대신 추천했다고 한다. 오규원이 발표한「작은 所望-동인지「韓國詩」를 내면서」가 바로 그 글이다. 박제천은 이것이 오규원이『현대시학』과 처음 맺은 인연이 되었으며 이후 월평을 연재하는 계기가 되었다고 하였다.

실제 동인지『한국시』에 참가했던 사람들의 명단과는 차이가 있다. 이런 저런 앞뒤사정으로 볼 때6) 경향지향이나 수준 그리고 인간관계 등, 동인을 구성할 수 있는 여러 조건들에 대한 동인들의 요구에 편차가 있었고,7) 그런 이유로 초창기 동인들이 확정되지 않은 상태라 하겠다. 결국 '한국 시학회'의 회지였던『한국시』가 동인지가 되는 과정에서 홍신선이 남았으며, 동국대학 출신의 신인들과 현대문학으로 그 즈음에 등단한 사람들, 그리고 김현승에게 추천을 받아 등단한 오규원 등이 뭉친 것으로 대강 정리가 된다.8) 동인지『한국시』는 홍신선과 오규원이 대표격이었으며 실무는 오규원이 담당하였다고 한다.9)

동인지로 출범한『한국시』1집(통권 3호)에는 박경석, 박제천, 송유하, 양왕용, 양채영, 오규원, 유윤식, 정의홍, 홍신선이 참가하였다. 2집에서는 박경석과 양왕용이 작품을 수록하지 않았으며 이후 참가하지 않았고, 3집(통권 5호)에는 박제천과 송유하, 홍신선이 작품을 수록하지 않았다. 오규원은 3집의 편집기에서 '동인 이념에 차이가 있는 3사람이 나가고 찬성하는 김철씨가 들어왔다'고 썼는데 이들을 염두에 둔 것이다. 3집은 1970년 4월에 발행되었는데 1970년 2월 박제천, 송유하, 홍신선 등이『시법』을 발행한 것으로 보아 동인지『한국시』의 2집 발행 이후『한국시』와『시법』이 분리된 것으로 보인다.『한국시』는 3집부터 이런 동인의 변동

---

6) 홍신선에 따르면『한국시』가 동인지가 되는 과정에서 원래 실무를 담당했던 주성윤도 함께 하려고 몇 번이나 만났지만 결국 제외되어 몹시 서운해 했다고 한다.

7)『한국시』는 젊은 시인들이 스스로 만든 동인지가 아니고 선배시인들이 만들어 놓은 것을 물려받은 것이었기 때문에 처음부터 동인구성에 의견 차가 있었다(박제천,「文學同人」,『영혼의 날개』, 민족문화사, 1983.6, 132~133쪽).

8) 자세한 동인 변동사항과 프로필은 3장의 자료집에서 다루기로 한다.

9) 오규원은 당시 한림출판사에 있으면서 편집이나 표지 디자인 등의 실무를 담당했을 뿐 아니라, 동인들에게 원고를 청탁한 후 그 원고료를 제작비로 돌리는 등 경제적인 부분에서도 큰 몫을 담당했다고 한다.

과 함께 번역글 1편과 에세이 1편씩을 수록하고, 편집기란을 만드는 등의 질적인 변화를 시도한다. 편집기란은 매 호마다 회원들이 돌아가면서 썼으며, 간단한 변동사항과 자신들의 입장을 밝히는 통로로 사용되었다. 또한 특집란의 번역글과 에세이 역시 계속해서 시의 언어에 대한 글들로 채워짐으로써 동인들이 시적 지향을 성립해나가는 과정을 드러내고 있다. 이는 발표지면의 확보라는 의미 이상의 구심력을 갖지 못했던 『한국시』가 『시법』과의 분리과정에서 동인지로서의 자각을 가지게 되었고, 그들 나름의 목소리를 내는 통로를 마련한 것이다. 3집은 김철 특집까지 마련하였으나 김철은 이후 작품을 수록하지 않는다.10) 4집에는 홍신선이 다시 작품을 수록하였고, 정민호와 김규화, 그리고 노향림이 참가했다. 5집(통권 7호)에는 양채영, 오규원, 유윤식, 정의홍, 정민호, 노향림이 작품을 수록하였는데 5집을 끝으로 『한국시』는 더 이상 발행되지 않았다.11)

한편 박제천은 제대(1969.8)하고 나오자마자 간행된 『한국시』4호(동인지 2집, 1969.9)에도 작품을 수록하였으나 그 편집을 위한 모임 등 동인으로서의 활동에는 참가하지 않은 상태였다. 박제천은 선배시인들에게 물려받은 『한국시』보다는 새로운 동인을 구성하고 싶어 했고 홍신선과 함께 오세영, 이건청 등과 연락하고 김지하 등과 만남을 가졌다. 그러나 이번에도 동인구성에 의견차이가 있어 결국 함께 동인을 하려는 시도는 무산되었다. 오세영, 이건청은 조정권, 이시영, 신대철, 임보 등과 함

---

10) 4집 편집기에서 정의홍은 김철은 연락두절로 인해 안타깝게도 작품을 수록하지 못하였다고 밝히고 있다.
11) 『한국시』는 실무를 담당하던 오규원이 『문학과 지성』 그룹에 참가하게 되면서 7호(동인지 5집, 1971.4)를 마지막으로 더 이상 간행되지 않게 된다(이원, 이광호 엮음, 「분명한 사건'으로서의 '날이미지'를 얻기까지」, 『오규원 깊이읽기』, 문학과지성, 2001, 51쪽).

께 『六詩』 동인을 구성했고, 박제천은 홍신선, 송유하 등과 『詩法』[12] (1970.2)을 창간한다.

『시법』은 창간호에는 별다른 발문이나 서문이 없이 속표지의 제호 아래 「편집자의 말」이 짧게 쓰여 있을 뿐이다. 창간호를 낸 이후 2년이라는 시간적 간격을 두고 발행된 2집(1972, 봄)부터 『시법』은 나름의 체계를 가지고 발행된다. 2집은 자료를 구할 수 없지만 4집의 자료[13]와 3집의 「편집자의 말」을 참고로 보면, 2집부터 편집자만을 고정적으로 두고 다른 시인들에게 개방하여 작품을 수록하는, 잡지와 같은 형식을 취하였다는 것[14]과 본격적인 「편집자의 말」란을 만들었다는 것을 알 수 있다. 3호(1972.6)부터는 박제천, 박진환, 홍신선이 편집자로 이만근과 정원모가 제작자로 역할이 고정된다. 그러나 4집(1972.11)을 발행한 이후 실무를 담당했던 박제천이 『주부생활』사를 퇴사하면서 경제적 곤란을 겪게 되었고, 엎친 데 덮친 격으로 신도림동에 있던 그의 집이 수해를 입으면서 『시법』에 관계하지 못하게 된다. 5집(1973.6)에는 박진환만이 「편집자의 말」란을 기고하면서 부기로 홍신선, 박제천이 제작사정 때문에 글을 수록하지 못했음을 밝히고 있는데, 이후 여러 가지 동인들의 상황이 나아지지 않음으로써 시법동인은 5집을 끝으로 해산되었다.

---

12) 詩法이라는 제호는 박제천의 의견이었다. 어떤 번역글에서 'ARS POETICA'를 시법으로 번역해놓은 것을 읽었던 그는 다른 사람들이 한 번도 사용한 적이 없으니 '시법'으로 명칭을 하자고 제의했다는 것이다. ARS POETICA는 시법으로 번역되기도 하지만 일반적으로는 시학으로 번역되며 대표적으로 아리스토텔레스의 시학과 보왈로의 시학 등이 있다.

13) 4집의 맨 뒤에 1집부터 4집까지 참가한 시인명단과 작품의 수, 그리고 <편집자의 말>에 글을 쓴 사람의 명단이 기록되어 있다.

14) 이런 잡지형식의 개방체제는 당시로서는 신선한 것으로 받아들여졌으며 『시법』 이후 개방체제로 운영되는 동인지들이 많이 생겨났다.

2. 지향 경향과 그 의의

1) 언어에 대한 이론적 관심—동인지『韓國詩』

　앞서 밝혔듯이『한국시』가 동인지로 바뀐 것은 3호부터였지만 동인지로서의 '이념'에 대한 자각이 드러나는 것은『시법』과 분리되고 난 후인 5호(동인지 3집)부터였다. 6호의 편집기를 쓴 정의홍은 '『한국시』가 새로운 연대(70년대)를 향하는 시점을 어느 정도 확고히 가지게 되었으며 理論的으로 발전할 것이라 믿는다'고 하였다. 정의홍이 '이론적 발전'이라는 말을 사용한 것은 그들이 5호부터 수록하고 있는 특집란을 염두에 둔 것이다.

　　이들이 사용하는 動詞群의 근본성질은 유동성에 있다. 그 유동성은 또한 아주 신경성적인 상태의 것이며, 그 유동성은 또한 능동저인, 즉 개인의 의식에 차용된 형편에 놓여 있다.
　　사용빈도와 함께 이 動詞群의 특성은 사용자의 특정한 심적과정의 변화하는 상태뿐만 아니라 몹시 불안스러움을 그려내고 있다.(중략) 한 개인의 개성적 패턴화 현상과는 달리 一群의 시인이 일정한 형식적 카테고리 속에 도착되게 한 그 기저적 의식류가 어디에서 출발하고 있는가는 중요한 포인트로 보인다.(중략)
　　「넘어진다」「더듬는다」는 등이 시의 狀況을 시각화함과 동시에 독립된 라인 그 자체로 완성시켜 마치 미술에서의 線처럼 관념을 포괄하면서 단순화시키는 것이다.
　　상징적으로 모든 현황을 포함하면서도 포함된 상태를 단순하게 부욱 그어진 한 개의 선, 그 선으로 이루어진 시가 기하하적인 예술의 본질과 目的相關物과 유기적 형태의 밑바탕에 흐르는 참다운 예술의 한 형식이라면 우리는 한 번 더 우리의 입장에서 이들의 형식의 기저를

분석해 볼 필요성이 있으리라[15]

내가 여기에서 다루려고 하는 문제는 <시작법에 있어서의 논리적인 무의미와 의미>이며 그리고 또한 시적 의미다.(중략)

시인은—정정당당하게—시작법에서 논리학을 증오하고 있다. 민감하고 반항적인 시인은 언어에 대해서 분격하고 새로운 어휘를 분노의 햄머로 사용하는 것이다.[16]

나는 여기서, 詩의 참다운 理解를 위하여 現代哲學의 중요한 과제로 등장하고 있는 言語哲學的 입장에서 「人間과 言語와 詩」와의 관계를 硏究해 보고자 한다.

言語는 하나의 形式이며, 중요한 것은 그 속에 담긴 內容이라고들 알고 있다. 이러한 견해는 철학적 입장에서 본 언어의 본질을 모르는 데에 그 연유가 있다.[17]

5호의 특집란에는 오규원의 「특정동사사용의 측면의식」과 정의홍의 번역 「시의 상황—시작법상의 의미와 무의미」, 6호 특집란에는 유윤식의 「시의 이해지평」, 7호 특집란에는 5호에서 이어지는 정의홍의 번역이 수록되었다. 첫 번째 인용된 글은 오규원의 글인데 그는 프로이트의 괴테 분석을 예로 들면서 한 시인의 글에 감추어진 무의식 분석에 대해 언급한다. 그리고 '한 개인의 개성적 패턴화 현상과는 달리 一群의 시인이 일정한 형식적 카테고리 속에 도착되게 한 그 기저적 의식류가 어디에서 출발하고 있는가는 중요한 포인트로 보인다'면서 동인들의 시에서 사용된 동사들에서 '딱딱하고 불안한 심리'를 추출해 낸다. 정의홍의 번역글 역시 '시의 언어'의 문제에 대한 글을 번역한 것이며 유윤식도 외국

---

15) 오규원, 「특정동사사용의 측면의식」, 『한국시』 1970.4.
16) 라이사 마리땡, 정의홍 譯, 「詩의 狀況—詩作法上의 意味와 無意味」, 위의 책.
17) 유윤식, 「詩의 理解地平」, 『한국시』 1970.10.

이론가들의 이론서들을 끌어와 언어철학과 '시의 언어'의 문제에 관심을 기울이고 있다.

그러나 '시의 언어'에 대한 이론적 관심은 정의홍의 말마따나 이론적 관심에 그친 감이 있다. 언어의 문제에 이론적 관심을 가지고 있었던 것이 그들의 시작활동에 어떤 영향을 미쳤음은 분명하지만 이제 막 시작된 그들의 지향점과 공부가 막바로 그들의 창작에 적용되었다고 보기는 힘들다. 그것이 동인적 경향으로 불릴 만큼의 시작경향으로 발전되기 이전에 『한국시』가 해산되었기 때문이다. 당시에 언어의 문제에 대한 관심을 이론과 창작에서 모두 추구하고 있었던 것은 오규원이었는데, 그는 이후로도 언어의 문제를 치열히 파고들어 갔다. 그는 이후언어의 한계와 이중성의 자각에서 출발한 '관념의 해체', '현상읽기', '날이미지' 등의 극단적이고 미학적인 입장으로 나아가며 독특한 시세계를 구축한 것으로 평가된다.

'언어에 대한 관심'은 『한국시』 동인들의 일관된 공통점이나 지향점으로 묶기에는 느슨한 줄이지만 당시의 문단에서 '언어의 문제'에 이론적 관심을 가졌다는 것은 주목할 만한 일이다.

2) 한국의식의 현대적 구현 - 『시법』

『시법』 창간호에는 별다른 발문이나 서문이 없이 속표지의 제호 아래 「편집자의 말」이라는 표시와 함께 "시를 「순수」와 「참여」로 구분하는 딱한 이야기가 시단에 떠돌고 있다. 그 이야기가 왜 필요한지 어리둥절하게 된다. 이제 새로이 창간되는 동인시지 「詩法」은 어느쪽이냐고 묻지 말라. 물어 보았자 우리의 대답은 미소뿐이리라.＜朴提天＞"이라고 짧게 써넣고 있을 뿐이다. 여기서 알 수 있는 것은 『詩法』의 동인적 지향이 '참여/순수'의 이분법의 틀로 건져지지 않는 다른 어떤 것이라는 점이다. 『詩法』이 지향하는 것이 무엇인지는 아직 밝히고 있지 않지만, 그들이 창간호를 내면서 가장 의식했던 점은 1960년대 시단을 현대시동인과 신춘시동인으로 대표하고 '순수/참여'의 이분법으로 재단하는 인식이었던 것은 분명하다.

3집부터 고정 편집자로 나선 박제천, 박진환, 홍신선은 각각 2쪽 정도 분량의 「편집자의 말」이라는 글을 통해 자신들의 주장을 펼치고 있다. 조금씩 내용은 다르지만 이들이 한결같이 내세우는 것은 "한국의식의 현대적 구현"이다.

> 이들 11名의 詩人이 보여주는 詩作品은 그 관심도나 개성미에 각각 차이가 있으나 우리의 基本課題인 韓國意識의 具現에 힘쓰고 있음을 확인할 수 있을 것이다. 개중엔 거의 異質的인 作品도 함께 포용되어 있지만 그것 역시 우리의 意圖下에 게재되는 것임을 밝혀둔다. 固定化되기 보다는 比固定化하기를 희망하며 合理化시키기보다는 긍정되어지기를 원하는 우리의 희망 때문이다.[18]

> 韓國意識의 과제는 지금까지의 한국詩가 거쳐온 모방과 實驗과 변모로부터 眞實로 우리 것이 무엇인가를 創出해 내려는 노력과 이의 實現을 위한 詩的冒險을 동시에 수반하고 있다. 한국의 現代詩하면 「韓國詩」와 「現代詩」라는 觀念上의 차이로부터 시작하여 어느 한편이 한국의 현대시를 대표하는 것으로 시인자신들도 착각하고 있다.(중략) 한국意識의 구현은 이 兩分極을 合流내지는 解體하면서 두 極이 지니는 장점을 混融하여 새로운 詩의 土壤을 마련, 거기에 詩人 스스

---

18) 박제천, 「편집자의 말」, 『시법』 3호, 1972.6.

로의 體驗을 통한 한국의 기쁨을 한국의 슬픔을 한국의 良心을 격조 높게 표출하려는 作業으로부터 시작된다.[19]

또 일부 詩人들의 「눈물」과 「서낭당」「무명 삼베」로서 土着性과 로컬리즘적인 전통을 대표하려드는 반신불수의 태도를 공격하지 않을 수 없는 소이가 여기에 있다. 일찍이 시단 一角의 「순수」「참여」에 대한 냉소로서 출발한 우리가(1集 同項 참조)한국어의 기능의 확대와 기교의 천착(2集 참조)을 거쳐 「한국의식」으로 불러주기를 우리가 고집하는 詩意識의 전통적 深化로 나서는 것은 너무나 당연한 귀결임을 천명한다.[20]

첫 번째 인용한 박제천의 글은 자신들의 기본과제가 '한국의식의 구현'임을 밝히고 있지만 한국의식이 무엇인지에 대해서는 함구하고 있다. 그러면서 '이질적'인 작품들도 수록한 것은 '한국의식'을 고정화하지 않으려는 의도 하에 게재된 것이라고 밝히고 있다. '한국의식'의 고정화를 막기 위해 이질적 작품을 수록하고 있다는 것은 홍신선의 글에서도 거듭 언급된 것으로 보아서 중요한 문제였음을 알 수 있다. '한국의식'의 개념규정이 없기 때문에 '한국의식'의 구현이라는 명제가 추상적으로 느껴지지만 한 가지 분명한 것은 그들이 주장하는 '한국의식'이 '고정관념적이지 않은 것'이라는 점이다.

박진환은 '한국 현대시'라는 명제를 놓고 진정한 '한국현대시'는 로컬리즘을 지향하는 한국시나 코스모폴리탄이즘을 지향하는 현대시 어느 한쪽일 수 없다고 강변한다. 그는 이 두 가지 양분극을 합류내지 해체하면서 그 장점만을 혼용하여 시인의 체험에서 우러난 한국의 감정을 표출하는 것이 한국 의식의 구현이며 그것이 진정한 '한국현대시'가 될 것임

---

19) 박진환, 「편집자의 말」, 위의 책.
20) 홍신선, 「편집자의 말」, 위의 책.

을 주장하였다. 역시 '한국의식'이 무엇인지는 밝히지 않고 다만 그것을 구현하는 방법에 대해서 말하고 있는 것이다. 그 방법으로 제시된 것이 현대적인 시와 한국적인 시 사이의 제3의 길이라는 식의 지극히 평범하고 추상적이지만, 여기서 분명한 것은 '한국의식'의 구현은 로컬리즘적 요소를 지니면서도 현대적으로 접근해야 한다는 것이다.

마지막에 인용한 홍신선의 글을 보면 자료를 구하지 못한 2집에서 그들이 '한국어의 기능의 확대와 기교의 천착'을 주장했음을 알 수 있다. 그러던 그들이 '한국의식'이라는 시의식의 전통적 심화를 주장하게 된 것은 당연한 귀결이라고 쓰고 있는데 이 글에서 『시법』이 '한국의식'을 내세운 것이 3집부터임을 알 수 있다. 또한 홍신선은 참여시와 '무명 삼베' 식의 소재로써 토착적 로컬리즘적인 전통을 대표하려드는 태도에 대한 반감을 표현하고 있다. 이는 그가 전통정서를 옹호하고 있으며 다만 그것을 고정관념적 소재로 표현하려는 태도에 반대하고 있다는 것을 드러내는 것이다.

4집에 가면 편집자들은 외국이론들을 인용하면서 좀 더 정성을 들여서 자신들의 입장을 밝히고 있다. 3집에서 '한국의식'을 한국적인 시와 현대적인 시 사이의 길의 모색을 통해 구현해야한다고 주장했던 박진환은 4집에서는 순수시와 참여시에 대한 비판을 통해 한국의식의 시가 '순수/참여'의 시를 끝내고 새로이 나아갈 방향이라고 다소 공격적이고 적극적인 태도를 취하고 있다. 홍신선은 3집에서 밝혔던 소재주의 극복이라는 주장을 더욱 발전시켜 기존 시인들이 사용하는 고정관념적 소재나 토착어들이 한국적 정서를 환기하는 감화력이 큰 것은 사실이지만 '한국적'이라는 명제는 몇 가지의 소재와 단어를 극복하고 좀 더 넓은 의미의 패턴 속에서 구해져야 한다는 주장을 펼친다. 이는 박제천이 '한국의식'

이란 우리가 체득하고 있는 '한국인의 시의식'이라고 말한 것과도 같은 맥락에 서있다. 그러나 이렇게 되면 그들이 줄기차게 주장한 '한국의식'은 '한국인의 의식'이라는 추상적이고 소박한 것에 지나지 않았다는 비판을 피할 수 없게 된다.

박제천은 '詞華集 자체가 갖고 있는 기능과 개성에 희망을 거는 것이며, 이제야말로 우리 詩意識의 深化가 기도되어야 한다…(중략) 결국 우리는 한국의식 그것이 무엇이냐고 묻기 전에 스스로 자신의 詩를 정리하고 파악하여 그것이 스스로의 양심에 거리낌이 없으며 개성화되어 있는가를 자문자답하라고 대답하게 까지 되었다'21)고 쓴다. 즉 '특정의 기교'나 '특정의 지표'를 고집하기보다 자신의 시의식이 심화되어 충분히 개성화되면 그것이 우리 시의 영역확대가 될 것이라는 소박한 주장이었던 것이다. 5집을 끝으로 『시법』은 해산되었지만 시법동인 각자가 가졌던 소박한 문제의식은 그들의 시작활동을 통해 진지하게 추구되었다고 할 수 있다. 실제로 그들은 시의식의 심화와 개성화를 통해 자신들의 시세계를 구축해감으로써 한국시의 영역을 넓혀놓았기 때문이다.

3. 자료집

1) 동인지 호별 목차

『한국시』 1집(1968.9.30): 표지에는 '韓國詩學會誌第一集 作品發表者名單'이 쓰여 있으며 대표 주성윤이라고 쓰여 있다. 가격은 50원. 문덕수의 『新文章講話』의 광고가 첫 페이지에 들어가 있다. 맨 뒤에는 후기가

---

21) 박제천, 「편집자의 말」, 『詩法』 1972.11.

실려 있으며 별도로 회원 중 작품발표희망자에 한하여 수록하였으므로
회원전원의 작품이 실리지 않았음을 밝히고 있다. 그리고 회원소개란이
있는데 지면 탓인지 문덕수, 김광회, 이상일, 김동민, 주성윤만을 소개하
고 있다.

◎ 문덕수:「빈 리야카」/「風景」
◎ 박재릉:「常有一時」/「生家의 詩」
◎ 김광회:「椅子」/「은빛 없는 철사」
◎ 이상일:「나와 바위가 굳는 日月」/「洛東江」
◎ 李石:「古宮에서」
◎ 노영수:「아침·바다의 城」/「下後 三時」
◎ 권영진:「돌」
◎ 김동민(김월준):「偏見」/「失題」
◎ 주성윤:「貴賓」/「뒷뜰로 나가 보니」

2집(1969.1): 표지에는 韓國詩라는 제호 아래 영문으로 Korean Modern
Poetry라고 쓰여 있으며 그 아래 회지라고 쓰여 있다. 집필진 김현승씨외
11인(회원27人中)이라고 쓰여 있다. 동인 에세이란이 생겼으며 "同人 에
세이①"이라고 쓰여 있는 것으로 보아 지속적으로 에세이란을 마련하려
했음을 알 수 있다. 첫 에세이는 斷想抄라는 제목의 주성윤의 글로 일종
의 시와 시론에 대한 자신의 생각을 짤막하게 피력하고 있다.

◎ 김현승:「나의 晩餐」
◎ 문덕수:「佛光洞讚」
◎ 최승범:「가을은」/「白羊寺拾韻」
◎ 김광회:「叡知」/「고무신」

◎ 이상일:「연鳶」/「거울」
◎ 박재롱:「寂閣」/「遁走」/「勿忘草」
◎ 권영진:「가을」/「어느 병사의 주검」
◎ 유안진:「카네이션꽃」/「忘却」
◎ 노영수:「風景」
◎ 홍신선:「가마니 짜기」
◎ 박제천:「심야연습(四)」
◎ 주성윤:「방황」/「우체통」

　　동인지『韓國詩』창간호(통권 3호)(1969.7.1): 표지에는 韓國詩라는 제
호아래 同人詩誌라고 쓰여 있으며 고층건물 사이로 4차선의 자동차들이
오가는 그림삽화가 들어가 있다. 저자는 한국시동인회로 되어 있으며 가
격은 100원이다. 첫 장에는 <기고시>라는 표시아래 문덕수의「한 쌍의
물새」가 수록되어 있으며 수록된 각 시인들마다 이름과 작품명, 그리고
약력을 기록하는 데 한 페이지씩을 할애하고 그 뒤부터 작품을 수록하였
는데 한 사람 당 2~3편 정도였던 작품 수를 3~4편 정도로 늘렸다.

◎ 박경석:「뎃상연습 <작품B>」/「아내의 잠」
◎ 박제천:「象徵의 숲에서 나는 능금나무」/「失錯 I」/「失錯 II」
◎ 송유하:「봄 行事」/「꿈과 춤(II)」/「싹틀 무렵」/「散策에서」
◎ 양왕용:「地圖」/「밤바다 戀歌」/「생활」/「가을의 少年」
◎ 양채영:「古書店」/「外科病棟」/「여름 · 空日」
◎ 오규원:「三月」/「忍冬」/「現像實驗(1)(2)(3)」
◎ 유윤식(유승우):「겨울아침」/「겨울散華」/「廢園」
◎ 정의홍:「酒店夜話」/「生活日記」/「눈의 序曲」

　　동인지 2집(통권 4호)(1969.10.1): 세종출판사에서 발행했음을 표지에

표기해 놓았으며 同人詩誌 韓國詩라는 제호 아래 영문으로 Korean verse Quarterly라고 표기했다. 맨 뒤에는 동인주소록이 수록되어 있다.

◎ 홍신선: 「射擊場에서」 / 「木炭뎃상 <나무>」 / 「木炭뎃상 <거
울>」 / 「木炭뎃상 <등불>」 / 「木炭뎃상 <老子>」
◎ 박제천: 「深夜의 房」 / 「불꽃 IMAGE」 / 「花火」 / 「失錯3」
◎ 송유하: 「靑天의 잠」 / 「結核」 / 「紅燈」
◎ 양채영: 「霜降日記」 / 「平野」 / 「日常」 / 「藥局」
◎ 오규원: 「現況(C)」 / 「現況(D)」 / 「現況(E)」 / 「現況(F)」 / 「現況(G)」
◎ 유윤식: 「疾走」 / 「地下室 1」 / 「地下室 2」 / 「消滅하는 언덕」
◎ 정의홍: 「腦作業(1)」 / 「腦作業(2)」 / 「腦作業(3)」 / 「腦作業(4)」 / 「腦
作業(5)」

동인지 3집(통권 5호)(1970.4.1): 5집은 박제천 등이 시법으로 분리되어 나가면서 동인변동이 있었다. 표지에는 별다른 변화가 없다. 다만 동인명단에 金哲이 새로 등장했고 양채영, 오규원, 유윤식, 정의홍의 5명의 이름이 표지에 적혀있다. 목차를 보면 특집란과 편집기란이 생긴 것이 주목할 만하다. 김철 특집과 오규원의 「特定動詞使用의 側面意識」이라는 글, 라이자 마리땡의 글을 정의홍이 「詩의 狀況—詩作法上의 意味와 無意味」라는 제목으로 번역한 글이 특집으로 수록되었다.

◎ 김 철: 「죽음의 달」 / 「꿈」 / 「拒否」 / 「接吻」 / 「새 戀歌」
◎ 양채영: 「칼 變奏」 / 「감기」 / 「流行歌」
◎ 오규원: 「建築」 / 「ETUDE」
◎ 유윤식: 「흔들리는 靜物」 / 「風景」 / 「落果」
◎ 정의홍: 「誕生期(1)」 / 「誕生期(2)」 / 「腦作業(7)」

동인지 4집(통권 6호)(1970.10.1): 표지에는 동인사화집 韓國詩 6輯 이라고 쓰여 있다. 오규원이 3집에서 약속한 연재는 이루어지지 않았지만 특집란은 유윤식의 「詩의 理解地坪」이라는 小論文형식의 글로 채워졌다. 정의홍의 번역은 한 호 쉬고 있으며 편집기는 정의홍이 썼다. 그는 표지에 한국시를 빛낸 시인들의 모습을 시리즈로 자신들의 동인지에 묶어보리라는 포부를 밝히면서 6집에 육당 최남선의 얼굴을 전성보全聖輔 화백이 그림을 그려주었다고 쓰고 있다.

◎ 양채영: 「野山의 갈대꽃」/ 「피부병」/ 「南溟바람」
◎ 오규원: 「정든 땅 언덕위< I >」/ 「정든 땅 언덕위< II >」/ 「정든 땅 언덕위< III >」
◎ 유윤식: 「가을 산속」/ 「가을 바람」
◎ 정의홍: 「山中 新曲 <1.山色>」/ 「山中 新曲 <2.고개>」/ 「山中 新曲 <3.폭포수>」
◎ 홍신선: 「流頭」/ 「딱다구리」/ 「回歸」
◎ 김규화: 「기미」/ 「센 머리칼에」/ 「가을」
◎ 노향림: 「新生兒室」/ 「뜰」/ 「他關의 말」/ 「遺失物保管所」/ 「病棟近處」
◎ 정민호: 「이마 위에 햇살이」/ 「十年의 바다」/ 「成長期 以後」/ 「海邊에 선 두 부르타뉴의 少女」/ 「休紙에 쓴 詩」

동인지 5집(통권 7호)(1971.4.10): 역시 전성보 화백의 領兒 주요한의 초상으로 표지를 장식했다. 특집란은 정의홍은 자크 마리탱의 글을 다시 「詩의 狀況−시인의 體驗」이라는 제목으로 번역한 글과 양채영 특집이 수록되었다. 편집기는 유윤식이 썼다.

◎ 오규원: 「肉體의 마을」/「아름다움」/「마을에 대하여」
◎ 유윤식: 「돌멩이」/「국화」
◎ 정의홍: 「깊은 밤」/「장날」/「늦잠」
◎ 정민호: 「墨畵」/「밤에 죽은 꽃」/「저녁을 기다리며」
◎ 노향림: 「눈비」/「注油所」/「移徒」
◎ 양채영: 「正月·陽地」/「겨울 祠堂」/「門」/「샌님 語法」/「가을 대장간」

『시법』 1집(1970.2.20): 표지에는 ARS POETICA 詩法이라고 쓰여있고 수록시인과 작품명이 들어가 있다. 창간호에는 별다른 발문은 없으며, 박제천이 속표지에 간단히 편집자의 말을 끼워 넣는 것으로 대신하고 있다. 그리고 다음페이지에는 '詩法同人誌 自立基金 積立 案內'에 할애하고 있다.

◎ 홍신선: 「未明의 바다 열두폭에 펼치는 노래」
◎ 정지하: 「물길의 노래 <1~9>」
◎ 정원모: 「電話를 건다」/「꿈꾸는 눈」/「바람의 詩」/「垂心3」/「版畵」
◎ 송유하: 「그렇다면, 또한 고오타마여」
◎ 박제천: 「幻覺의 十二銅版法(1~12)」
◎ 김학철: 「木造의 집」/「反骨」/「戰爭」

『시법』 2집(1972년 봄?): 2집은 자료를 구할 수 없지만 3집의 편집자의 말에 3집을 72년 여름호라고 이름 붙이고 지난 봄호를 언급하고 있다는 점과 지난 봄에 선정한 시인 중 7명과 새로이 4명의 시인의 시를 수록했을 밝히고 있는 점, 그리고 박제천의 기억으로 미루어 보아 2집은 72년 봄으로 추정된다. 또한 4집의 맨 뒤에 1집부터 4집까지 시를 수록한 시인들의 이름과 각 호에 그들이 수록한 작품의 수를 기록하고 있어서 2집에

수록한 시인들과 작품을 간략하게나마 알 수 있다. <편집자의 말>란에
박제천, 오순택, 홍신선이 글을 썼다고 기록되어 있다.

　　◎ 홍신선:「산꿩소리」 등 8편
　　◎ 박제천:「오구대왕의 산문」 10편
　　◎ 정원모:「四人籃輿」
　　◎ 노향림:「點描法」 등 3편
　　◎ 김석규:「봄」 등 4편
　　◎ 오순택:「彈奏」 5편
　　◎ 이만근:「凝視」 5편
　　◎ 이상개:「延山瀑布」 등 5편
　　◎ 한분순:「小品」 5편

『시법』 3집(1972.6): 표지에는 사화집 詩法 1972년 여름호라고 쓰여
있으며 "편집/박제천, 박진환, 홍신선, 제작/이만근, 정원모, 표지/최충
훈"이라고 쓰여 있다. 맨 뒤에는 박제천, 박진환, 홍신선, 이만근, 정원모
의 연락처와 한얼문고에서 500부를 발행했다는 것이 나와 있으며 가격
은 200원이었다.

　　◎ 김석규:「봄」/「달빛」/「물맛」/「보리가을」
　　◎ 김선영:「五月」/「안개」/「아이들」/「잎사귀 소리」/「주름살」
　　◎ 김여정:「길(1~10)」 연작 10편
　　◎ 민 영(閔暎):「五歌(보리고개 노래/들판歌/광대歌/新각설이/飢雀燔呪歌」
　　◎ 박제천:「과녁(하나~열)」 열 편
　　◎ 박진환:「빛」/「碓樂1」/「碓樂2」/「가을 낚시」/「發病」
　　◎ 오순택:「눈(雪)에 대하여」/「人間들」/「成長」
　　◎ 이만근:「편지Ⅰ」/「편지Ⅱ」/「데이트」/「사진－편지Ⅳ」

◎ 이상개:「颱風後」/「石工」/「겨울비」
◎ 정원모:「話頭」/「대나무밭에서」/「喝」/「無門關」
◎ 홍신선:「논—내 아버지께 I ~VII」

『시법』 4집(1972.11): 박제천, 박진환, 홍신선이 <편집자의 말>란에
차례로 글을 썼다. 맨 뒤에는 1집부터 4집까지 수록된 시인들과 작품이 간
단히 기록되어 있고 <편집자의 말>란에 글을 쓴 명단이 있으며 이만근,
정원모, 박진환, 홍신선의 연락처가 적혀있다. 값은 300원으로 올랐다.

◎ 강우식:「四行詩抄 <백 열셋~백 열아홉>」7편
◎ 김석규:「기을 어스름」/「쥐덫」/「철새」/「먼 빛으로」/「해지는 구경」
◎ 김지향:「눈(1~10)」10편
◎ 박제천:「作品229」/「作品230」/「作品231」/「作品232」
◎ 박진환:「귀로 · 하나~다섯」5편
◎ 서 　 벌:「寂 · 壹」/「가을 江」/「봄비」/「秋收記」
◎ 오순택:「호두까끼 <하나~다섯>」5편
◎ 이만근:「피」
◎ 이상개:「凝視」/「땡볕」/「돋보기」
◎ 이성선:「새벽」/「숲에서」/「고향의 天井」/「겨울 산책」/「가을」/「도
　　　　　 시의 비」
◎ 정원모:「合掌 I ~ X」10편
◎ 홍신선:「논 VI~IX」4편

『시법』 5집(1973.6.15): 박진환이 <편집자의 말>란에 글을 썼다. 특집
란에 시조시인 서벌의 「時調의 名稱考」가 특집으로 수록되어 있다. 발행사
가 바뀌어 財政公論社에서 500부를 발행하였으며 가격은 200원이었다.

◎ 김석규: 「버리지 못하는 땅」/「헛기침」/「새벽밥」/「바람에 꽃잎에」/「어
두운 달」

◎ 김지향: 「거꾸로 서다」/「틀렸다」/「망령들이 돌아온다」/「끝났다」/「흐
른다」

◎ 문정희: 「고향생각」/「방」/「실」/「나비의 꿈」/「여름詩篇」

◎ 박제천: 「토끼사냥」 전 3부 30편

◎ 박진환: 「歸路(10)」/「놀(5)」/「碓樂(3)」/「雨期」/「고향」

◎ 서 벌: 「봄풀」/「立冬무렵」/「寂 參」

◎ 오순택: 「호두까끼 미학(卍/素描/休日/눈/쑥/맛/德壽宮夜景/바람의
意味/이끼/귀뚜라미를 素材로 한 두 개의 바리에이션」 10편

◎ 이만근: 「소리」/「外出」/「失鄕」/「길」

◎ 이상개: 「姜太公」/「새벽 바다」/「밤 바다」/「술잔」/「內延山 絶壁」

◎ 한분순: 「幻想別曲」/「상혼」/「斷章」/「가는 정인데...」/「主題5」

국학현대문학총서 13

현대시의 언어와 상상력

| 초판 1쇄 인쇄일 | | 2013년 1월 3일 |
| 초판 1쇄 발행일 | | 2013년 1월 4일 |

지은이		이수정
펴낸이		정구형
출판이사		김성달
편집이사		박지연
책임편집		윤지영
편집/디자인		정유진 신수빈
마케팅		정찬용 권준기
영업관리		한미애 심소영 김소연
인쇄처		월드문화사
펴낸곳		국학자료원

등록일 2006 11 02 제2007-12호
서울시 강동구 성내동 447-11 현영빌딩 2층
Tel 442-4623 Fax 442-4625
www.kookhak.co.kr
kookhak2001@hanmail.net

| ISBN | | 978-89-279-0212-6 *93800 |
| 가격 | | 19,000원 |

* 저자와의 협의하에 인지는 생략합니다.
  잘못된 책은 구입하신 곳에서 교환하여 드립니다.